ティーンズラブ世界に転生しましたが モブに徹したいと思います

メイドから見た王宮恋愛事情

鳴澤うた

Uta Narutsawa Presents

fairy kiss

この作品はフィクションです。
実際の人物・団体・事件などに一切関係ありません。

ティーンズラブ世界に転生しましたが
モブに徹したいと思います

メイドから見た王宮恋愛事情

fairy kiss

◇プロローグ　私がこの世界の「モブ」となって転生したわけ

「フレデリカ様、大変よ！　洗濯物が飛ばされて、樹に引っかかってしまったの」

（来ましたね！　ＴＬ小説フラグ！）

メイド達が慌てた様子でフレデリカと呼んだ若い女性のもとへ駆け寄ってきました。

フレデリカ様は、

「大丈夫！　私に任せて！」

なんてニッコリと微笑《ほほえ》むと「どこに引っかかったの？　案内して」と行ってしまいました。

私はその後ろ姿を見送り、心の中でにんまりと笑います。

（ふふふ……来ると思いました！　『フレデリカ様』！　モブキャラにしては名前が立派すぎですもの！）

「ごめんなさい！　急に腹痛が……あたたたた」

私はさっそく前世の経験を生かし、スキル・仮病を使いました。

前世の私は体が弱くて、よく寝込んでいたのです。成長するに従って丈夫になっていきましたが、この演技、なかなかリアルなようです。

思い出しながら再現すれば、皆から「体が弱くて可哀想《かわいそう》」と同情されるほどです。

「早くご不浄に行ってきなさいよ、間に合わなかったら大変よ」

「あ、ありがとう……落ち着いたら戻ってきますね……」

声をかけてくれた同僚に辛そうな顔を見せつつ、走っていく私。

目指すはフレデリカ様と〃ヒーロー〃の初めての出会いの場面！

これはまさしく『侍女をしてる〃ヒロイン〃が王宮の最高位の騎士とか有能秘書官とか、王太子の〃ヒーロー〃に見初められて戸惑いながらも押し倒されてアンアンしちゃう！』のフラグでしょう！　これぞＴＬ、すなわちティーンズラブの王道！

あ、でも秘書官についてはこの間、地方貴族の幼なじみ令嬢ヒロインと結ばれたばかりだから、これはありませんね。

メイドとして王宮にやってきたヒロインはずっと想いを寄せていた彼と再会するのですが、彼はヒロインにやたらと冷たく接するんです。ヒロインは涙ながらに彼を諦めようとしたときに今度は優しくして、そしてまた冷たくしてと彼女の感情を振り回すんですよ～。見ているこっちもイライラしましたね。まぁ、実はそれは訳あってヒロインを大事に想うからこそ冷たくあたるという王道展開で、見ている側としては美味《おい》しかったのは確かです。

――それはさておき、だとしたら白騎士隊長のマーディアス様か黒騎士隊長のレオナルド様。もしくは騎士長のブラッド様か王太子のユクレス様でしょうか？

フレデリカ様は、子沢山《だくさん》地方領主の長女。ハーブの生産地だけど生活レベルは質素ながらも楽しい我が家という子爵家。ハーブの知識を買われ、女王陛下の専属侍女になった方。

こんな風に、周囲の私達にいつのまにか経歴がハッキリわかってしまうのは、ＴＬ小説の〝ヒロイン〟ならではなのです。

あ、考え事をしていたらフレデリカ様を見失ってしまいます、あとを追わねば！


そうこうしているうちに、私はただ今繁みの中でフレデリカ様を観察中。

「あともう少し……」

私も、彼女の囁《ささや》きを聞き手に汗を握ります。

（ええ、あともう少し……あともう少しですよ！　フレデリカ様のもとに、ヒーローがやってくるはずです！）

女王陛下の専属侍女であるフレデリカ・ハミン様。金茶のたっぷりの巻き髪と、質の高いエメラルドを連想させる緑の瞳はパッチリとして可愛《かわい》らしさ抜群。小ぶりの鼻も口もキュートで、艶《つや》やかな唇はピンク色。

（『私なんて普通！　普通の容姿で何の長所もないのよ』なんて言ってるけど、十分に可愛いのですよ！　フレデリカ様！）

――そう！　まさしくＴＬ小説において〝ヒロイン〟になる容姿！　『普通』だなんてどの口で言ってるんですか！

（私の目にこれだけハッキリと顔も身体《からだ》も映るんだから、彼女が『モブ』ということはあり得ません！）

――そう、普通で一般の何の役割も与えられていない私みたいな『ぼんやり顔』こそがＴＬ小説における脇役――すなわち『モブ』というもの！　こうして自分で自分を痛めつけるのも、もう数え切れないほどなのですっかり心臓に毛が生えました！

そんな私は、この王宮でメイドをしておりますリリィ・レクシアといいます。

フレデリカ様と私の違いは女王専属である『侍女』と一般の雑用『メイド』というところでして、同僚ではありますが、王侯貴族専属と雑用係では立場が違います。

しかしながら同じ地方貴族の娘同士ですので、王宮で働いていても皆様きちんと『様』付けで呼んでいるんです。上品で優しい世界です。

（……あ、いけません。そう呟きながらも、久しぶりの自虐ツッコミに落ち込みそうです）

メイドとして王宮にやってきて早一年。実家がある田舎とは比べものにならないほどの人の多さ、特に自分と同じ『モブキャラ』の多さに安心しきっていました。

とはいえその方々も、まさか自分がティーンズラブ小説の世界に転生してモブキャラとして生きているなんて、誰が思うでしょう。

――私が「ティーンズラブ小説（以下ＴＬ小説）」の世界に転生してしまったと気づいたのは十年前――六歳の頃の話です。

物心付いた頃から私は、白昼夢のようなものを見ていました。

それは今いる世界とは全く違う世界。日本という国で、飛行機という大きな乗り物で空を飛び世界中を回れ、お金があれば世界中の食べ物や飲み物も好きなだけ味わえます。

娯楽も豊富で、動く画像が出るテレビや様々な音楽を聴けるスマホなるものもあって、楽しい書物もいくらでもある。

——その中で特に私が、熱意をこめて読んでいたものがありました。夢の中の私は、全く知らない文字の羅列のはずなのに、どうしてかそれをすらすらと読んでいるのです。

見目麗《うるわ》しいキラキラした男主人公——〝ヒーロー〟に愛される女主人公——〝ヒロイン〟の波瀾万丈な恋愛模様には、至る所でツッコミがいがありました。

「私は凡人」と言いながら、実は容姿端麗な上に（いえ、それは挿絵でわざとそう描いているからとわかりますが）、登場した途端いきなりヒーローに愛されたり、『絶対傍《そば》に誰かいて見てるだろそれ』という場所でアンアンし始めたり、突然特別な力に目覚めたりと、ご都合主義な展開にツッコんでいましたが！

それがまた良いんです！　胸をキュンキュンさせるんです！

美男美女ばっちこい！　な二人が事件に巻き込まれ、周囲の反対を受けながらそれでも負けずに繰り広げる愛は、私にとってどんなツッコミどころがあっても許される世界でした。

そんな楽しい白昼夢を見ながらも、その頃の私は自分の容姿に絶望していました。

「おかあさま、どうしてわたしのお顔は可愛くないんでしょうか？」

小さな手にもあまる手鏡を覗き込みながら、私は髪を結ってくれる母に尋ねました。母は「えっ？」という驚いた顔をしたけれど、すぐにコロコロと鈴を転がしたような声で笑いながら仰《おっしゃ》います。

「リリィは可愛いわ。誰がなんと言おうと、母様には世界一可愛い娘よ。勿論《もちろん》、お父様だってそう思っているわ」

「そうかなぁ……」

じっと、手鏡の中に映る自分の顔と母の顔を見比べます。

榛色《はしばみ》の波打つ髪をゆったりと結い上げ、そこに父のプレゼントだという髪飾りをつけている母は、贔屓目《ひいきめ》なしに可愛いと子供心にも思いました。

光の当たり具合によって緑の濃淡が変化する瞳に、影ができるほどの長い睫毛《まつげ》。そして小さなお口にお鼻。

対して娘の私は、母譲りの髪の色に父譲りの紫の瞳。そして鼻と口は小さい。これは自分がまだ小さな子供だからだ、と思いました。

けれど、そんなことは問題ではありません。私が自分を『可愛くない』と言ったのは、自分の顔だちも色味もぼんやりとしていて、ハッキリしないからなのです。

「リリィも大きくなったら、きっと美人さんになるわよ」

ゆったりとした口調で紡がれる母の言葉に、私は素直に頷けませんでした。

この、自分の視界に映る人々の容姿の違いが謎だったからです。

何せ、父や母、それに付き従う〝重要人物〟は顔がはっきりと見えるのに、それ以外の人達はまるで顔だけ霧がかかっているように目鼻立ちがぼんやり見えるのですから。

ひどいのなんて、まるで半端なデッサン画のように顔に十字が描かれただけの人だっているんです。何で十字？　目が細くて横に繋がっているんでしょうか？　なんて、その人の顔を何度か十字になぞったこともあります。

生まれたときからそれが当たり前だったから慣れているけれど、突然だったらギャン泣きどころじゃありません。普通にホラーです。

「でも、おかあさま。わたしはおかあさまのように、ハッキリしたお顔ではないんです。目や鼻や口はちゃんとありますし、目の色とか髪の色もわかるんですけど、なんだか、ぼやっとした顔でまるで物語の流れに関係のないモブの……」

そこで私は、自分で発した言葉に首を傾げました。

――『モブ』って何ぞや？

でも、『モブ』の意味はわかります。

すなわち物語内における脇役中の脇役。特に何か役割を与えられているわけでもないその他大勢。

習ったことも聞いたこともない言葉がイヤに懐かしく感じられるし、頭の中に怒濤《どとう》のごとく流れ込んでくる〝何か〟に小さな私は冷や汗をかきました。

そのとき、一瞬にして理解してしまったのです。

物心付いた頃から見続けていた白昼夢！

あれは私の前世の世界だということに！

ハッキリした顔の父と母は昔、物語の中心人物であった人、要するに〝ヒーロー〟と〝ヒロイン〟。

そして、ここは物語の中の世界、それも私が前世で愛して止《や》まなかった〝TL小説世界〟だということに。

そうだ！　おかしいな、と思っていたんです。

とにかくこの片田舎の領地は人口密度が低いはずなのに、やたらと遭遇するラブシーン！

自分の両親だけに限らず、執事×メイド、秘書×メイド、隣の領地の若き跡取り×メイド――木陰や人気《ひとけ》のない廊下をちょっと覗けば、そんな美男美女の彼らが高確率であんなことやこんなことをしてるんです！　……思い起こせばメイドヒロイン率高いですね。

あ、でも侯爵の子息という身分を隠してやってきた神父と村娘、という希少な組み合わせも前にありましたね。やたらと若くてイケメンで、怪しんだ村娘さんが「正体を暴いてやる！」と意気込んで探っていくんですが神父様の方が一枚も二枚も上手で、手のひらの上で転がされていました。

まあ片田舎だし、ヒーローは身分の高い男子と決まっているTL小説世界では、どうしてもカップリングの種類は限られてしまうでしょう。

このとき、私は六歳。この記憶力、落ち着いた判断力は幼い子供のものではありません。

前世を思い出したことで、実年齢に私の精神年齢が合わなくなったのは否めません。

けれど、この年齢で〝TL小説世界の中に転生した自分〟に気づくのはちょっと早くないでしょうか？

だって、TL小説ですよ？　文芸小説、時代小説、ライトノベルなど、数ある小説のジャンルの中でも『官能』『18禁』『エロ』という検索タグがつく〝TL小説〟ですよ?

とにもかくにも、なぜ顔がハッキリ見える人とそうでない人がいるのかはわかりました。前世で読んだTL小説でも、ハッキリと顔が描かれるのはヒーローかヒロイン、もしくは物語中で何かの役割を与えられているサブキャラぐらいでしたしね。

ですがこのとき、どうしてそんな前世を思い出したのかという新しい〝謎〟が生まれたのです。


前世の私の名前は『相川葉月《あいかわはづき》』、享年二十。専門学校生で就職活動中、事故に巻き込まれ死亡。短い人生でした。

そのときの私の趣味は〝読書〟と〝創作〟でして、愛読書は〝TL小説〟。

初めてTL小説を読んだときの衝撃は、生まれ変わった今でも忘れられません。

同級生に勧められて手に取ったそれは、フリルとリボン満載のヒラヒラドレスを着た女の子と、あり得ないほどの眉目秀麗な容姿にこれまた煌《きら》びやかな衣装をまとい、石油王とタメ張れるぐらいの財力と冴え渡る知能を持った青年が、恋と事件に翻弄される――まあ、ここまでは普通に〝少女向け恋愛小説〟でして。

〝TL小説〟はそこに性描写が入るのです。要するに〝大人向けの恋愛小説〟ですかね。

〝TL〟も色々分類されますが、私は主に〝ヒストリカル〟――すなわち西洋風ファンタジー派で、中世から近世ヨーロッパ文化のいいとこ取りした、ご都合主義的生活様式で展開していく恋愛物語に夢中でした。

ドレスもファッション史を覆《くつがえ》すような、ルネサンスもロココもバロックも一緒に登場する勢いのワードローブ。下着もキッチリ寄せ上げブラまで存在してます。そして現代と同じくらいの衛生観念・発達した医療。

時代背景滅茶苦茶！　なんて怒ってはいけません。乙女が望むキラキラな世界を創造し、乙女の夢を詰め込んだのですから、そんな小さいこと気にしてはＴＬの麗しい展開を楽しめません。

そんな物語を読むうちに、私は自分もこっそり書いて、Ｗｅｂ上に投稿したりして楽しみたいと野望を抱くように。

しかしながら、生活のために働かなくてはなりません。生活できなくてはＴＬ小説だって買って読めませんし。そして、

『いつか書いた作品をまとめて本をつくろう』

これが私の夢になりました。

――けれど。

それを叶える前に、突然の事故で夢どころか肉体までも失ってしまいました。

意識が薄くなっていく中、私は、

（ああ……もっと、色んなＴＬ小説を読みたかった。もっと色んなバージョンやシチュエーションを勉強して、私だけのＴＬ小説を書きたかった。願わくば、そんな世界に生まれてこの目で見て、今度こそ自分の書いたＴＬ小説をまとめて本にできますように――）

そう思いながら相川葉月としての生を閉じたのです。

――そして現在の私は、地方領主のレクシア男爵の娘リリィ。

前世を思い出して早《はや》十年。立派な耳年増に成長しました。

いえ、前世の記憶のせいでもあるから、耳年増とはちょっと違う気がしますが……。

今となっては、前世を思い出したことについては、前世の私の死に際での願いが最大の理由らしいと思い至りました。

と、なると、私の現世であるこの世界でやることは決まっています！

昨年十五になり、生家がある領地から行儀見習いもかねて王宮にメイド奉公に出てきた私の目標。

『身分の高い貴族の子息をゲット！』

――いえいえ、そんなことあるわけないじゃないですか～。王宮は恋愛の宝庫なんですよ？　TL世界だってさもあらん。

私の最大にして目下の目標！　それは、

「私の〝特殊能力〟で王宮で起こるTL展開を観察し、記録し、今後の執筆活動の資料として役立たせていただきます！」

その〝特殊能力〟というのは――　『TL世界で恋愛イベントが発生する人物は、ハッキリと顔が見える』というもの。

そう、だから過去にヒーローとヒロインだったお父様とお母さま、その周辺の方々のお顔はハッキリしていたのです。

前世の小説の挿絵をよーく思い出せば、確かに主要人物達の顔は個性を出さなければならないので、容姿がハッキリとしていたわけで。ただのお友達、ただのメイドなど、ワンシーンしか登場してこないキャラは少しぼやっとした描き方が多かったようです。まあ大事なのは、ヒロインとヒーローの恋愛模様ですしね。

通行人の描写なんて顔に十字とか顔なし、もしくはトーンで霞《かす》みがかってるとか。さすがに骨格だけで服も着ていないというのはありませんでしたけど、あったら却《かえ》って目立って主要人物が霞む気がします。

まあ登場する回数の少ない、いわゆる〝モブ〟を細部までハッキリ描く必要なんてないわけで、そこはイラストレーターさんの作業効率の問題や、描き込みすぎると挿絵がゴチャゴチャしてしまうという見栄え上の問題もあるのでしょう。

それは仕方ないとしても、こうしてTL世界に転生して実際に生活しているのですから……正直、ちょっと視覚的にきついです。特に顔がない方とか、十字の方とか、衣装が雑な方とか……。

他の方々も同じように見えたりしないのか、おかしいと思わないのか？　と疑問に思い、今の母や父、乳母や使用人達に尋ねたことがありました。

そのときの答えは、『いやね、リリィったら……。そんなことありませんよ。皆ちゃんとお顔があるでしょう？』と母。

『お嬢様、ばあやの目にはお嬢様も他の人もハッキリと見えますよ』と乳母。

父に至っては『……リリィ、もしや！　目がよく見えないのかい⁉』と慌てて医師を呼んできて、余計な心配をかけてしまいました。

どうやらヒロイン、ヒーローなどの〝主要人物〟枠と〝モブ〟枠の見極めは、私の目でしかできない〝特殊能力〟のようだと悟りました。

最初は戸惑いましたが、きっと転生の神様が志半ばで死にゆく私を哀れに思い、願いを叶えてくださったのに違いありません！　そしてきっと、私の書くＴＬを楽しみにしているに違いないのです！

この辺りは、ＴＬに限らず他の転生系ライトノベルの神様も主人公によく言っておりました！『君がこの世界で活躍するのを楽しみにしているよ』とか『私が与えた能力で君はこの世界でどう動くのか……フフフフ（謎微笑）』とか。

残念なことに私には、神の声は聞こえません。そこはガッカリですね。

けれど、私は『神様、美しく美味《おい》しいという二重の美の世界に転生させていただき、ありがとうございます。きっと満足していただけるＴＬを書いてみせます！』と、自分の生まれた理由を勝手に解釈しては、時々神に祈りを捧げております。……が。

（ＴＬ小説内の主要人物がわかって、追いかけやすいのですけれど……ハッキリ〝主要人物〟と〝モブ〟の差が見えてしまうのも辛いものです）

だって当の私が〝モブ〟なんですもの。このシンプルな名前からして凡キャラ。主要人物であれば、貧しい生まれであっても妙に華やかな名前がついていたりするのに。

それを思い出して気持ちがしおしおになりましたが、目的を思い出し気を引き締めます。

私はヒロインになるために、この世界に転生したのではありません！　この世界でＴＬ小説を書くために転生を許されたのです！

さあ！　気を取り直して、今回の恋愛イベント発生の瞬間をしっかりこの目に焼き付けましょう！

今回のヒロイン――フレデリカ・ハミン様を、潜んだ木陰の中から出歯亀《でばがめ》――あら、失礼しました、前世でよく言っていた言葉がつい――もとい観察します。

フレデリカ様は子爵令嬢でありながら、木登りが得意なのです。それは私のように田舎に領地を持つ貴族の令嬢なら〝あるある設定〟です。かく言う私も得意です、木登り。

見かけが可愛くて華奢《きゃしゃ》なヒロインが、躊躇《ためら》いもなくスッスと樹によじ登っていく姿。実は相当鍛えているのかもしれません。ここでドレスの中が見えてしまおうが何だろうがヒロインは構わない。うん、お約束です。勿論、事前に誰もいないことを確認してから登るんですけどね。

今回ヒロインのフレデリカ様は、洗濯に出そうとしていた女王陛下のハンカチが飛ばされてしまい、樹の枝に引っかかってしまったので「どうしましょう」と嘆いている同僚のために自ら取りに行ったという設定です。

（フレデリカ様はお優しい……。だから他のモブ男子にも人気がおありなのよ）

王宮にお勤めするような有望株の男子に人気があるのに、本人はそれに気づかない！　まさに無意識逆ハーレム！　――これもヒロインの条件です！

「取れた！」

フレデリカ様が梢《こずえ》に引っかかったハンカチを無事に取り、嬉《うれ》しさに声を上げました。

そしてそれを胸元の隙間に詰め込んで、樹から下り始めます。しかし誰も通りかかりません。

（え？　こんな素晴らしいアクシデント場面なのに？　ヒーロー様は来ないのかしら？）

こうして観察していた意味が……なんてしょぼんとしていたら、やってきました！

さらさらとした金髪がそよ風に揺れ、瞳は晴れ渡る空のような青、少年らしい体軀のあの方は、王太子ユクレス様！

剣稽古の帰りでしょうか、簡素な稽古着姿がいつもと違う印象で、どうしてか色気が感じられます。ナイスなタイミングで来られて、余計な心配でした。

いずれ大叔母である女王陛下の後を継ぐ王太子という立場でありながら、王宮の裏側の使用人スペースをうろつくあたり、ＴＬ展開を狙う作り手側の意図を感じます――とはいえ、ユクレス様的にはおそらく気まぐれにやってきたのでしょう。ヒーローはその容姿も才能も性格も常識破りが常識！　なんです。

ちょうど樹から下り始めたフレデリカ様と鉢合わせして――。

「……何してるの？」

「――えっ？　あ、あの……！　こ、これは……そ、そのぉ――きゃあ‼」

目が合った二人。慌てたフレデリカ様は足を滑らせて、ユクレス様の上に真っ逆さまに落ちてしまいました。

「危ない！」

ユクレス様と同時に声を上げそうになって、慌てて口を押さえ、目を瞑《つむ》ってしまいました。

（あ、いけない！　現場をしっかりと見届けないと）

そろそろと目を開けてホッとしたところで、感激が襲ってきます。

（す、すごい！　ユクレス様、ナイスキャッチ！）

落ちてきたヒロインをキャッチ、しかもちょうどよくお姫様抱っこになるなんて、挿絵の世界です！　しかも、ユクレス様はフレデリカ様より年下だというのに。

まるで時間が止まっているかのように、二人は見つめ合っています。

（ああ……このシーン、何て美しい……！　美男が美女を軽々とキャッチ。二人の周囲を花びらが舞って……一枚の絵のようです）

ここはTLの世界です。きっとこの二人の初対面シーンは素晴らしい挿絵になりましょう！

「す、すみません！　ありがとうございます！　申し訳ございません！」

フレデリカ様、全身茹《ゆ》で上がってパニック起こしています。とにかく思いつく限りの謝罪の言葉を口にしています。

「大丈夫、君は羽のように軽かったから」

なんて爽やかに余裕の笑みを浮かべ、フレデリカ様を下ろすユクレス様は御歳《おんとし》十七なんて見えません！

「けれど危ないから、今度からは梯子《はしご》を使ってほしいな。君が落ちそうになったときに、いつでも俺が傍にいるわけじゃないし」

ユクレス様の妙に女性馴れ感のある台詞《せりふ》が気になります。

そうです、ユクレス様はこの歳で、すでに無意識に数ある女性を虜《とりこ》にしているお方なんです。

先ほどの『羽のように軽い』とかスラスラと出てくる口説き文句は、TLの世界では帝王学に入っているに違いありません。生粋の『すけこまし』とでもいうんでしょうか？

（すけこましは古いですね……ジゴロ、というんでしょうか？　うーん、これも古い）

このシーンを書くときには気をつけないと——と考え込んでいる場合ではありませんでした。

再び二人に視線を向けます。余すことなくこの目にヒーロー＆ヒロインの出会いシーンを刻んでおかねば！

私は下がってきた眼鏡《めがね》を押し上げます。

この眼鏡。実は遠くのものもハッキリと見えるように調整したもの。望遠鏡やオペラグラスのようなものだと考えればおわかりでしょう。

普段は眼鏡は着けておりません。出歯亀、いえ、観察のために実家で貯めたお小遣いをはたいて購入した特注品なのです！　そう！　全てはTL観察のため！

「は、はい……！　あ、ありがとうございます、ユクレス様！」

あ、また自分語りをしているうちに物語が展開しております。

フレデリカ様は顔が赤いままユクレス様に恭《うやうや》しくお辞儀をすると、駆け足で去っていきました。

彼女の後ろ姿を見守るユクレス様の、切なそうな表情ったら……！

ああ！　恋の始まりです！　これからユクレス様の猛攻撃《アタック》が始まるんでしょうか？

――彼の愛し方は溺愛？

「愛しいフレデリカ。君には侍女なんて仕事は似合わない。相応《ふさわ》しい場所はこの俺の膝の上だ」なんて囁き、目に余るスキンシップをしながらケーキを「あーん」とかするのでしょうか？

――それとも執着愛？

「君が俺の愛を知るまで、逃がさない」と、巨大な鳥籠を作って囲ってしまうんでしょうか？

しかしヒーローが年下ですから、「俺のキスを受けるまで仕事にはいかせないよ？」なんて言って、可愛い我儘でヒロインを振り回すんでしょうか⁉

私は今の出会いの状況を簡単にメモると、なるべく音を出さないように繁みから抜け出し、自分の持ち場へ戻っていきました。

お腹《なか》が痛いと抜けてきた以上、あまり長いと皆が心配しますから。

＊　＊　＊　＊　＊

「マーシュ、今走り去っていった娘の名は？　わかるかい？」

リリィがいた場所に対面した木陰に、二人の青年が隠れていた。

二人ともシャツと膝丈下のズボン、ロングブーツという簡素な格好だが、腰まである金髪の青年は立ち姿が優雅で見目麗しく、こうして隠れていなければすぐに人目を惹いてしまうほどの華やかさがある。

もう一人の青年は黒髪に茶色の瞳という平凡な色味の持ち主だが、整った顔立ちでこちらもなかなかに目を引くであろう容姿だ。

「どこかの棟のメイドでしょう。調べてまいります」

マーシュと呼ばれた黒髪の青年が、金髪の青年にそう恭しく答える。

「……あの子は、ユクレスを見張っていたのだろうか？」

「僕が見た限りですが、陛下のもとで働いているフレデリカ・ハミンを見張っていたようです」

「私と同じように、ユクレスを監視している者がいるのかと思ったのだが……」

「それは違うと思いますが……。それよりあの娘が見張っていた理由が気になりますね」

マーシュはあくまで己《おのれ》の意見を崩さずそう答える。

「しかしよく、あそこにメイドが隠れているのがわかりましたね。よーく見ないとわかりませんでしたよ」

「私もよーく見たら気づいた。……しかし、おかしな話だ。木々と同系色でも何でもないメイド服なのに、気をつけて見ないと気づかないなんて……」

二人はしばらく沈黙する。隠れていたメイドが急に不気味に思えたのだ。

「気になるな……すぐに彼女の素性を調べ報告を」

「はい」と、マーシュは返事をして頭を下げると、すぐに踵《きびす》を返す。

が、数歩歩んだところで足を止め、金髪の青年を振り返る。

「陛下もすぐにお戻りください。昼間からそのお姿でうろつかれますと怪しまれますから」

「わかってるよ。まだ私の正体を知られるわけにはいかないからね」

陛下、と呼ばれた青年はそうマーシュに向かって微笑んだ。

その微笑みは〝女性〟と見紛《みまご》うほどに美しく、また惹き付けられるものだった。

◇一章　女王陛下にバレまして『観察係』に任命されました。

「リリィ・レクシア、顔を上げなさい」

「は……はい」

私は今、窮地に立たされておりまして、背中の汗が出っぱなしです。

というのも――

――私が仮病を使って、TL展開が起きそうな方々を観察していたことがバレてしまったからです!!

事の始まりは、モブのわりにはお顔のハッキリしている侍女頭のカミラ様からの呼び出しでした。

『リリィ・レクシア。ずばり聞きます。あなた、仮病を使って仕事をさぼっていますね？』

『……い、いえ……そ、それはその……確かにお腹の具合が悪くなってご不浄に行くのは本当でして、その帰りにちょっと……気になる光景を見かけてつい……見入ってしまうもので――』

『だまらっしゃい！　あなたが隠れているのを見かけたお方がいるのです』

ひぃぃぃぃぃぃぃ!!

私は『申し訳ありません』と素直に謝りました。これ以上へたな言い訳をしないで謝罪した方がボロが出ません。

だって「TL小説の参考にするためにヒロイン・ヒーローになりそうな人達を追って出歯亀、もとい人間観察してました」なんて言えません。

それに「TL小説？　何です、それは？」なんて聞かれたら困ります。『TL小説』なんて言葉、この世界にはないのですから。

しょぼん、と頭を垂れ真摯に反省しているように見える私の様子に、カミラ様は眼鏡の縁を持ち上げつつ息を吐かれました。

『……あなたを雇った際に、おかしな話は聞いていましたが……』

『はい……？』

「おかしな話」とは？　何でしょうか？

思わず顔を上げて、カミラ様をきょとん顔で見つめてしまいました。

とはいえ自分で自分の顔の造形がボンヤリとしか見えないので、きょとん顔になっているかどうかわかりません。カミラ様にはきちんと私の意図を理解していただけているでしょうか？

『まぁそのことを含めて、さるお方が尋ねたいことがあるということですので、ついてきなさい』

カミラ様は表情を一切崩さずに、そう私に命じました。

長く王宮に勤める者ならではの威厳を前に、私はしおしおになりながらその後に続きました。

そして連れていかれたのは――

エルアーネ・ルース・エスカ女王陛下の私室でした……。

私が住まうこのエスカ国で初の女王。先代の時代で乱れた国政を正し、今では周辺の国からその政治的手腕を学ぼうと若者が多く留学するほどの治世を築き上げたお方。

二十三歳という若さ、そして美しさを持ちながら浮いた話など全くなく、私生活は謎めいているというミステリアスな一面を持っているお方です。

ど、どうして女王陛下が？　私に用？

というかどう見てもTLヒロイン級の女王陛下が、モブの私を本当に名指しで呼んだのでしょうか？

ヒロインはモブに注目することなどないはずです。いえいえ、TL展開絡みで呼んだのではないのかもしれませんし……ということは……。

仮病を使い、TL小説展開を追いかけて観察していたのをお叱りになる？

いえ、それでもどうして女王陛下ともあろう方が、このようなモブな私をわざわざ呼んでまで？

何が何だかわからないまま、私はただ女王陛下の私室の応接間で跪《ひざまず》き、全身に冷や汗を垂らしながら言葉を待ちました。

「リリィ・レクシア。顔を上げなさい」

女性にしては低めの、けれど艶のある声。

「はい」と私は恐縮しながら顔を上げました。

——まず目を惹いたのは、その顔の造形の美しさです！

エスカ国周辺の、美人の代名詞とも言われる緑の瞳。それを縁取る長い睫毛は影を作るほど。すらりと通る鼻筋の下には艶やかで形よく上がる唇。綺麗《きれい》に描かれたうりざねの輪郭。輝く金の髪の毛先はゆるく巻かれ、微《かす》かな揺れにきらきらと光っています。

そして、王族しか着ることの許されない濃紅色のドレス！　何てお似合いなんでしょうか！

今まで遠目で拝見したことはありますが、間近でお姿を見るのは初めてです。私は、貴人を前にしてのマナーなんてすっかり頭から抜けて、ガン見してしまいました。

しかも「綺麗……！」と恥も忘れて叫んでしまったのです。

「リリィ・レクシア！　陛下の御前《ごぜん》ですよ！」

「す、すみません！」

カミラ様に叱られて我に返り、また頭を下げてしまいます。

「よい、無礼は許す。顔をお上げ、お前に話があるのです」

優しくて何とも心地よい声音。どうしてか身体がふわふわします。

(——ふっ、わあああああ～ん！)

私、心の中で雄叫びです。

指先一つ動かすだけのその動きは、柔らかなのにどこか色気を含んでいます。そしてこのハッキリとした花のかんばせ！

前から思っていましたが女王陛下！　やっぱりあなたも立派なTL小説世界の主要人物です！

私の目に狂いはありませんでした！

いずれこのお方のTL展開が観察できるのかと思うと、今から腰が砕けそうです！　絶対に追って見せます！　出歯……いえ、観察したいです！

脳内で興奮していた私ですが、はた、とここに連れてこられた理由を思い出し、急速に肝を冷やしました。

そうです。私、仕事の途中で抜け出してＴＬ展開の観察をしていたことがバレたのでした。きっとこれを怒られてメイドをクビになるのに違いありません。

眼福《がんぷく》を与えておいてクビって……天国から地獄ってこういうことをいうのですね。

再びしおしおになっている私を見て、女王陛下はカミラ様に下がるよう命じました。

カミラ様は頭を下げ、淡々とした様子で退出していき、私と女王陛下、そして――今まで気づかなかったのですが、もうお一方の男性が部屋に残りました。

このお方……記憶にあります。確か、女王陛下の侍従のマーシュ・シャイア様。

このお方もハッキリしたお顔で、ＴＬ世界でいうところの〝ヒーロー〟級のキャラに間違いないでしょう。

ただある程度ハッキリしたお顔でも、平凡な見た目で描かれているお方もいます。それは〝主要人物であるが、ヒロイン・ヒーローではない〟という部類です。例えば先ほど退出されたカミラ様とか、または物語において何か重要な役割を果たす方とか。

マーシュ様は気の強さと厳格さが混じっているようなお顔で、男らしく、そしてイケメンです。と、いうことは脇役などではないのでしょう。

きゅっ、と引き締まった口元に、上がった眉尻の精悍さ。そして濃紺の膝丈のジャケットをスマートに着こなしております。

女王陛下が〝陽〟なら侍従のマーシュ様は〝陰〟。対照的な二人です。

女王ヒロインのＴＬ展開も色々読んだことがあります。例えば宰相×女王や、騎士×女王。国で一番強い立場のヒロインを陰日向《かげひなた》に見守り続ける臣下達とのロマンス。大抵、国を揺るがす大事件の解決を目指しながら途中途中で愛を育むという、歴史物語的な要素が強くなる系の話です。

――しかし今のこの状況はもしかして、侍従×女王カップルでしょうか？

女王という立場でありながら、エルアーネ様はまだ王配がいらっしゃらない。つまり独身、ただいま一緒に国を治めてくれる夫、大募集中！

女王をサポートし見守る、ちょっと陰のあるイケメンは、幼い頃から女王を一人の女性として見ていて……まさしく人気の幼なじみ設定です。

そうして女王の結婚相手が決まったときに侍従であるマーシュ様は、嫉妬に胸を焦がし女王と無理矢理関係を結んでしまうのです……。

けれど実は女王も侍従のことを愛していて、それを口に出せずにいて……。無理矢理関係を結んでも、なぜか後々わだかまりが残らないのがＴＬ小説のよいところです。

もしくは彼が告白できない理由として、実は小さい頃に『腹違いの姉弟』だと言われてずっと自制していたとか――話の枠を広げるのにそういう展開もよさそうです。

って、これは私が決めることではないので、これからの観察次第で明らかになるのでしょうか。

クビにならなければの話ですが。

「何をぼんやりしている？　……というか、何だそのだらしない顔は……」

「……えっ？　あ、はっ、申し訳ありません……陛下の神々しさに当てられまして……」

ＴＬ小説の展開を想像していたら、どうも邪《よこしま》な思いが表情に出ていたようです。

マーシュ様が訝《いぶか》しげを通り越して気味悪げに私の顔を見ながら注意をしてきたので、『失礼な』と心の中で罵倒しながら、にっこりと令嬢スマイルで返します。

田舎者とはいえ男爵令嬢。転生してから身につけた令嬢スマイルは、いつ何時でも役に立つスキルです。

一方『当てられたというわりには、気持ち悪い顔つきだった』と言いたげな様子で、マーシュ様は私から数歩下がりました。

「マーシュ、話が進まぬ。お前は口を挟むな」

女王陛下エルアーネ様はそう命じますと、座るよう私を促しました。

「で、では失礼して……」

ここはエルアーネ様のプライベートのお部屋。恐縮しながらも一番近いソファに座りました。

エルアーネ様も移動し、私の向かいのカウチソファにゆるりと腰をかけます。

その動作の優美さと言ったら、言葉になりません。ドレスの衣擦《きぬず》れの音さえも優雅に聞こえます。

（はぁ～……）

心の中で何度も息を漏らします。世の中には本当に、こういうお方がいらっしゃるんですね。

ファンタジーの世界に転生した以上これは現実なんですが、時々夢の中にいるんじゃないかとほっぺを抓《つね》りたくなります。

座るとすぐにマーシュ様が紅茶をいれようとなさいます。

「私が」と腰を浮かせた私を、マーシュ様は手でとどめるような仕草をされました。

「飲み物は茶葉の選定の段階から僕かカミラ殿のみ行うことになっている。リリィ嬢はそのまま陛下の話に耳を傾けていてくれ」

「……はい」

ここはおとなしく言うことを聞くべきだと座り直し、エルアーネ様と向き合いました。

とはいうものの、エルアーネ様のキラキラオーラに当てられて顔を直視しても声が出ません。カップに注がれる、王家御用達《ごようたし》の紅茶の香ばしい香りさえも鼻に入ってこない状態です。

微笑みを湛《たた》え私を見つめるエルアーネ様の高貴なお顔……し、失礼のないくらいのガン見にしたいのですけど……無理です！　モブには難しい問題です！

「私の顔に何かついているか？」

「い、いいえ！　あまりの美しさにずっとかんさ――いえ、目を逸らすことができなくて……！　陛下に対して無礼な行いですよね……申し訳ございません！」

危ない危ない。つい『観察』なんて言葉を使ってしまうところでした。

エルアーネ様はそんな私に「ふっ」と優雅な笑みを見せてくれます。

どうしましょう。私の胸がどっくんどっくんと大きく跳ねていて、体中の血をフル回転で流しています。

女性であるエルアーネ様にこんな、好みの男性と出会った時のようなときめきを覚えるとは思いませんでした。

背も高く、まるで宝塚の男役のようです。いえ、もっと男らしいかもしれません。

そんな失礼なことまで考えてしまいますが、前世の私の好みに近いからでしょうか？　いえ、好みといっても二次元キャラ限定ですけれど……。リアルの恋愛なんてほとんどなかったんですけど。

「リリィの目には、私の容姿がハッキリと見えるわけだね？」

「ええ！　そりゃあもう――――！」

……えっ？

さらりと言ってきたので力を籠めて答えてしまいましたが、エルアーネ様の今の質問って、秘密にしている私の能力のこと？　ですよね？

「マーシュの、私の侍従の容姿もハッキリ見えるのかい？」

「うえっ……！　えっ？　あ、あ、……ぁあ～」

「リリィ嬢、正直に答えなさい」

横からマーシュ様に威圧され、私は再びしおしおになりつつも「はい、見えます」と答えました。

ど、どうして私の能力を知っているのでしょうか？

先ほどからのモブにはあり得ない展開に、私の脳がうまく動いていません。お顔のハッキリ見えるイケメン二人（一人は女性ですが）に挟まれ追及されて、何だか本当に腰が砕けてしまったようです。

だってモブはこんな美味しい展開に慣れてはいませんし（威圧されてますが）、ヒロインがこういう状況になるべきではないでしょうか？

「なぜ赤の他人が自分の『異能』を知っているのか？　という顔だな」

くすくす、とさもおかしそうに笑いながらエルアーネ様が言ってきたので、私は素直に頷きました。それに答えてくれたのはマーシュ様。

「メイドとして王宮に上がる前に、審査があるのは知っているだろう？　リリィ嬢、あなたも面接や筆記試験等を受けたはず」

「はい、覚えています」

田舎住まいとはいえ、一応貴族なので親、もしくは親戚等に伝手《つて》があれば紹介状をもらってそれを提出し、行儀見習いとして王宮に上がることができます。

けれど全くマナーが身についていない無教養な田舎娘では雇う側も困るわけで、正式に雇う前に面接や筆記試験で、個々の能力を見定めるわけです。

ここで『貴族として最低限のマナーや教育を受けた』と認められると、無事に王宮で働くことが許されます。

でも私……面接や筆記試験のときに、自分の能力のことを話したでしょうか？　いいえ、話していないはずです。話したら『薄気味悪い子』という目で見られるという憂き目は、幼い頃に実家で体験しましたからそれ以来、誰にも話していないはず！

「王宮に上がる際にあなたの母から侍女頭のカミラ殿あてに、手紙が届いたのだ。『娘は幼い頃に、おかしなことを口走りました』と」

「えっ？」

「医者に見せたところ過度な緊張が原因ではないかと診断を受けたそうだが、時間が経《た》って言わなくなったので、一過性だと判断されたそうだな」

「あ、……そ、うですね……」

私、腰が砕けているはずなんですが、どうしたのでしょう？　足が震え出しました。

「しかし、王宮という華やかな場所で働くようになった娘がまた精神に緊張を強いられ、このようなことを口走り、他の王宮勤めをされている方々に迷惑をかけないか心配だ、という内容で」

「は、はい……」

「問題はここからで、『娘に奇異な行動が現れたり、お顔がぼんやりとしている人がいる、とか、モブ顔とかTLとか、はたまた前世が、などと奇妙な発言が出始めましたら、どうか領地に帰るよう勧めてほしいのです』と」

——お母さまああああああああああああああああ！

私、心の中で大絶叫しました。

覚えていた、覚えていたんですか⁉

確かにあのとき前世を思い出したばかりの私は、平気でそんなこと話していました。

でも、いくら二十歳の心（イン前世）を思い出したからって、やはり今世の幼い頭に引っ張られてしまって、ペラペラと喋《しゃべ》ってしまうのは仕方がないことなんです。

「そ、それは……ですね、その、小さな子供だったので、どうやら夢と現実をごっちゃにしていたらしくて……」

「そうなのか？　今は『顔がぼんやり』と見えたり『十字が描かれた顔』に見えたり全身が霞みがかったように見えることはない、ということでいいんだな？」

そこまで詳しく書いたのですか？　お母様。天然にもほどがありますよ。

「はい！　そうです！　平気です！　もう十年前の話ですよ？　今はそのように見えることなんてありません」

ホホホホホ、と一生懸命に令嬢スマイルで誤魔化す私。

ここでマーシュ様とエルアーネ様、意味ありげに視線を交わしました。

嫌な予感がします。なぜなら二人で「にっこり」と明らかに作った笑みを私に向けてきたからです。

マーシュ様がジャケットの裏ポケットから小さく折った数枚の紙を出し、私の目の前のテーブルに広げました。

「————ひぃっ！」

無様な叫び声を最小限に抑え、私はその紙を手で隠します。

こ、これは私がＴＬ小説を書くために作成したキャラクター設定集の一部ではありませんか！

これがここにあるということは、私の部屋に入り、机の中を探ったということ——ですよね？

「他にも押収してある。これはその一部だ」

（ぎゃぁぁあああああああああ！）

ということはキャラクター設定どころか、プロット集まで押収されたのですか⁉　ひどいです！

創作オタクにとって最凶の羞恥プレイです！

「今、僕が持っているのは一番新しいものだ。読んでみると明らかに容姿の特徴は『ユクレス王太子』と『フレデリカ・ハミン』そのもの。そして、一章の冒頭は彼らの出会いなんだが――このシーンは僕が偶然居合わせたときの状況と同じ」

「……えっ？　マーシュ様も、そこにいらっしゃったんですか？」

「僕のいた場所から君が丸見えだった」

「マーシュ様も出歯亀――ではなく、二人の様子を見ていらっしゃったんですか⁉」

それはどうしてなんでしょうか？

もしや、私のお仲間？

『様子を見ていた』というところが恥ずかしかったのか、マーシュ様も少々頬を染めて咳払いをし、私を威圧しました。

「リリィ。今回そなたが書いているのはこの国の『王太子』のこと。その重大さは理解しておいでかい？」

エルアーネ様が仰います。

「国の中枢にいる人物を追って、その行動についてつぶさに書いているようだね……あと、地位のある騎士や宰相のことも追っている？　これだけ書かれていたらリリィ、そなたをどこかの間諜《スパイ》だと疑うのも仕方がないことだと思うのだけれど？」

――クビどころの問題ではなくなっているようです。冷や汗どころじゃなく、身体が冷たく凍ってきました。

ど、どうしましょう……。私は囚われた兎《うさぎ》状態です。

ここで悪役の末路の定番『間諜容疑で監禁され拷問を受け、ついでに実家没落』コースに放り込まれるより、馬鹿正直に話し『少々頭の可哀想な子』と認識された方がのんびりと生きられますよね？　波瀾万丈な人生なんか送りたくないです。だってモブですよ？　私。

監禁や拷問とまでいかなくても、ここで『間諜容疑をかけられたメイドが問いつめられて真実を吐いたのち、物語から姿を消す』のフラグが立ったら怖いです。このあたり、TL小説ではぼかすことも多いのですが、悪役とされたモブはきっとバッドエンド的な退場をするのでしょう。

いくら前世の記憶が甦《よみがえ》っているとはいえ、この世界の父と母、実家の皆さんを蔑《ないがし》ろにしたいとは露ほども思っておりませんし、ここまで慈しんで育てていただいた恩を仇《あだ》で返すなんてできません！

決心しました。女王陛下には正直に話します。信じていただけるかはわかりませんが、『夢見がちな残念メイド』ぐらいには認識されるはずです。

私は背筋をただし、他の人にはどう見えているのかわかりませんが、ぼやっとした顔が少しでも真剣に見えるよう、表情を引き締めます。

「エルアーネ女王陛下、実は私、恋愛沙汰を起こしそうな方がわかる能力を持っているんです」

「……はい？」

本当に何言ってるの？　という表情で私を見つめるエルアーネ様とマーシュ様。

ここで私は自分の能力について説明しました。

子供の頃から『ハッキリと見える顔』の方は必ず華やかな恋愛と事件を起こし、そしてところ構わず『×××』をし出すことを。

さすがに『×××』の部分を口にしたとき、お二方はビックリしながら頬をお染めになりましたけれど。けれどそこに至るまでの過程や甘々、またはヒヤリとするような心が躍る場面の雰囲気が好きなだけで、『×××』を見ているわけではないと言い訳も付け加えました。

この能力はきっと神が与えてくれたもの。しっかり観察して素晴らしい官能小説を世に出すことが使命だと感じたこと。

そう『官能小説』です。『TL小説』なんて説明したらまたややこしくなりますからね。

それで『お顔のハッキリしている方』のうち、男性の方は『ヒーロー』、女性の方は『ヒロイン』と位置づけて、あとをつけて観察していたことを説明しました。

ただし『前世の記憶を持っている』ことは秘密です。さすがにそこまで話したら『頭が残念』どころか『次元の彼方《かなた》を超えている』と判断されて、療養所とかに連れていかれそうですので。

とにかく、決してスパイ活動をしているのではなく、あくまでも『神から授かった使命』のために人間観察をしているとのたまう、ちょっと頭の螺子《ねじ》が緩んでいるだけの令嬢』に見えるように気持ちを込めて話しました。とはいえ自分の頭の螺子が緩んでいると強調するのって、もの悲しいです……。

お二方は話を聞き終わったあと、気難しい顔をして考えに耽《ふけ》っておりました。

先に口を開いたのは女王陛下です。

「そなたは……その、それを『神が与えてくれた能力』だと信じていると」

「はい！」

元気に答えました。

うん、自分で言って後悔しました。『神が与えてくれた』なんて、大げさに言わなければよかった。あえて強調しなくても普通に頭おかしいですよね。しかし、口から出てしまったものは取り戻せません。

ああ、これは前世のことを話さなくても療養所コースかもしれませんね……。

さようなら、楽しい王宮TL世界。さあ、療養所にて繰り広げられるTLの世界へGO——私、心の中ではやけくそな気分でしたが何も気づかないふりをして、邪気のない天然スマイルでこの場をやり過ごします。

とにかく『モブがいつの間にか処刑されていた』的なバッドエンドだけは避けねばなりません。

女王陛下とマーシュ様は互いの顔を見合わせております。呆《あき》れ顔か、はたまたドン引きしたようなお顔をするのかと思っていましたが、そうではないようです。

再び私を真っ直ぐに見つめ、女王陛下は仰いました。

「そなたは『異能』の持ち主なのだね。あいわかった」

私、ビックリです。あっさり信じてくれました？

「……私の『能力』を、信じてくださるのですか？」

「まあね……。では私の方からもそなたに明かそう――これから話すことは他言無用」

マーシュ様が陛下の代わりに話し始めました。

この国――いいえ、この世界ではたまにそういった『異能』の持ち主が生まれたり、突然異なる世界からやってくるのだそう。そしてそのような人物が確認されたら、その国の最高権力者、または政府が保護し、密かに国のために働いてもらうのだとか。

とはいえ例外もあって――。

「既にその存在を公表されている者がいるだろう？　五年ほど前に隣国アルージュに降臨した『聖女ハルカ』がそうだ」

「ああ……あの方が……」

話を聞いて、そうじゃないかなって思ったんですよね。だって名前がハルカ・イトウですから。まんま日本名じゃないですか？

前世の私が亡くなる前、TL小説にも『なんちゃってヨーロッパ風ファンタジー』だけでなく『平凡な日本人女性が転生もしくはトリップして聖女やら何やらと崇《あが》められたり、料理で権力者の胃袋摑んだらどうしてか身体までいただかれちゃったり』などといった多彩な設定が登場していましたし。この世界でもそういう状況がどこかで発生していても、おかしくありません。

そんなことを思い出しながら、私は答えます。

「癒やしの力で国を救い、噂ではかの国の若き皇帝（例によってイケメン）に溺愛されていると聞いております」

「あの、人目を憚《はばか》ることのない溺愛ぶりは有名だからね」

そうでした。お隣さんですから陛下は目の前でご覧になっていますよね、たまに親善のために訪問されているようですし。よほどのイチャコラぶりを見せつけられたのでしょうか？　引き攣《つ》った笑みを見せてくれます。

人前憚らない溺愛ぶりはTLでは常識ですし美味しい場面でもありますが、リアルに目の前で繰り広げられるとどこに目をやったらいいか困りますよね、私以外の方は。

「……見たかったです」

思わず本音で呟きました。

あら、女王陛下の半分引き攣った笑いなんてレアですね。そんな素晴らしいお姿を拝見できたのはラッキーでしたが、めくるめくTL展開を堪能する方が私の満足度も高いかと思われます。

「話を戻すと――とにかく、リリィ嬢のような『異能』の持ち主は我が国でも例はある。そして、そのほとんどの者は国に貢献をしているのだ」

とマーシュ様。

なるほど、と頷いてから私はこれからの自分の処遇を恐縮しつつも尋ねました。

「……では、私も……国に貢献するようなお仕事を今後することに……？」

「我が国で『異能者』が現れたのは、私の代ではそなたが初めてなのだ。是非とも貢献してほしい」

「でも……私の能力がいったい何のお役に立つのでしょう……？」

陛下に命令されたら従うのは貴族社会の鉄則ですが、本当にこんな『ＴＬ展開を繰り広げる人物の顔がハッキリ見える能力』がいったい何の役に立つのかが謎です。

ここで膝を突いたマーシュ様が、ずい、と近づいてきました。

手にはいつの間にか紙とペンを持っていて、私の前に差し出してきます。

「ここに、『王宮内でハッキリ顔が見える人物の名』を書きなさい。嘘偽りなく、正直に。誤魔化したりわざと書かなかったりしたら……わかっているね？」

ひぃーっ!?

低く、脅すような声音で迫られた私は思い返しながらも名を書いていき、おそるおそる返しました。マーシュ様はざっとそれを確認し、そのままエルアーネ様にお渡しします。

エルアーネ様も一通り見ると、満足そうに頷かれました。

「完全に一致している――リリィ」

「は、はい」

「この紙に書いた名前の人物のみか？　ハッキリ見える顔は？」

「今のところは……。自分が出会っていない相手まではわかりません」

「そうだな、それは当然だ。会ったことのない人物……か。そなたの担当は？」

「はい、主に清掃を……たまに、使用していない調度品のお手入れなどを任されています」

「今から、その担当から外れるように」

「――えっ？」
ク、クビ？　クビですか？　ここまで正直に話したのにですか？　そりゃあ、転生して前世の記憶を持っていることは話しませんでしたが、恥を忍んで告白したのにそれはありませんよ！
「女王陛下！　お、お願いです！　クビにしないでください！　私、これから真面目に働きます！　出歯亀――じゃなくて観察も控えます！　下働きでもいいので王宮で働かせてください！」

『問題を起こしたメイド』のレッテルを貼られクビになったら、王宮の権力者達のキラキラなＴＬ展開観察ができなくなるだけでなく、実家にも多大な迷惑をかけます。これが原因で没落したら――私のせい。

駄目！　お父様、お母様！　弟よ！　ごめんなさい！

一家が路頭に迷う場面を想像してしまい、私はボロ泣きしながら頭を下げ続けました。

「リリィ、クビの心配など不要だ」

「……女王陛下？」

ギャン泣きする私の形相に、陛下はさりげなく横に座って頭を撫でてくれました。

大きな手がとても温かく、そのせいか『体温高いんだ、女性って冷え性が多いから冷たい手が多いのに羨ましい』とか余裕ぶっこいた感想が浮かびます。

「座って落ち着いて。ほら涙をお拭き。クビなんか考えていないから」

「あ、あじがとうございまず……」

陛下自らハンカチを差し出してくださり、しかも落ち着くようにとマーシュ様に新しい紅茶をいれて酒を垂らすようにとのご指示まで。

「今後は私の専属侍女になってもらうために、今の担当を外れなさいと言ったのだ。わかった？」

――えっ？

「……本当ですか？　本当に私、クビじゃなくて陛下の専属侍女に……？」

クビになるどころか侍女に、しかも女王陛下の専属侍女に昇進してしまいました。

「ああ、その『異能』を私のために存分に振るってほしい。そのための担当替えだ」

「じゃ、じゃあ、今までのように出歯……いえ『観察』をしても……？」

「是非、頼む。とても面白そうだからね、人の恋愛模様を聞くのって。私も自分の変わらない日常に、彩りを添えたいとずっと思っていたのだ。そなたの異能を個人的な理由で使うことになるが、今のところ、他で使わなければならない事態はないし。よいだろう？　その詳細を私に教えてほしい」

――陛下もTL小説がお好きだったなんて！　いえ、TLというより恋愛小説なのでしょう。陛下も恋愛を夢見る一人の女性なんですよね。嬉しいです、グッと親しみやすく感じます。

「他にもハッキリ容姿が見える者がいたら、私にこっそり教えておくれ。何をしていて何を話していたのかを。二人で楽しもうではないか」

「はい！　勿論です。こっそり教えますね」

「嬉しいな。楽しみだ。リリィは今日から私の専属で『観察担当』だ」

にっこりと、私に輝かんばかりの微笑みを見せてくれます。

陛下と『恋バナ』ですか。楽しみすぎます！　いや、本来なら自身の恋の花を咲かせるべきなのでしょうけど、そこはツッコまないでいてくれて嬉しいです。

（あら……？）

ここで私、気づきました。

顔、近くないですか？　そういえば、いつのまにか私の肩を寄せて手を握ってくれています。

女王陛下エルアーネ様の美麗なお顔が近いです！　それにいい匂いがします！　握る手が大きくて力強い気がしますけれど、そんなことどうでもいいほど陛下の魅力にクラクラです。

とにかく私は今日から！

『ＴＬ観察担当係』です。

◇二章　女王陛下に付き添って舞踏会で『観察』やりとげます。

女王陛下の専属侍女になって早二週間が経ちました。

私は明後日《あさって》に陛下がお召しになる衣装をフレデリカ様とカミラ様、それと他のモブ侍女のローラ様、ソフィ様とチェックしている最中です。

衣装だけでなく、身につけるアクセサリーを磨きながら破損がないかチェックし、万が一破損があったら修繕に出したり、違うアクセサリーを見繕ったりするのです。

特にアクセサリーは全て国宝級なので、扱いには神経を使います。

「いつ見てもすごいわね、王家の家宝の宝石は」

「ふーるるるる」

フレデリカ様の話を聞きながら、私は緊張したまま手のひらほどのサファイアを磨いているせいか、震えが声に乗ってしまいました。

「リリィ様？　大丈夫？」

「こんな大きな宝石がついたアクセサリーを磨くのは初めてなので、胃が痛くなりそうです」

「私も最初はそうだったの。順々に慣れていけばいいいわ」

フレデリカ様の柔らかな口調と微笑みはホッとするもので、私の緊張も少し解けた気がしました。

私達専属侍女の仕事は主にエルアーネ陛下の身の周りのお世話です。

つまりは陛下の私室の清掃、ドレスの準備や片づけに修繕、アイロン掛け、散歩の付き添い、お食事やお風呂の支度。

本来高貴な方の専属侍女ともなれば、お召替えや入浴中のお世話もすべきなのでしょうが、それは免除なのです。

何でもそういった無防備になりやすい時間は一番命を狙われやすいということで、侍女頭のカミラ様と侍従のマーシュ様二人が、ぴったりと寄り添うそうです。なのでその間、私達は外へ出され待機をしている状態です。

「カミラ様。陛下に新しいドレスのご試着をお願いしたいのですが……」

王家専属の仕立屋が箱を抱えてやってきます。

「わかりました。今陛下は会議中でございます。なので終わり次第、お願いします。すみませんがその間、他の衣装のチェックを手伝ってください」

かしこまりました、と仕立屋はカミラ様に恭しく頭を下げると、フレデリカ様達に交じってトルソーに飾られたドレスを見て回ります。こうして流行から外れたデザインや飾りを変更していくわけです。

ここで私は、めざとくこの仕立屋をチェック。

顔の鮮明度はレベルとして中くらいでしょうか。私よりやや薄いレベルです。彼もＴＬの表舞台に出る人物ではないようで、ちょっと残念です。

それでも彼にも感情があるのは当然で、ハッキリ顔のフレデリカ様にしきりに話しかけております。やはりヒロイン級は違いますね、人を惹き付けるオーラがあるのでしょう。

私は同程度のぼんやり顔同士のモブ侍女であるローラ様、ソフィ様と集まって、エルアーネ陛下の舞踏会の準備に集中しましょう。

「フレデリカ様はセンスがおありなので、仕立屋の方がいらっしゃるといつもああして意見交換をするんですよ」

とローラ様が私に教えてくださいます。

「嫌だわ、あの仕立屋のお方はフレデリカ様に想いを寄せているのよ。だから意見交換しているように見せかけて、彼女と親睦を深めようとしているのよ」

とソフィ様のめざとい意見に私も「うんうん」と頷きます。

「でもフレデリカ様は最近、想い合っている方ができたようよ？」

「そうなの？　じゃあ、あの仕立屋の方は残念ね」

「ふふ、ソフィ様。話しかけてみたらどう？　気になっているのでしょう？」

なーんて二人のモブ侍女の会話を、私はニコニコしながら聞いています。

顔がぼんやりだろうと十字だろうと、モブにも恋の花は咲き、そして散っていくものなのです。

いずれ仕立屋の恋は散り、新たな恋が生まれるでしょう。

そんな恋バナを楽しみながら仕事をする。何だか「女王陛下の専属侍女って美味しいお仕事！」

という感想です。

他の専属侍女より仕事は少なめだし、こうして普通なら触れることなどない宝石達や衣装を見て目の肥やしにできますし――何より、王宮の中枢部にいることでより上級の貴族達の恋愛展開も追っていけるのですから。

そうこうしていると、女王陛下エルアーネ様が戻っていらっしゃいました。皆、仕事の手を止めて立ち上がり、略式の挨拶をして陛下を出迎えます。

陛下の後ろにはマーシュ様だけでなく、王太子のユクレス様までいらっしゃいます。

タイプの違うイケメンが三人も揃うと眼福ですが、視界が眩しくて仕方ないですね。いえ、だから一人は女性なんですって。

エルアーネ様はちらりと仕立屋に視線を向けます。

「エルアーネ陛下。今日もご機嫌麗しゅうございます」

「ドレスの試着だね？　ここで待っていなさい。――カミラ」

エルアーネ様はカミラ様を呼ぶと、新しいドレスとともに別室へ入っていきました。

――その際。

エルアーネ様が私に視線を向けたので、私は前に組んでいた手を下ろしました。

これは合図です。

『この仕立屋はモブです。特に恋愛展開はありません』と、エルアーネ様にそっと知らせるための動作です。

扉が閉まると侍従のマーシュ様が私達に「ご試着が終わるまで休憩にするようにと、陛下のご温情です」と話しかけてきて、皆、頬を緩め「はい」と元気よく返しました。

私達は侍女の待機部屋へ向かいます。これ、実は監督役のカミラ様がエルアーネ様に付き添っていったので、衣装室を一旦閉鎖するためなんです。

何せアクセサリーもドレスも他の小物も、全て値段の付けられないほど高価なものですから、盗難防止しなければならないわけです。

皆で衣装室を出た後、

「では僕はこれで」

と、ユクレス様はお帰りになりました。

単に部屋までの付き添いで来たのでしょうか？

いえいえ――私は気づいていますよ。

ユクレス様とフレデリカ様の、さりげないアイコンタクト。彼女に会いたくて、エルアーネ様に付き添ってきたのでしょう？

ふふふ。だって、ユクレス様が陛下と一緒に入ってきた瞬間、フレデリカ様の表情が変わりましたもの。恥じらうように伏せたお顔には、美しい色艶がほのかについているように見えました。

さすが他のモブ達は気づいておりません。気づいたらモブではないからです。美少年系ヒーローに黄色い声をあげたいのを必死に我慢して、その後ろ姿に頭を下げております。

私もモブなのですが、ＴＬをこの世界に広めるべく『異能』の力を授かったモブですのでそこは違います。

しかし、たとえ親しい仲間の前でもヒロインより目立ってはいけないのです。

なので彼女達に合わせて、ユクレス様の美貌に頬を染めるという演技をしつつ頭を下げます。

その間、マーシュ様は衣装室の鍵を閉め、私達とは別室で仕立屋と待機するようです。

マーシュ様は裁縫の技術など持ち合わせていないため、カミラ様にお任せなのです。

「よかったら私も、お茶の輪に入れてもらえないかな?」

今回は仕立屋が動きました。

「ええ、喜んで。私達が飲むお茶なので、お口に合うかどうかわかりませんけれど」

ソフィ様、口調が嬉しそうです。ローラ様のご指摘通り、仕立屋に恋心を抱いておいでなのでしょう。

「マーシュ様もご一緒にいかがですか?」

ローラ様もマーシュ様をお誘いになります。二人のモブ侍女の言葉に、マーシュ様も「そうしましょうか」と頷き、一気に華やいだ空気になりました。

ヒーロー級に頷かれたらそうなりますよね……。モブ仕立屋、ますます影が薄いです。本人にはわからないのが不幸中の幸いです。

待機室に集まり、お茶菓子やらお茶やら用意していたら、フレデリカ様がモジモジしていらっしゃいます。

「フレデリカ様、どうしたのです?」

ご不浄かしら？　なーんて助け船を出してみましたが、私はわかっております。

「……あの、私。喉渇いていないから、その辺を散歩してきます。陛下のご試着が終わる頃には戻ってまいりますので……」

と、マーシュ様にお辞儀をすると、風のようにすっと部屋から出ていきました。

薄い顔でもガッカリ感がわかりますよ、仕立屋さん。

チャンス！　と思っていることが、ありありとわかりますよ、モブ侍女ソフィ様。

しかし、モブ同士の恋を追っている場合ではないのです。

すかさずマーシュ様に視線を向けると「行きなさい」と彼の目が訴えております。

『観察係』への指令です！

「すみません……高価すぎる宝石に触れて緊張したせいか、お腹が……」

私はお腹を押さえ、苦しげに呻《うめ》いてみせます。その様子に二人の侍女達は心配そうです。

「そうよね、初めてあんな素晴らしい宝石に触れたのですもの。緊張するのは当然だわ」

「あなた、身体があまり丈夫でないものね。ここはいいから早く行ってらっしゃいよ」

人を疑わない優しいモブ侍女様方、ありがとうございます。仮病なので良心の呵責《かしゃく》がありますが、これも仕事なのです。

私は挨拶をして、早々と部屋を後にしました。

フレデリカ様の後を追えるでしょうか？　既に影も形もありません。

ここで嗅覚などが発達していれば警察犬のごとく追えるのですが、そんな能力は与えられていないのが残念です。

ここは——そう『TL小説のあるある展開』を思い出しなさい、リリィ！

ユクレス様登場に、フレデリカ様は頬を染めてソワソワしておいででした。あれは十中八九、ユクレス様のアイコンタクトに従うに違いないでしょう。

ただ少々、彼女の顔色が悪かったのが気がかりです。

お相手は年下ですが、翻弄されているのは今までの観察で知っています。

ユクレス様の特性は、フレデリカ様が仕事中などという事情をスルーして振り回している様子を見るに、『天使のような容姿の裏で、悪魔のような意地悪さを持つ腹黒系』で間違いないと思います。

嫌よ嫌よと言いながら、惹かれて流されて押し倒されるヒロイン——それがフレデリカ様。

ヒーローの手練手管《てれんてくだ》に魅了されて離れられなくなっていくうちに、彼の自分にしか見せない内面にキュンキュンして愛してしまうというのが王道です。

「以前は初めて出会った大木の前でした……またそこか、それとも相手が王太子という身分ですから……私室？」

私は左方向にまっすぐに続く、渡り廊下の先を見つめます。

陛下の私室と王太子の私室は、この渡り廊下で繋がっています。緊急事態以外、駆け足はＮＧと言われているはずの王宮で、すぐにフレデリカ様のお姿は見えなくなりました。

本当に散歩なら、侍女達の控え室にある扉から出ればいいのです。

――腹は決まりました。ユクレス様の私室を目指しましょう！

駆け足禁止ならまだそう離れていない、またはユクレス様の私室に到着したばかり。

モブのよいところは『モブ故に影が薄くて、いるかいないかわからない』点です。なので隠れてしまえば風景に同化してしまうらしく、見つかりにくいのです。

その点を考えれば、マーシュ様はよく私を見つけたものです。当時の様子のお話を今度じっくり聞かなくてはなりませんね、今後の『観察』のためにも。

私はそう思いながらユクレス様の私室を目指しました。


その夜――私は女王陛下エルアーネ様に、今日のご報告に上がります。

「待たせたね、リリィ。今日はユクレスとフレデリカの観察の続きだそうだね」

装飾品を全て外し、ガウン姿でゆったりと寛いでいるエルアーネ様のお姿は、今日磨いた国宝のネックレスと同じくらいの価値があるのではないでしょうか⁉

「こんな姿ですまないね。リリィも楽にしておくれ」

「あ、ありがとうございます。大丈夫ですのでお気遣いなく」

いつもソファに座るように促されるけれど、さすがに主従である以上そこはけじめをつけたくて、これまでも立って報告している私です。

――ですが、今夜のエルアーネ様は強く言ってきました。

「今日は舞踏会の衣装合わせがあったから、いつもより時間が遅い。こうして私が自由になる時間まで、そなたは待ってくれたのだから座りなさい」

「いえ、負担になっていません。むしろエルアーネ陛下とこうして会話に花を咲かせることができるのは名誉なことです」

はい、だってまさかエルアーネ女王陛下が！　この国の最高権力者が『ＴＬ小説』展開に興味を抱いて話を聞きたいなんて普通ないでしょう！

それも毎回面白そうに「それで？」「そこからどうなるの？」「その者はこれからどうなると思う？」と聞かれたら――もう！

一人、ＴＬ小説展開を出歯亀、もとい観察しては記録し、小説を書くための材料を整えていく。

誰にも話せない趣味ゆえに孤独な日々だったのに、今では同志がいるのですから。

「専属侍女になり、『観察係』を任されてから私の生活は充実しております。これも全てエルアーネ陛下のご厚意のお陰です」

エルアーネ様、私の言葉にちょっと驚いているご様子ですが、私、何かおかしなことを口走ったでしょうか？　ここは温かく頷いてくださるところだと思っていたのに。

それから「ここまで感謝されると心苦しい……」とまで仰いました。

「私の勝手な頼みをそこまで喜ばれるとな……」

「そんなことありません。だって私、嬉しいんです」

「嬉しい？」

「私のこの特殊能力を信じてくださった上に、私の趣味まで認めてくださいました。そして私が見たことにも興味を持って、こうして一緒に楽しんでいただけるんです」

眉を寄せ、私の顔から目を背けていたエルアーネ様が苦しげに口を開きました。

「それは――私は、そなたのその能力を……」

そこまで話したとき、マーシュ様がお茶とお菓子をトレーに載せて持ってきてくださいました。

「――いや、リリィが『楽しい』と言ってくれるのはありがたい。私もこうしてそなたと話していると、普通の女子達と同じになった気分になって楽しいから」

マーシュ様がやってきた途端、いつもの穏やかで威厳ある態度に戻ったので私はホッとしました。

やっぱり、いつも傍にいる方がいないと不安になるのでしょう。

――ああ、主従愛（含み有）ですね。

「とにかく、お座り。お茶とお菓子を頼んでいたマーシュがこうして戻ってきたのだから」

では、失礼してと私はソファに腰をかけ、マーシュ様のいれてくれた紅茶をいただきつつ、今日の成果を話しました。

「ユクレス様はやはり、フレデリカ様に夢中です。好きな子を手中におさめようとする『腹黒』属性がいかんなく発揮されておりました！」

「その『腹黒』というのは、フレデリカに対してのみ発揮されているのかい？」

とエルアーネ陛下。それ、昨夜も聞いてきたんですよね。

「はい。あくまでもフレデリカ様限定です。たいてい、こういう『腹黒』系は職務に対しては誠実で優秀な方ばかりです。と言っても、『腹黒』系以外のヒーローも例外なく有能で、政治や領地の経営もクリーンなんですよね。それどころか、私腹を肥やしたり、無実の方々に重い罪を着せたりという無能な政治家達を追い出し、世の中の膿《うみ》を根こそぎ取り除いてしまうことも多いです。ユクレス様もきっとそのタイプです」

「そういうことまでわかるのかい？　リリィの異能は」

異能というより前世の記憶、つまりTL小説のお約束設定です。ヒーローは女性読者のために、完璧に近い者でないといけないのです。世の中に絶対いるはずないくらい現実味のないヒーローでないと、乙女は夢を見て日々のストレスを解消することなど不可能ですから。

しかし、疑っておられますねぇ。ここ最近ずっと、ユクレス様の行動を疑うかのようにご質問なさるんですもの。なので私は断言します。

「わかります！」

セオリーですから！　思わず声を大にしてしまいます。

「おや？　そこまでユクレスを認めてるんだね？　妬《や》けるなぁ、観察しているうちに惚れてしまったかしら？」

ちょっと意地悪そうな表情で私を睨みます。でも口角は上がっていて、いつもの冗談だとわかりました。

「そ、そんなことありません！　ユクレス様とフレデリカ様はお似合いではありませんか。……それに、その、あのユクレス様のフレデリカ様へのご執着はもう……！　見てられません！」

思い出したら身体中ポッポと熱くなってしまいました！

「『身体中につけられたら人に知られてしまいます』とフレデリカ様はいやんいやん言っているのに、ユクレス様は『フレデリカに他の虫が寄ってこないようにつけるんだ』って……！」

（あ、あれ……？）

エルアーネ様、クッキーを口に挟みながら硬直してしまいました。

マーシュ様に視線を向けると、表情を一切消した顔で私を見つめております。瞳にも光が一切なくなりました。

「……リリィ、聞いていいか？」

マーシュ様が無表情で尋ねてきました。

「はい、どうぞ」

「見たのか？　……その、同衾《どうきん》を」

「同衾なんてマーシュ様、表現が直接すぎです。ここは『ラブシーン』とか『濡れ場』とか。あと『熱々シーン』でも意味がわかりますよね？　そう呼んでください」

「……あ、ああ。そのラブシーンというのを見てきたのか？」

「さすがに直視はできません……恥ずかしいし、その罪の意識というものがありまして……背中を向けて声だけ……」

そうなんです。毎回ラブシーンに遭遇する度に『表現の勉強！』『リアルを見なくては想像も書けない！』と観察を試みるのですが、いざその場に立つとこっちが恥ずかしくなってしまうわ、犯罪おかしてる気分になるわで決心が鈍《にぶ》って、いつも背中を向けて心を無にしてしまいます。

「……なので声のみの想像ですが……申し訳ありません。エルアーネ様だってそのシーンは気になりますよね。今度こそお役目を果たします！」

「いや、そこまでしなくても大丈夫。彼らの会話さえ聞ければ……」

しおしおになった私に、エルアーネ様は大変お優しい言葉をかけてくださいました。

陛下は私の書く小説に興味を示して『自分もそういう話が好きだ』と告白してくださったのです。その信頼のためにももっと真剣に取り組まなければなりません。たとえそれが『出歯亀』と呼ばれるものでも。

「いえ！　今度こそは相手が誰であろうとしっかり観察をしてまいります！」

私、きっぱり宣言しました。己の羞恥心《しゅうちしん》を優先していたらよい小説は書けませんし、楽しみにしているエルアーネ様の期待にも応えなくては！

新たな決意を胸にエルアーネ様とマーシュ様を見つめましたが……まだ私を呆然と見つめておいでした。

あら？　何か言い忘れありましたっけ？　ああ！　そうですそうです！　話が脱線してしまいましたね。

「――そういうわけで、あの二人の間には誰も付け入る隙などないかと」

「リリィ、また聞くがユクレスの部屋……だよね？　その……ラブシーンとやらが発生したのは？」

今度はクッキーを口から外したエルアーネ様が聞いてきました。

「はい、そうです！」

「どうやってユクレスの部屋に入って、どうやってそのシーンを観察したの……？」

「私の『主要人物以外は全て物言わぬ風景』という『モブ異能』です！　二人っきりの世界が展開されている間はベッド以外全て『無』になるのです」

言い切った私を見て呆然としておりますが、エルアーネ様、マーシュ様、実際そうなってしまうのだから、私もそう言う以外ないのです。

観察のためにユクレス様のお部屋に侵入するときはそりゃあ外へ回って、他に開いている窓や扉がないか探しました。

が、結局正攻法の真っ正面の寝室行きの扉しか開いておらず、音を立てないよう、それは慎重に入りましたとも。

けれど既にお二人は愛の物語を展開中で、いないはずの、しかもモブの私など空気と一緒。

——すぐさまカーテンの陰に隠れましたけど、どうしてこれで気づかない？　的な距離感で『傾聴観察』はできましたが、私の存在感の薄さがちょっと空《むな》しかったです。

「それで、ユクレスはフレデリカに何を話していたとか……聞こえたかい？」

気を取り直したのかエルアーネ様は咳払いをしつつ尋ねてきました。

「はい！　もう……フレデリカ様の囲い込みに入っていますね！　『今度、女王陛下にご報告するつもりだ』とも『陛下が反対しても俺は君を妻にする。たとえ王太子の座から下ろされても』と！情熱的です、ユクレス様！　いつもはフレデリカ様に『ほら、さっさと言いなよ。俺と何したいの？』

なんて腹黒な台詞を吐くくせに、ここぞとばかりにキュンキュンさせるなんて……！　感激して泣きそうになって、鼻水が出そうになったので慌てて部屋から出て参りました……！」

僅《わず》か十七歳のユクレス様がそんな決心を胸にフレデリカ様を愛していると思うと、「身分を捨てるなんて若気の至りだよね」なんて冷めたツッコミなど吹き飛んでしまいます。

だって乙女の夢をぶち込んだＴＬの世界ですから、そんな乳臭い展開さえも絶対的正義なのです。

「きっとこのあと『そう言っても彼には王太子として相応しい相手との縁談がある……私は結婚までの遊び相手なんだわ』なんて三分話せば解決する不安でフレデリカ様は落ち込みつつ、ユクレス様への恋慕に揺れると思います！」

「ふーん……ユクレスが男らしく、フレデリカとの関係を話してくれれば反対はしないがね」

なんてエルアーネ様の意地悪っぽい台詞を耳にして、私、少しムッしてしまいました。

「ユクレス様は、きっとエルアーネ陛下にお話ししてくださいます！　だってユクレス様にとって大叔母にあたるお方ですし、ずっと母親代わりで面倒を見ていらしたと伺っていますよ？　ならば必ず、お話ししてくださいます！」

私は拳を握って力説します。だってそうならないと、このあと二人のＴＬ物語はハッピーエンドにならないじゃないですか。

「……私は母親代わり……そうだね。ユクレスを隣国の王妃となった姪から『次期後継者』としてずっとお預かりしているのだから、そうとも言えるね……」

「あの……私の方からも伺ってもよろしいでしょうか？」

エルアーネ様の言い方に私、一抹の不安を感じました。それってもしかしたら……。

「もしかしたら、ユクレス様がフレデリカ様とご結婚されたら、王位継承権は剝奪されてしまうのでしょうか？」

確かにそういった展開のＴＬ小説もあります。それでヒロインは自分から身を引いて――数年後に無事に王座に就いたヒーローがヒロインを見つけ出したら、実は子供を産んでいたというロイヤルファミリーもの。数年も消息不明だったのに、ちょっと遠出したら見つけました！　とか、ラッキー体質というのもヒーローの条件で、宝くじ買ったら一等当選だろうな、なんて羨ましくも思っていました。

話が逸れましたが――けれど、けれどですね。

私としてはその前に困難を乗り越えて、ハッピーウェディングになる展開の方が好みなわけです。

「そういったことで剝奪するつもりはないが、まぁ、臣下達からの反対はあるだろうね」

「そうですよね……」

「でも、それを乗り越えて結婚したら最高だろうね」

「そ、そうですよね！　はい！　私もそう思います！」

「ユクレスにとっては試練だろうけど、そこは頑張ってもらわないとね！」

「はい！　同感です！」

楽しそうに笑ってくれるエルアーネ様に私もホッとし、笑みを返します。

「これからユクレスがどう動くか……楽しみだね。引き続きよろしく頼む、リリィ」

軽い口調で話してくださるエルアーネ様に私も、

「お任せください！」

と胸を張って答えました。

紅茶を飲んで一息つきます。お菓子は……もう夜も遅いので一個だけにしましょう。ワンピース型のこの侍女のお仕着せは後ろ釦《ボタン》なんですが、太ると掛けられなくなってしまいますからね……。それでなくても身体にフィットするように作られていますから……。

「──ああ、そうだ。リリィ、そなたに今度の舞踏会の付き添いを頼みたい」

「わ、私ですか⁉　カミラ様ではないのですか？」

「カミラはいつも控え室待機で、いつもは僕と護衛が数人、それと侍女が数人で交替制だ」

とマーシュ様。けれど先ほどからずっと、瞳に光がないままなのが気になりますが……

「今回、私に付き添う侍女はリリィ一人にしようと思っている──その理由はわかる？」

エルアーネ様に言われ、私はＴＬ談義で緩んでいた頬を引き締め、大きく首肯しました。

「『観察』ですね？」

「私に近づいてくる諸侯達や舞踏会に出席している貴族等を『観察』してほしい。そしてそなたの言う『物語』が発生しそうな者達を教えてほしいのだ」

とエルアーネ様。続けてマーシュ様が、

「二日間ほどだが、ずっと付き添う形になるから身体を酷使するだろう。勿論体調が悪くなったら中断して構わないし、給金も弾む──できるか？」

マーシュ様はやはり光のない瞳で、それでも生真面目に話してくださいました。何だか今夜のマーシュ様、気味悪いです。

――けれど、内容はとても面白い――いいえ！　やりがいのあるお仕事になりそうです！

「勿論です！　やらせていただきます！」

「陛下に付き添うのだから、侍女としての仕事はきちんとこなすんだぞ」

マーシュ様に釘をさされました。ああ、そうでした。私、侍女として雇われているのでした。

「だ、大丈夫です！　今だって昼間の仕事はきちんとこなしております！」

「当日は人が入れ替わり立ち替わり入るから、そういうのは追っていかなくていい。相手の顔の特徴などを覚えておいて後から報告するか、マーシュが傍にいたら彼に教えてほしい」

エルアーネ様がそう言うと、マーシュ様も同意したように頷きました。

「かしこまりました。お役目、立派に果たしてみせます！」

元気よく答えた私にエルアーネ様は、満足そうに目を細め、言いました。

「そなたにも舞踏会用の衣装を仕立てねばな。カミラに見立ててもらおう。そなたに似合う可愛らしいのがいいな」

舞踏会のような華やかな催しの際はそのお付きの侍女達も、その雰囲気に相応しい格好にチェンジするのです。

「明るい水色か、その綺麗な瞳の色と同じスミレ色の衣装が似合いそうだ」

『綺麗な瞳の色』と褒められてドキンと胸の鼓動が跳ねました。家族内でしか容姿を褒められたことがなかったので、受け答えに迷います。

だって見つめてきたその眼差しが、イヤに艶めいているようなんですもの。

「し、至急、カミラ様に見立ててもらってエルアーネ様に最初に披露します！」

ようやくそれだけ告げることができましたが、私が狼狽《うろた》えていることが目に見えてわかるようでエルアーネ様は軽やかな笑い声をあげました。

――はぁ、とにかく、三日後のエルアーネ陛下主催の舞踏会！　今から楽しみです！

＊　＊　＊　＊

「しかしリリィの『モブ異能』とは変わった能力だな。なあ？　マーシュ」

「そうですね、何だか薄気味悪い異能ですが……」

「マーシュは、彼女のその異能で何か困ることでもあるのかな？」

ニヤニヤと意地の悪い笑みを浮かべたエルアーネは、表情を変えないマーシュを見上げる。

いや、少々眉間に皺を寄せているところを見ると、困惑しているようだ。そして、

「正直に話して、普通に間諜をやらせた方がいいのでは？　彼女に」

と話題を逸らす。

うーん、とエルアーネは唸り、それから「いや」と首を振った。

「それは彼女自身に危険が及ぶ可能性が高い。彼女のその『自身が風景と同化』とかいう異能が

『主要人物以外の顔はぼやけて見える』と同時に発動するものなのかどうか不明だ。もし違ったらどうする？　主要人物だと思っていつものように追っていったら、実は姿が見えていてそのせいで敵に捕まってしまう可能性だってある。リリィは普通の娘だ。訓練もしていないのにそんな事態になったら不憫《ふびん》だろう」

「『普通』ではありませんよ、少なくとも……。あの〝主要人物〟とやらの先の行動を読んだり、これからの出来事を予見するような内容……ピタリ、とまではいきませんが、ほぼ当たっています。『聖女』に近いように思えます」

「うん……。まさかまだユクレスに縁談の話をしようと考えているだけの段階なのに、あれの色恋沙汰を見つけてくるとはね……」

ユクレスも、もう婚約者がいてもおかしくない年齢だ。

それに彼は『次期王位継承者』。

女王政権をよく思っていない反政府側から、ユクレス本人に内密に接触があったとの情報が入っている。彼らにそそのかされる前に味方の貴族側から令嬢を選び、婚約させようと考えていた。

――というところで、自分の専属侍女フレデリカとの恋愛が発覚。

フレデリカの実家は現在、中立の立場をとっているが、はたして実情はどうなのか？

そしてユクレス本人は、大叔母のエルアーネ女王との関係をどう思い、今の地位をどう思っているのか？

己の真の目的を態度に出す単純な者などエルアーネの周囲には存在しない、いつだって。

だからこそリリィの言う〝恋愛沙汰を起こす〟人物と、政治的な問題を起こしそうな人物が一致しているという事実を掴めたのは渡りに船だった。

「今度の舞踏会にリリィを連れていって見てもらうというのは、いい案でしたね」

とマーシュ。

「……心苦しいけど」

ぽつり、と呟くエルアーネに、マーシュの瞳の光が戻った。

「リリィに同情しますか？」

「どうしてそんなワクワクしている顔をする？」

「してませんよ、驚いただけです。あなたが女性に限らず他人にそんな感情を持つなんて、僕の記憶の中では初めてです」

「初めてじゃない。昔飼っていた猫やシマリスだって愛しくて苦しいほどだった」

「猫やシマリスと一緒か」と大きな溜め息を吐き出してから、マーシュはきつめの口調で告げる。

「とにかく、この件は早急に片をつけなければならない最重要案件です。あなたが女王としていられるのは、もう残り少ない」

「仕方ないじゃないか。これだけは私の気持ち一つでどうにかできる問題ではない」

マーシュの言葉に対して、エルアーネは渋々とこぼす。

「それはそうですけれど。——しかし、どうして王位を継承したときに明かさなかったのか……」

「しょうがないじゃないか、それまでも周囲を欺《あざむ》いてきたんだから。あそこで明かしたら大混乱になってまた血生臭い争いが起きるだろう……」

「……そうでしたね」

当時のことを思い出したマーシュは厳しい表情で深く嘆息した。それからこの現状をまだ当分続けていかなくてはならないことを憂《うれ》うかのように口を開く。

「僕がいないときにも気を抜かないでくださいよ。最近、エルは逞《たくま》しいったらないから、こっちがヒヤヒヤさせられる」

「わかってる。そのためにリリィの異能を最大限に利用して、一刻も早い解決をしなければならない」


マーシュが退出したあと、エルアーネは一人寝室に入る。

直《じき》に見張りの兵士が挨拶にやってくる。それまでに寝衣に着替えなくてはならない。今夜は既にカミラを下がらせているので全て自分でやる。

胸元を誤魔化すためにフリルが多くついたティードレスを脱いで姿見の前に立って、エルアーネはやるせない溜め息を吐《つ》いた。

もう、肩は張り、筋肉が付き始めている。二の腕にも前腕にも女性と違う張りと硬さがあり、十代の頃と違って誤魔化せないほどになってきた。

「もう、体型からして限界に近いよな」

自分は男だ――。

だから、恋愛小説に興味を持った女性のふりをして彼女を喜ばせているのが時々やりきれなくて、全てを告白したくなる。

エルアーネは、つい先ほどまで目の前に座って顔を上気させながらお喋りしていたリリィの顔を思い浮かべ、苦しそうに瞼《まぶた》を下ろした。

＊　＊　＊　＊　＊

やってきました舞踏会当日！

王宮は夕方からの宴の準備で朝からバタバタしていて、落ち着きません。

けれど、華やかで賑やかな催しは人をワクワクさせますよね。かく言う私もウキウキしています。だって今夜から二日間、名実ともにエルアーネ様の傍で、会場にやってくる煌びやかに飾りたてた人々を観察できるのですもの！

それに――エルアーネ様のお傍にずっと付き添えるというのですからたまりません。今回、付き添う侍女は私だけ。

女王陛下付きの他の侍女達からの嫉妬は？　なんて心配は無用です。

「リリィ様お一人で二日間なんて……お疲れにならないかしら？」とお優しいローラ様が心配してくださっております。

そんな中、ヒロイン格のフレデリカ様は舞踏会の日、なぜか一日だけお休みをいただきました。

これは――イベント発生フラグの予感です！

ユクレス様と舞踏会会場に登場するのでしょうか？

「リリィ、陛下のお支度の間に自分の支度もなさい」

カミラ様に言われ、私もいつもの濃紺にフリル付きの白エプロン、そしてホワイトブリムから、舞踏会に相応しい格好にチェンジです。陛下付きの私も、主人の恥にならないような装いをしなければいけません。

派手にならないよう水色の上品な色合いのドレスですが、控えめなジゴ袖とウエストの切り替え部分に小さく飾られたお花がポイント。この衣装で一番の目玉は、後ろに長く垂れるヘッドドレスのリボンでしょうか。舞踏会の雰囲気を壊さないお付き侍女達の清楚な衣装選びというのは、なかなか頭を悩ませる問題です。

――エルアーネ様、私のこの姿を見て褒めてくださるでしょうか？

ふっとそう思って、「えっ？」と声を上げてしまいました。

私、どうしてエルアーネ様に褒めていただけることを期待しているのでしょう？

これじゃまるで恋人や好きな人に可愛く見られているかどうか気にしているかのようでは？

――いえいえ、違います！　私は影の薄いモブですから！　自分で自分の姿がハッキリくっきり見えないからこそ、事情を知っているエルアーネ様にお尋ねするんです！　決して色めいたものではありませんから！

それに、ここはＴＬ小説世界です、たとえ百合系の展開があっても物語の中心人物になってはいけません！　ひっそりと、うっすらと事が進まないと……。

　ここまで想像して私、がくり、と頭を垂らしました。

　何、考えているのでしょう……エルアーネ様はヒロイン級のキャラ。平凡キャラどころかモブキャラで容姿ぼんやりな私とでは、物語など生まれません。こんな私と恋をする男性といえば、私と同じモブキャラと運命は決まっています。

　というか、私はエルアーネ様に恋でもしているのでしょうか？

　相手は同性――女性なのに？

　前世だって三次元の同性どころか、異性にすらキュンキュンもドキリもなーんもしなくて、ＴＬ小説をはじめとした二次元のキャラやら二・五次元のイケメン俳優を追いかけ回していた私なのに。

　もしかしたら今世の私は、同性に興味があるキャラなのでしょうか？

　いや、そんなことは……ううん、もしかしたら……なんて頭を捻りながら悶々としていたら、衣装室の扉が開きました。

　カミラ様の手に引かれ厳《おごそ》かに出てきたのは――エルアーネ陛下。

　赤を基調とした詰め襟のドレスは百合紋章がふんだんに刺繍《ししゅう》されており、後ろのトレーンが優雅に床に落ちていています。胸元には王家に伝わる大きくカットしたエメラルドのネックレスが燦々《さんさん》と輝きを放っています。私が磨いたネックレスです、頑張って磨いたかいがありました！

　金色の巻き毛が垂れる頭の上には、統治者の証である様々な色の宝石を埋め込んだ王冠を被っておられます。

肩から床にかけて海のように流れるマントの縁には、ヒョウ柄の毛皮まで装飾されております。今まで遠目からしか拝見できなかったエルアーネ様の正装姿を、私は今、間近で見ています。しかもほぼ独り占め状態です！　これは興奮するシチュエーションではないでしょうか⁉

ここにヒーローがいたら、このドレス姿に欲情してヒロイン役のエルアーネ様を……。

『彼の指が悪戯《いたずら》っぽくエルアーネの胸元の釦を弄る。エルアーネは彼を睨みつけながらその指を押し戻すが、既に欲情の光を瞳に宿した相手の行動を阻止するにはあまりにも儚《はかな》い抵抗だった』

――いいです！　いいですよ！

ここにいるのが私で非常に残念でなりません！

「リリィ？　どうした？　ブツブツ言って、緊張でもしているのかい？」

「い、いえ！　エルアーネ陛下のあまりの美しさに意識が飛びまして……！」

はい、ＴＬ小説展開を脳内で想像して一瞬だけ楽しんでいました！

「会場で、そのような様子だと困るぞ。しっかりしてくれ」

と後ろからマーシュ様が出てきました。

「えっ……あ、マーシュ様も衣装室に一緒に入ってらしたんですか？」

「そうだが？　仮縫いや調整以外は、いつも着替えを手伝っているのは知っているだろう？」

「……そうでしたね」

そういえばマーシュ様は、この扉の向こうでヒロインの着替えを手伝うという美味しい展開を毎回繰り広げているというのに、食指が動くということはないのでしょうか？

長くお仕えしすぎて互いに異性として見られないのに、ある日突然お互いを意識してしまうという展開は美味しいと思うのですが、もしかしたら異性に特別な感情など湧かない方なのかもしれません。

では、侍従×女王というカップリングはこの時点ではお目にかかることはないのですね……。

「……どうしてそこで切ない顔をする？」

マーシュ様にツッコまれました。

だって楽しみにしていたカップリング展開の一つが消えたんです、哀しくなるのは当然です。しかも、前世の人気ジャンルの一つに足突っ込んでいるかもしれない方が目の前にいるというのに、私の知識が浅いために書けないのですから。

ちょっと涙目になっている私の顔を、突然緑の瞳が覗き込んできて緊張が走りました。

エルアーネ様がかがんで私の顔を見つめているのです。

「泣いては化粧が落ちる。ほら、笑って」

顔が近い！　近いです！

「ド、ドレスの袖で拭おうとしては、い、いけません……！　汚れてしまいます！」

エルアーネ様自ら、私の目尻に溜まりかけた涙を拭おうとしたので慌てて止めました。

「へ、平気です！　ほら、もう大丈夫です！」

キラキラしたお顔のドアップに、私の気力も回復したどころか――心臓バクバクして動悸が治まらないのですが！

火照《ほて》る顔のままにガッツポーズを取って元気アピールをしたら、カミラ様やマーシュ様に呆れられましたが、エルアーネ様には好評だったようです。ホッとしたように微笑まれました。

「リリィ。そのドレス、とてもよく似合う。そなたの愛らしさが余すことなく引き出されて可愛い」

「そ、そんな……！　カ、カミラ様の見立てがよかったのです！　陛下のお傍で待機するのに相応しいデザインや色を教えていただけたので！」

何せ自分の顔はジッと鏡を見つめてもぼんやりで、着るまでハッキリ見えていた衣装も『私が着ればほらこの通り』的なぼやけ方です。

なので、本当に似合うか似合わないかなんて周囲から聞くよりほかないのですが――エルアーネ様に賞賛をいただけたなんて嬉しくてたまりません。

「そうか、しかしそなたは自分で思うよりずっと魅力的な女性だと知っておきなさい。でないと卑下しすぎて、碌《ろく》でもない男性とくっついてしまうことになるよ」

「は、はい……、でも私、結婚なんて考えていませんし、お付き合いしたい方もいませんので！」

そうです、私の今の生き甲斐は自分の恋ではなく、人の恋路でございます。

「そうか？　では恋をしたくなったら、言いに来なさい。相談に乗ろう」

「はい、ありがとうございます！」

何てお優しいエルアーネ様。男女問わず人気があるのが頷けます。

低く艶のある声音で紡がれる言葉遣いはやや男性寄りですが、それはこの国初の女王として威厳を出すために自然にそうなったと聞いています。それが女性らしい顔つきから発せられることや、さらには中性的な動作とも相まって男女問わずゾクゾクするとも評判なのです。

はあ、この世界に宝塚なるものがあったら、エルアーネ様は超人気男役だったに違いありません！

「陛下、そろそろ……」

マーシュ様に促され、首肯したエルアーネ様は再び私に顔を向けます。

「頼みますよ、リリィ」と。

「はい、お任せください」と私は力強く頷いたのでした。


舞踏会ってやっぱり踊るのが基本。

それと同時にお見合いの場や情報交換の場になったり、夜会やオークションなど様々なイベントが行われたり。

今回は『エスカ国軍舞踏会』が正式名称でして、将軍であるヴェアザラル・ファラー様主催で二日間にわたって執り行われます。

何にせよヒロイン級の令嬢が舞踏会会場にいる場合、もれなくアクシデントが発生するのがお約束です。

——今夜もきっと。誰が今夜のヒロイン、ヒーローなのかわかりませんが。

厳かに始まった舞踏会。

皆、王座に鎮座するエルアーネ女王陛下のもとに集《つど》い、一斉にファーストダンスを披露します。

それから各自、好きな曲の折に好きな相手と踊り、飲み、会話を楽しむのです。

煌びやかなドレスが翻《ひるがえ》ると女性達のつけた香水の香りが漂い、会場をさらに華やかにしているように思えます。

賑やかになってきて、諸侯達のご機嫌伺いの列が終わりを迎える頃、エルアーネ様は私に目配せをしてきました。立ち上がったエルアーネ様に近づき、マントを外します。

「挨拶に来た中では……?」

「ヴェアザラル様とランナル・シュトランド様が……」

そっと答えます。

ヴェアザラル・ファラー様——漆黒に金の刺繡の衣装をまとった、偉丈夫の中年。黒髪の癖毛を後ろに流し、深く窪《くぼ》んだ両目には落ち着いた物腰とは裏腹に生気がみなぎっておりました。

そして何より——イケメンです!

イケオジ、という分類でしょうか。中年おじさま属性、そして歳の差カップル展開が期待できるお方でした。

そしてもう一方——ランナル・シュトランド様。茶髪に緑の瞳を持つ端整な顔立ちの、侯爵代理です。何でも家系が複雑で弟君《おとうとぎみ》が正式な継承者なのですが、まだ幼いので当主の務めを代行されているそうです。今回も幼い弟の代理でエルアーネ様に挨拶に参りました。二十五歳という活力溢れたお年頃。絶賛結婚適齢期中でございます。

エルアーネ様を見つめる眼差しに憂いの光があり、思い悩んでいるように伏せる瞼がたまりませんでした。『ヤンデレ』系ヒーローに発展するタイプでしょうか？

それにしてもヴェアザラル様といい、ランナル様といい、舞踏会に参加されている女性達の注目の的で、既婚者の女性さえも虜にしてしまう容姿はまさにヒーローとして相応しいのです！

あの魅力を雄弁に語りたい！

しかしながら今は舞踏会中。お口のムズムズを必死に止めていたら、

「リリィ、あとでゆっくり感想を語り合おう」

と、エルアーネ様がそっと仰ってくださいました。

私の気持ちを察していただけるなんて、さすがエルアーネ様です。ますます惚れちゃいそうです。

いいえ、これは同じ女性としての尊敬の念ですから！

私に一言告げ、マントを脱いだエルアーネ様は壇上から下りて、気軽に皆様と交流し始めます。

私もお付きなので、つかず離れずの位置で待機。そして楚々と振る舞いながらも、エルアーネ様に近づく方々をそっとチェック。

何気にいる隣にいるマーシュ様に「あれ違う」「これ違う」と囁きます。

次から次へとやってくる貴族達を捌《さば》いていくエルアーネ様、嫌な顔一つしないで輝く笑みを振りまいてお疲れの様子も見せず——さすがです。

「お相手を……」

と先ほどTL小説ヒーロー主要格認定のヴェアザラル様が、エルアーネ様にダンスを申し込みます。そんなヴェアザラル様はエルアーネ様は緑の瞳を細め、気品あふれる微笑みをお見せになり、

そっと手を取りました。

二人で中央まで歩いていくと、器楽合奏団が違う曲を奏で始め、お二人はそれに合わせ踊り出します。

――ど、どうしてヒロイン、ヒーロー級が揃って踊るとこうも違うんでしょう！

ダンスと一緒にキラキラしたものが舞っています！　花まで見えてきました！

「はぁぁぁぁぁぁぁぁぁぁぁ……私、この情景を文章で書けと言われても、とても書けません……」

この世界に転生してよかった！　万感胸に迫る思いです！　私の拙《つたな》い文章力が悔しい！

もしかしたら、将軍×女王カップルなのでしょうか？

ああ、それもいいですねぇ……。エルアーネ様は御歳二十三。ええと、ヴェアザラル様は……？

「マーシュ様、ヴェアザラル様のお年は……？」

「？　三十七になったと思うが……」

「はぁ……いいです。私としては、もう少し歳の差があっても美味しかったです……」

思えば『歳の差カップル』も人気設定でした。若いピチピチな十代令嬢と、三十代四十代、もしくはそれ以上の壮年までと幅広い年齢層のヒーローが、大人の包容力で甘えさせてくれるという、癒やしを求めたい読者に大変好評な組み合わせです。

「犯罪にならないのか？」という前世の法律で裁かれそうなものもありましたが、そこは中世風ファンタジー小説ですから気にならなかったようです。

『乙女の夢』！　をぶち込んだ二次元小説ですからね？　現実と重ねてはいけないのです。

あ、また光の消えた平べったい瞳で私を見ていますね、マーシュ様。遠近法も立体感も全てなくしたような瞳で私を見ないでください。

「いつまでも感泣していないで、そろそろダンスが終わるぞ。終わったらすぐに近づいて、陛下の身だしなみを整える！　ササッと終わらせなくては恥をかくのは陛下なのだ」

「はい、頑張ります」

私だって女王陛下付き侍女ですから、ここで失敗してはエルアーネ様に申し訳ありません。

ダンスが終わり、お二人は片手を離して周囲に挨拶。

拍手喝采をしながらお二人に近づいていく紳士淑女達より早く近づき、私とマーシュ様はササッとエルアーネ様の身だしなみを整えます。

それからヴェアザラル様のあと、宰相の地位にあられるフェリペ様と踊り、ランナル・シュトランド様が登場。踊ります。

（……あら？）

エルアーネ様とランナル様、何気なく似てます。鼻の形とか顎の形とか。斜め横なんてソックリです。ランナル様も上級貴族なので、遠いご親戚か何かなのかもしれません。

（でも、笑うとやっぱり違います。ランナル様は家庭の複雑さからか自虐的に微笑まれますね）

不幸な境遇な中で育ち、人を信じられなくなっているヒーローを天真爛漫なヒロインが悪意なしに振り回すんです。嫌々ながらも付き合っていき変わっていくヒーローは、ヒロインへの恋心を自覚して……。なんてニヤニヤしながらエルアーネ様を見守ります。

エルアーネ様のお相手は一曲ごとに替わります。

かわるがわる踊る相手は老若ありますが、皆どれもこれもタイプの違うイケメン達。

このお方はフェリペ様の息子で次期宰相候補。お顔から見たら準主役というところですね。きっとヒーローやヒロインの友人役とかでしょうか。

何しろ次から次にイケメンばかり出てきて、舞踏会でなく『イケメン祭り』と呼びたい心境です。

脳内からドバドバ出ているアドレナリンの作用で興奮している私でしたが――。

「……あっ」

私の中で緊張が走ります。

エルアーネ様の次のダンスのお相手は、ユクレス様だったのですから。

互いに笑みを浮かべながら見つめ合って、何かお話をしながら踊っております。そうして曲が終わるか終わらないかのタイミングで、エルアーネ様がマーシュ様に目配せをしてきました。

「リリィ、ダンスは一旦終了だ。マントの用意を」

「は、はい」

そうですよね、ずっと踊っていたし、そろそろイベントが発生してもおかしくない頃ですもの。

――では、今回のイベントはやはりユクレス×フレデリカ。

曲が終わると私とマーシュ様は、ササッとエルアーネ様に近づきマントを肩からかけて『ダンス終了』合図。

エルアーネ様は私よりずっと背が高く、結構肩幅があるのでマントをかける作業にはなかなか骨が折れますが、今回はエルアーネ様が自らそっと手を貸してくださって事なきを得ました。

お優しい……と、感動しましたが、もっと手早く行えるやり方を自分なりに考えなくてはいけません。

――とりあえず！

新たな課題の解決方法を模索するのは後にして、玉座に座ったエルアーネ様のドレスの裾を整え飲み物を渡すと、私は後ろに下がります。

きっと、このあと王太子×侍女カップルイベントが！　とワクワクしましたが、何も起こらずそのまま舞踏会が続いています。

あら？　と拍子抜けし、ユクレス様に視線を向けると彼はあっという間に視界からいなくなりました。

「リリィ。追える？」

「はい！」

刹那《せつな》、素早く動く私の身体。素晴らしくありませんか？　この阿吽《あうん》の呼吸！

さすがモブ侍女の私！　しっかり役割を果たしております！

ワンピースの裾を掴み、ささ、と早足でユクレス様を追います。

「あっ……、あれは」

ユクレス様の向かう先にはフレデリカ様が。やはり、おいでになっていましたか。

けれど彼女を囲む令嬢方は何者なのでしょう？

私は人混みに紛れ、二人に気づかれないよう近付いていきます。こうしていると接客するメイドに見えるようで「冷えたシャンパンを」なんて呼び止める令息もいましたが、「かしこまりました」と愛想よく返事して通り過ぎます。勿論、シャンパンの注文は放置です。

どうやら、ユクレス様より早くフレデリカ様のお傍に近付くことができました。

――ユクレス様、というと、あら、ランナル様に捕まっておいででした。一瞬、しかめっ面になったユクレス様ですが、すぐにいつもの爽やか笑顔の仮面を被っておいでです。壁際に誘導されていますが目立つヒーローは大変ですよね。

って、目立つのはヒロインのフレデリカ様もそうで、どうやら虐《しいた》げ役に捕まっているようです。

早速、眼鏡着装！

〝悪役令嬢〟という役目の方だと一目でわかる縦ロールヘアで毒々しい赤のドレスという出で立ちのご令嬢が、明らかにモブの子分を引き連れてフレデリカ様を取り囲んで弄っておいでです。

しかしながら〝悪役令嬢〟が登場するとはさすが王宮です！　実家の領地では〝悪役令嬢〟ではなく〝悪役婆さん〟が主流でしたから。ヒロインが先妻の子だというだけで虐《いじ》めたりする昔ながらの敵役がほとんどでした。さすが進んでいますね、王宮は！

けれど悪役にも主犯格とモブがあることは、領地にいた頃から知っていました。悪役を探すことよりヒーロー・ヒロイン達を探して出歯が……いえ、観察に夢中でしたので悪役令嬢にまで目を向けなかったことは私の失態です。

前世の私の人生が閉じる頃には〝悪役令嬢〟なのにヒロイン！　という展開も登場していたとい

うのに！　く、悔しい！

「あなた、確かハミンとかいう小さな領地の令嬢だそうね」

悪役モブの一人がフレデリカ様にぞんざいに尋ねてきました。

そうです、今はこの展開を観察せねば。悪役令嬢は顎を持ち上げつつ優雅に扇を広げています。

どうやら汚い言葉はモブ達にお任せするタイプなようです。いえ、話しかけたくもないという心境ですが、一言言ってやらないと気が済まないお局タイプでしょうか？

「はい。フレデリカ・ハミンと申します」

フレデリカ様はドレスの裾を摑み挨拶をしました。その仕草は優雅で文句の一つも言いようがありません。けれど、それが却って悪役一派の癇《かん》に障《さわ》ったようです。

「王宮で働かなくては生活できないような貧乏貴族の娘が、今回の舞踏会の一日目から出席するなんてねぇ？　立場をお考えになった方がよろしいのではなくて？」

「それに、そのドレス。何て質素なのかしら！　無理に出席したってそんなお姿ではどなたもダンスに誘ってはくれないわよ」

悪役モブ達の辛辣な言葉にフレデリカ様、困惑しておいでです。

ボスの悪役令嬢は静かに見守っているだけですが、扇で隠した口元は醜く歪んでいるでしょう。

「明日からなら、お金を持っている商人達も出入りが許されるから出直してきた方がいいわ」

「そうよ、助言してさしあげているのよ。大人しく従った方がよろしいのではなくて？」

クスクスと悪気のこもった笑い声が距離をとっている私の耳にも届きます。

というか、私の方にまで声がハッキリ届くということは周囲にも聞こえているってことですよね？　どれだけ声大きいんですか？　深窓の令嬢達の声量ではありません。

「ユクレス王太子殿下の意中のお方が、田舎貴族の娘とかいう噂《うわさ》が立っているようだけれど、まさかあなたということじゃありませんよね？」

「いやだわ。王太子殿下ともあろう方がこんな野暮ったいお方を見初めるわけありませんわ。王太子殿下の恋の相手に相応しいお方はここにいるイザベラ様です」

――ほう、イザベラ様と仰るのですね。いかにも悪役令嬢に付けられそうな名前です。名前以前に、つり目と濃い化粧からして悪役だと認定しましたが。

「ガーランド公爵令嬢である、イザベラ・ルナ様でしょうか？」

フレデリカ様が、扇を揺らしている悪役令嬢に話しかけます。狼狽えることなく真っ直ぐ自分を見据え話しかけてきたフレデリカ様に今度はイザベラ様が驚いたようで、口元から扇を外されました。

「わたくしを知っているのですか？」

「はい。イザベラ様の父君であられるガーランド公爵様が『我が娘の瞳は黒曜石のごとく輝き、頬は薔薇色《ばらいろ》に咲き、口元は思慮深く閉じられている』とよくお話しされております」

「そう……父があなたに」

「たまにお話を伺う程度ですが。エルアーネ女王陛下のお傍におりますゆえ、面会をお待ちの間に会話のお相手をさせていただいております。よく、お話しされるのはイザベラ様のことです。とても愛情深くお育てになっているとのことで、こちらも優しい気持ちになります。今夜、こうしてイザベラ様ご本人とお目にかかれてたいへん光栄に存じます」

にこり、と微笑まれるフレデリカ様に卑屈な様子は微塵もありません。

どうしてでしょう？　彼女が光り輝いて見えるのです。まるで初めてエルアーネ様にお会いしたときのようです。

一瞬、怯えたようにイザベラ様に視線を移す悪役モブ達でしたが、気難しい表情を崩さない彼女を見て『意地悪続行』ととったのでしょう。ずい、とフレデリカ様にまた一歩近づきつつ口を開きます。

「だから何だというの？　それでイザベラ様のご機嫌をとったつもりなのかしら？　人には格というものがありましてよ？　財もなくそんなドレスしか用意できないあなたに――」

「止《や》めなさい」と、イザベラ様が止めに入った刹那、

「そのドレスは俺が彼女に贈ったものだが？　そんなに酷《ひど》い代物か？」

と凛とした声が響きます。

ここでようやくユクレス様、登場です。いったいどれだけランナル様に足止めされていたんですか。悠長すぎやしませんか？

しかしながら、やっと真打ち登場です。TL小説展開ならばここで〝悪役令嬢ざまぁ！〟が見られるスカッとドキドキ場面！　是非お願いしたいものです！

「そのドレスのセンスが悪いというなら、俺のセンスが悪いということだな。彼女のせいではない」

とユクレス様。

「い、いえ……そんなことは言っては……」

と真っ青な顔で悪役モブ、下がっていきます。しかもイザベラ様の後ろに。わかりやすいな！

「ユクレス様。今夜の舞踏会でわたくしのパートナーを断ってまでお相手したかった令嬢というのは、このお方なのでしょう？　ドレスが注文通りですものね。フリル飾りを極限まで抑え、真珠やビーズ飾りをふんだんにあしらった白のドレス……」

「調べていたんだ？」

「ええ。デザインを聞いて私を引き立てるドレスではない、と知って腹立たしかったわ。わたくしこそが王太子殿下の隣にいるべきだと思っていましたのよ。女王陛下付きの侍女とはいえ、しがない下級貴族令嬢など殿下に見合う方ではないと」

とイザベラ様。顎をくっと上げて見下すようにフレデリカ様を見つめます。

腹が立つセリフですが、イザベラ様の容姿といい態度といい——高慢な様《さま》がよくお似合いでシビれてしまいます。

「俺に合う合わないは、君が決めるものではないし。たとえ君が俺の花嫁として選ばれていても俺は君を愛せない」

キッパリ言い切りました。ユクレス様！

パチン、とイザベラ様が勢いよく扇を閉じました。

「よくも公爵の娘であるわたくしをそこまで侮辱できること」

「何度も告げたのに、親子揃って聞いていないからだ。俺だってこうもしつこく言いたくはないさ」

もはやユクレスVSイザベラと変化しています。悪役モブはびびったまま固まっているし、フレデリカ様はどうしようか思案に暮れている様子。

真っ先に行動を起こしたのはイザベラ様でした。ふっときつめの目を閉じ、こう言いました。

「わたくしを殿下と結婚させたかったのは父ですから。わたくしが欲しかったのは、私を愛し、わたくしの思い通りに動く夫。殿下もわたくしも我が強い。そんな二人が一緒になっても衝突するばかりでしょうね」

と言うと、フレデリカ様と向き合います。

「柔らかい物腰で気の弱そうな見かけによらず、芯は強いお方とお見受けするわ。でないと、殿下の見立てたドレスを着てこの会場にやってこないでしょう。もう覚悟は決めているようね？」

「……はい」とフレデリカ様。

「では、役者は揃ったのだし、わたくしはこの行方を見守らせてもらうわ。せいぜい頑張って大叔母である陛下を納得させてみせなさい」

そう言うイザベラ様は楽しそうです。楽しめる玩具《おもちゃ》を見つけた、という感じです。また扇を広げ口元を隠しました。

「フレデリカ様。ここで逃げ出したりしないでくださいね。わたくしをガッカリさせないでちょうだい」

と一言告げて去って行きました。

これは『嫌がらせしようと思っていたけれど、好敵手として気に入ったし特にヒーローに執着してないからヒロインとよい関係になって弄りましょう』的な展開でしょうか？

実は『悪役令嬢だと思っていたのに、思ったよりいい人だった』という設定ですかね。

（……『悪役令嬢をギャフン！』と言わせる修羅場が見たかった……いえ、フレデリカ様のお優しい性格上それはないですね……）

出歯亀だけでなく野次馬根性まであるなんてこと、エルアーネ様には黙っていないと、うん！

賑やかで華やかな会場の中、一角だけ——ユクレス様とフレデリカ様がいらっしゃる場所はいまだ冷めやらぬ興奮状態です。フレデリカ様がユクレス様の想い人とここで明らかにされてしまったのですから、聞き耳を立てていた周囲からは奇異な目で見られております。

私は、遠くで成り行きを見守っているエルアーネ様に視線を向けます。遠くても大丈夫。私の眼鏡は特注品ですからね。はっきりとエルアーネ様のお顔が拝見できます。——あ、こちらも面白がっているようです。

しかし周囲の声は酷いものです。

「ハミン、というとあの南の小さな領地の……？」

「まあ！　何てずうずうしい……！　子爵家程度の田舎娘が……」

「本当ですわ。愛人で我慢すればいいものを」

「きっと何も知らないユクレス王太子様を、手練手管で虜にしたに違いありませんわ」

なんて聞こえてきます。聞こえるように言っているところがすごいです。これでコソコソ話のつもりであるなら、日頃どれだけ近所迷惑な音量で喋っているのでしょうか？

顔がぼんやりなモブ貴族なくせに、声だけはでかいのは許せませんが、ヒロインをそんな風にいびるのはＴＬ小説ではお決まりな場面なわけでして。

手に汗を握るこの場面。ユクレス様はどう切り抜けるのでしょうか？

「フレデリカ、ちょうどいい。ここで言いたいことがある」

とユクレス様、愛《いと》しい女性を見つめてから壇上にいるエルアーネ様に視線を移します。そして何かを訴えるように見つめてから、再び目の前にいるフレデリカ様に熱い視線で訴えました。

「フレデリカ、今ここでもう一度言う。一生、俺の傍にいて俺だけを見てくれ。君なら俺が間違った道を示しても恐れることなく正してくれる。俺はフレデリカがいればどんな困難さえも切り抜けられる。俺の妃になってほしい」

フレデリカ様とユクレス様の近くから、さざ波が起きたようにどよめきが広がります。

いや、この場でプロポーズって。先ほどの悪役令嬢といい、ユクレス様といい、全く場の空気を読んでません。もう『自分が主役！』と言わんばかりの立ち回りで、ＴＬらしい展開とも言えましょう。

しかも前にどこかで求婚したんですか？　しかも一度お断りされた展開？　そしてこの絶対ヒロインが断れない状況で求婚とは。さすが腹黒ヒーローです。

ここでお断りしたらフレデリカ様は『公式の場で殿下に恥をかかせた』と集中砲火を浴びるでしょう。どうするおつもりでしょうか？

当のフレデリカ様は、真っ直ぐに濁りのない瞳でユクレス様を見つめ返しました。

「このドレスを受け取った時から、私の心はもう決まっていました。お返事をずっと延ばしていて申し訳ございません。私ももう逃げません。ユクレス様の求婚をお受けします」

――さすがです！　ヒロインも空気を読みません！

確かに贈られたドレスを着てこの会場にやってきた、というのは決意表明なのですよね。

と同時に、喝采と悲鳴が会場を包みます。ふと気になって他のヒーロー格であるヴェアザラル様やフェリペ様をチラ見しましたが、苦虫を噛みつぶしたようなお顔です。彼らは反対派なのですね……舞踏会が終了したら大騒ぎになりそうです。

ランナル様はどうでしょうか？　この突然の展開をどう思われておいででしょう？　と探しましたが見つかりません。あのハッキリしたお顔を見逃すはずはないのですが……ご不浄でしょうか？

それにしてもTL小説世界に転生して、モブながらもこの場に居合わせた私。ヒヤヒヤしているのに、観察側としての心境の方が先走ってワクワクしております。

ざわざわと非難の交じったどよめきを片手のみで止めたのは、勿論エルアーネ様でした。手招きをしてフレデリカ様とユクレス様を手前に呼び寄せます。

ついでに私も素早くエルアーネ様の傍に戻りました。マーシュ様が眼鏡の私を見て顔をしかめながら「外せ」とジェスチャーしてきました。そうでした、と眼鏡を外します。周りから「何をしていたのか？」と怪しまれるかもしれません。少しでも疑われるようなことは控えなくては。

「ユクレス、そなたはまだ十七。すぐに結婚を決めなくてもまだ誰も咎めない歳だ。フレデリカは私の侍女だ。彼女のことは私もよく知っている。確か彼女の方が少々年上だが、そなたが大人になるまで待てないという年齢差ではない」

「お言葉ですが、私はもう一人前だと自覚しております。妻を娶《めと》ってもおかしくないと。それゆえにこうして陛下に結婚のお許しをいただきに来たのです」

「ふむ……」と言い、こめかみに指を当て考え込み出したエルアーネ様が難色を示していると感じた場内では、またフレデリカ様への不満を口にする者が出てきました。

この世界にも貴族階級という古くて厄介な身分制度が存在しておりまして、王家筋で隣国の王族の血をも受け継ぐユクレス様は、最上級の血統。

かたやフレデリカ様は女王陛下付きの侍女とはいえ、片田舎の小さな領地を治める子爵の娘。しかも、年上女房となれば不満が出るのは必須。

けれどフレデリカ様のことをよく知らないで、よくここまで悪口を叩けるものです。

ＴＬ小説展開でヒロインが非難されるシーンはちょくちょく出てきますが、お約束であり話を盛り上げるための流れとはいえ、物語の中にいる者としては見ていてしんどいです。

でも、信じています。

エルアーネ様はきっと、ユクレス様とフレデリカ様の結婚をお許しくださることを。

これはＴＬ小説展開だから、というだけではなく本当に心から思っていることです。

再びエルアーネ様が片手を上げますが、場内は議論で熱くなってしまい、なかなか静かになりません。

「静粛に！　エルアーネ陛下のお言葉である！」

マーシュ様が大きく声を張り上げ、ようやく静かになりました。

「フレデリカ、顔を上げなさい」

フレデリカ様、顔を上げましたがやっぱり顔色が悪いです。罵詈雑言の嵐で心を痛めておいでなのでしょう。それでもしっかりとエルアーネ様を見上げます。

「きっとユクレスのことだから、そなたを振り回したのだろう。これでなかなか剛胆で気が強い、しかも策士家ときているから」

「いえ、陛下、私は彼女には誠実であるよう努めております」

ユクレス様が口を挟んできましたが、エルアーネ様は笑ってかわしました。

「ユクレス、そなたはフレデリカにそれだけの魅力があると申すのだね？」

「彼女は私にとってあまたいる王女や、有力貴族の令嬢より遙かに価値のある女性です。私は、日頃の彼女の誠実さ、陛下への忠誠心、そして何より『王太子である私』ではなく『素の私』を知り、傍にいると誓ってくれました。たとえ反対されようと私とフレデリカ二人で乗り切り認めてもらう所存です」

「フレデリカと結婚することで、王太子の地位を剝奪されるとしてもか？」

ザワワッ、と大波が起きたように場内が騒がしくなりましたが「静粛に」とマーシュ様が声を上げ、再び静寂が戻ります。

ずっとエルアーネ様を見上げていた、ユクレス様の刺すような青い瞳が一旦、閉じられました。

それから、隣に控えているフレデリカ様と見つめ合います。

その瞳は温かな光を宿しておりました。二人頷き合い、ユクレス様はまたエルアーネ様を見上げました。今度は厳しい決心を込めた眼差しを向けて。

「――かまいません。……ここまでの教育を施してくださった陛下にとって、残念な結果となるのは心苦しくもありますが、世の平穏を保つ手段ともなる婚姻を自ら捨てるのです。それを考えると王太子としての心構えが足りぬ俺は、元々相応しくないのでしょう」

エルアーネ様の重々しい発言とユクレス様の意志に気圧《けお》され、誰も声を出しません。

「――ふ、冗談だ。今更王太子の地位を剝奪したら困るのは私だ」

と、エルアーネ様は息を吐かれると背筋を伸ばし、女王らしい威厳ある態度でお二人を見下ろします。

「フレデリカ、このままユクレスと添い遂げるということは、王太子妃という地位に就くことになる。そのための教育は厳しいものだし、またこの会場で起きた不満や陰口をこれからも一身に受けることになろう。それでもユクレスの傍にいたいと思うか？」

「はい。……正直、ここまでの間、葛藤はありました。貴族の中で低い地位の私がユクレス様の妻となる……。けれど、彼の支えになりたいという気持ちの方が遙かに強く湧き上がり、押し戻せるものではありませんでした。こうして批判を受けることは承知の上です」

「茨《いばら》の道になるやも知れぬぞ？」

「私でなく、他の誰かであっても『茨の道』であることに変わりはないでしょう」

脅すように言ってくるエルアーネ様に、フレデリカ様は花のように笑って返しました。

「それほど国を支えるということは、辛く厳しいことだと、エルアーネ女王陛下の間近でお仕えして知りました。その厳しさをユクレス様と分け合って生きていこうと決心したのです」

華やかに微笑む緑の眼差しには力強い決意が瞬いていて、圧倒されるほどです。

女って、どんな世界でも決意を固めると強いんですね。フレデリカ様に惚れてしまいそうです！

「心強い年上女房だな、ユクレス」

エルアーネ様は微笑を湛え、満足そうに頷かれました。

これでユクレス（王太子）×フレデリカ（侍女）のお話はハッピーエンドで終息でしょう。


ホッとしているとマーシュ様が「エルアーネ様が休憩をとるようにと」と、そっと声をかけてくださいました。

「かしこまりました。軽食をとったらすぐに戻ってまいります」

と頭を下げ、壇上の裏からそっと会場の外へ。

TLのクライマックス的な場面を観察できて、私のアドレナリンはドバドバ放出中なので疲れは感じませんが、ここで腹を満たしておかないと長い夜に向けて展開されるかもしれないTL場面を追えません。私は侍女控え室に向かいました。

（……あれは？　ランナル様？）

人気《ひとけ》のない廊下を横切った男性の顔はランナル様でした。あの沸き上がっていた会場にいないと思ったらこんな場所にいたのですね。

そして一緒にいたのは、どこかのご令嬢？　この位置では後ろ姿のみですが、腰まで落ちる黒髪の艶やかなご令嬢です。そして服装はメイド服では？

――新しいＴＬ展開の予感!?　追いかけねば！

と踵を返したら「リリィ様」と同僚のソフィ様に声をかけられました。

「ちょうどよかった。控え室に行くのでしょう？　待機されている侍女の方達の軽食を持っていくところなんです。ご一緒しましょう」

とボンヤリしたお顔が笑っておられます。断るわけに……いきませんよね……。

心中で泣く泣く追いかけていくのを諦めた私です。

「よかった、実は控え室の場所をよく知らなかったからリリィ様がいて助かりました。ローラ様のお役目だったのですが、さしこみがするというので急遽私が変わったんです」

「ローラ様が？　大丈夫なんでしょうか？」

お腹が痛いなんてまるで私のサボる理由みたいで気になりますが――私ではないのでそれはないですよね……？

◇三章　舞踏会二日目の観察は女王陛下と

二日目は、昼間から賑やかでした。舞踏会は夕方からなんですが、王宮にお泊まりになる方や、連日参加される方もいらっしゃいます。

二日目は無礼講的な要素もありまして、貴族以外の商人やあまり身分の高くない軍関係者なども参加されます。

国の頂点であるエルアーネ女王陛下も彼らをねぎらうために、オープニングから壇上にいることになります。

今夜はご自分の隣にユクレス様を座らせ、折を見て退場される手はずとなりました。

ここでユクレス様についてひと悶着です。

——まあ、急に決定した事項に、反対する者が出てくるのは当然でして……。

「なぜ、こうした重要な決定を我々に相談もなしに、勝手に決められるのです」

と、宰相のフェリペ・クルージュ様。白髪の交じった真っ直ぐな銀髪が美しい、壮年の男性です。

ヴェアザラル様より、ちょっと上の四十代とか。余裕ある物腰と知性輝く深い青の瞳が素敵です。

文官なのにお腹が出ていないところも魅力なお方。

「そうです、しかもあの会話だとフレデリカ嬢との結婚を認めたようなものです。まさか、何の利益もないハミン子爵の娘を、本気で王太子妃としてお認めになるつもりで？」と同調して言ってくるのは、将軍ヴェアザラル様。「お前、ユクレス様から今まで何の相談も受けてこなかったのか？」とユクレス様の剣指南役を仰せつかっている、騎士隊長のブラッド様に八つ当たりする始末。

ブラッド様も『お顔がハッキリ見えるヒーロー級』と以前から思っておりました。以前マーシュ様に『現時点でハッキリ見える顔の名前』を書くよう脅されたときにも挙げた方です。

そのヴェアザラル様、フェリペ様、マーシュ様にブラッド様と、ヒーロー級の四人がエルアーネ様を取り囲むように立っております。皆様、昨夜のユクレス様の結婚宣言のせいで喧々囂々《けんけんごうごう》となり収拾がつかない様子。

二日目の昼から賑やか、というのは、マーシュ様を除く国の重要人物のお三方がエルアーネ様の私室に乗り込んでいらしたからなのです。

部屋の隅で控えている侍女は、私とカミラ様の二人のみ。

私、すました顔で待機しておりますが、もう興味津々で聞き耳を立てている最中なのです！　だってお話の主要人物であろうイケメン達が、集合しているんですよ？　近寄ればきっと殺気だった空気が張りつめているのでしょうけれど、遠くから眺めている分には何の問題もありません。イケメンに囲まれて、優雅な笑みを浮かべるエルアーネ様――一枚の絵画そのものです。何て素晴らしい光景でしょう。思わず拝みたくなります。

これがTL小説の展開なら逆ハーでしょう。数人の男達に自分を選べと言われても選べない――それは皆が皆、個性豊かな素晴らしいヒーロー達だからです。悩むヒロインは結果的に、全員を愛する決意をするというハッピーエンドを迎える……。マニア受けの展開ですが、女王ヒロインのエルアーネ様なら許される気がいたします。

この輝かんばかりの情景をよく頭に叩き込んで、部屋に戻ったら書きためておかないといけません！

なんて思いを馳せていたら――目の前のブラッド様に変化が！

思わず「ふぁっ!?」と声を上げてしまい、隣のカミラ様に睨まれてしまいました。気まずいです。

しかしながら、これはすぐにエルアーネ様に申し上げなければいけない事態です。

「定例議会にもまだ、ユクレスの将来の妃については議題に挙げていない状態だったからね――こちらとてまさか、あの場で求婚するとは想定外だった」

とエルアーネ様。困ったように目尻に皺を寄せ苦笑してみせていますが、いえいえ、事前に私からの報告でご存じだったはずなので演技ですよね？

「ユクレス様には、次期国王となる意識を、もっと持ってもらうべきです」

「そなた達はそんなに、ハミン子爵の令嬢とユクレスが結ばれることが嫌かい？」

「ハミンが国にとって利益をもたらす家なら賛成しておりましたが」

そう仰るヴェアザラル様。

しかしフェリペ様は、納得できないとばかりに首を振ります。

「いえ、国の上級貴族の令嬢を娶るよりも、国の繋がりの強化のために他国の王女を娶るべきでしょう。――まあ、女王陛下。あなた様が他国の王子と結婚し、正統な直系を産んでくだされば、ユクレス様の王位継承順位が下がりますから、国内で下級貴族の妻を娶っても、議会に参加している上級貴族達も納得するかもしれませんが」

なんて、ねちっこい言い方でエルアーネ様に進言するフェリペ様が、悪役ヒーローに見える現象に陥っております私です。頭の切れる悪役は結構自分の能力を過信して言わなくてもいいことまで口走ってしまうんですよね。

「私が結婚をしない理由を忘れたか？　フェリペ」

――エルアーネ様のゆったりとした声音の中に含まれた〝憎悪〟が、隅に控えている私の方にも届き、私の肩を強張《こわば》らせました。

えっ？　どういうことでしょう？

それは間近にいるフェリペ様ばかりでなく、ヴェアザラル様やブラッド様も気づいたようです。

「そ、それは……」

フェリペ様は自分の失言に気づき、青ざめた顔を伏せられました。

「もう一度言ってやろう。私には生まれつき子供を育てる子袋がない。十月十日腹の中で育てる機能がないのだとの医師の言葉を忘れたか」

……そうだったんですか。初めて知りました。

それは女性として触れてほしくない部分ですよ。フェリペ様、調子に乗りすぎです！

私も遠目からフェリペ様を睨んでしまいました。

だって敬愛するエルアーネ様の触れてほしくない、精神的にきつい部分ですよ？　重鎮である宰相のフェリペ様がそれをすっかり忘れてここぞとばかりに非難のネタにするなんて……。

素敵な壮年ヒーロー枠だと思っていたのに、見損ないました。

ヒーローは常にヒロインの心情に寄り添い、優しくなければTL小説のヒーローとは呼べないのです。年のせいで忘れたなんて返してきてもガッカリです。

「も、申し訳ございません。老年にてすっかり頭から抜けておりました……！」

フェリペ様、本当にジジイだからと言い訳してきましたよ。

「フェリペ、大事なことをこうも忘れるなら、そろそろそなたも引退を考えるべきかもしれぬぞ？」

そう切り返すエルアーネ様の輝く微笑が、口紅の色をより一層際だたせているようで妖艶です。

――あ、また！

ブラッド様に続き、フェリペ様まで……。

これは一大事ではないでしょうか？

早くエルアーネ様にお知らせしなくては、と内心イライラしながら大人しく控えていたら、フェリペ様の失言にヴェアザラル様達も気まずくなったのでしょう。

「とにかく、ユクレス様の結婚の件は日を改めて議論したいというのが私どもの意見です」

そう捨て台詞のように吐くと、脱兎のごとく去っていきました。

カミラ様が扉を閉めた途端、エルアーネ様が盛大な溜め息を吐かれました。

「疲れた……」と髪をかき分けながら呟きます。

心なしかいつもより髪の輝きもないように見えて、心が痛くなります。きっと、長くお付きの侍女をしていらっしゃるカミラ様はご存じだったでしょうが、私には聞かせたくない内容だったのに違いありません。

俯いて、しんみりしてしまった私——ヒーローならここでエルアーネ様を励ますべく行動を起こすのでしょうが、すぐ傍にいるマーシュ様は表情を変えることなく、エルアーネ様を見守っているだけです。

しばらくそうしていると陛下は「喉が渇いた」とポツリと呟かれ、カミラ様が動きました。

そうして、私とマーシュ様とエルアーネ様の三人になった時、

「リリィ、こちらへ」

と傍へ来るよう命じられます。

「私に何か言いたいことがあるのではないかな?」

「えっ？　は、はい。……どうしてわかったのですか?」

私の問いにエルアーネ様は「くっ」と噛み殺した笑い声を出しました。同じくマーシュ様も口に手を当て、含み笑いをしています。

「すました侍女顔が保たれていなかった。目が飛び出そうなほど大きく見開いたり、ムッと口の端を下げたり、フェリペを睨みつけたり……いや、笑うのを堪《こら》えるのに苦労したよ。リリィは表情が豊かで大変いい」

「そう……ですか？　私、自分ではよくわからなくて……」

「いつもそうだが？」

そう言われても、本当に自分の表情の細部は自分ではよく見えないのです。何せ、物心ついたときからぼんやりとしか見えませんから。

「そうですか……エルアーネ陛下が仰るのですから、おそらくそうなのでしょう」

私の言葉に、不思議そうにエルアーネ様は首を傾げました。

「――それより、リリィ。先ほど出ていった三人について何か変化があったのか？」

マーシュ様が口を挟みます。あ、そうですそうです。

「はい、実は今までハッキリと見えていたフェリペ様とブラッド様のお顔が、ぼんやりとしたお顔に変化したんです！」

「……何だと？」

エルアーネ様が呟き、そのまま黙り込んでしまいました。マーシュ様も同様です。

「リリィ、そなたの考えは？　この現象をどう思う？」

少し経って、エルアーネ様が尋ねてきたので自分なりの見解を話しました。

「実は以前にも今回のような場面を体験しておりまして……おそらく『めくるめく華やかな恋愛と事件』を起こすことがなくなったからだと」

思い返せば私の父と母はいまだハッキリ顔ですが、これはまだ物語の中で〝主要人物〟となり得る可能性が高いということなのでしょう。

「と、いうことは『恋愛沙汰を起こす主要人物』から外れた、ということか」

「はい、また変化が起きる可能性もありますが、今の段階ではそう警戒して観察する必要はないかと思います」

「先ほどの失言でフェリペ殿の立場が危うくなりましたから。これからの挽回次第で変わるのでしょう。今の状態だと政治の舞台から下りたと取っていいのでしょうか？」

とマーシュ様。

「政治……？　ですか？」

あれ？　ＴＬ小説世界のお話ではないのでしょうか？

「リリィは気にしなくていいぞ。私はそなたとの会話が楽しい、話していると気が休まるのだ。だから思うままに行動して私に話してほしい」

「エルアーネ陛下……」

じん、と胸だけでなく目まで痺れてゆらゆらしてきました。

「『陛下』は堅苦しい。他の名で呼んでほしい。そうだな、『エル』とか。即位前、親しい者達にはそう呼ばれていた。今だってマーシュは私的な時間ではそう呼んでくれている」

「し、しかし……私は侍女でして、そんな恐れ多い……！」

『エル』だなんてもろ愛称ではないでしょうか？　私ごときが呼べません！　マーシュ様だって驚いているではありませんか！　「駄目か？」なんて切なそうに言われても無理無理！

「無理です！　堪忍してください！」

「そうか……」

あまりにもガッカリされたので、罪悪感。

そうですよね、女王として即位される前よりずっと孤独感に苛《さいな》まれているのでしょう。きっと政務以外の話ができる、気軽な相手に飢えているに違いありません。

「あの、『エルアーネ様』でもよろしければ……」

「……仕方ない、それでも許してあげる」

ええ！　そんな輝く笑顔で嬉しそうに返されたら――きゅーん、と心臓が絞られてしまいます！

本当はここでヒーローが登場して、ヒロインであるエルアーネ様の寂しいお心を慰めるべきなのに――どうして登場してこないのでしょうか？

もしかしたらお相手はマーシュ様なのに、彼はまだエルアーネ様に対し恋心が芽生えていないのかもしれません。

（あまりに近すぎる弊害ですね？　マーシュ様？）

と私はご本人に目で問いかけます。

――マーシュ様、どうしてそんな微妙なお顔を？　ちょっと複雑そうな表情ですよね？

これは、嫉妬でしょうか？　『自分以外に親しい人が登場』『それが同性でも悔しい』とかいう気持ちでしょうか？　いい傾向です。

侍従×女王の新たな展開が生まれる予感に、うんうん、と心の中で感慨に耽る私です。

「リリィ、今夜も頼む。何せ商家や豪農の者もやってくるからね」

「はい、承知しました。お任せください」

私の返答にエルアーネ様はそれはそれは嬉しそうに笑みを向けてくださいました。フェリペ様の無礼な発言のせいで忘れていたとはいえ、身体のことを咎められた時のエルアーネ様の激しい憎悪の顔。きっと極秘事項だったのでしょう。

御歳二十三歳で国を治める女王がいつまでも独身であることに、『異性に興味がないのでは』と か憶測が飛び交ってはいますが、真実とはほど遠いものでした。

その辛さは、同じ女性として痛いくらいわかります。私だって生まれつき身体の一部がなかったら、そしてそれを指摘され侮辱されたら、泣きわめきながら相手を攻撃していたと思います。

この笑顔、陰らせたくありません。

「エルアーネ様」

私は畏敬の念を込めて、正式な礼をとりました。

「敬愛するエルアーネ様。ここでのお話、決して表沙汰にしません」

「ああ、リリィのことは信頼している。そんなことはしないだろうと元々思っていたよ。だからあのような秘密を口に出したのだ」

とエルアーネ様は、笑ってくださいました。

「ただ、そのことに関してリリィが胸を痛める必要はない。だからそんな泣きそうな顔をしなくていい」

「けど……」

「生まれながらに持っていないのは、至極当然でもあるのだからね」

「……はい？」

当然って？　私は首を傾げます。

「陛下！」とマーシュ様が、珍しく慌てた様子でエルアーネ様の言葉を遮りました。

エルアーネ様はマーシュ様を見ながら、快活な笑い声を出して彼を呆れさせているようです。何なのでしょうか？

ともあれ、エルアーネ様が思ったよりお元気そうでよかった。

エルアーネ様の笑顔と堂々とした態度は、まさに王者の風格です。

しかし王は、統治者という立場であるからこそ孤独だと言います。

相手をごく自然に従わせるほどのカリスマ性を持ち、国を背負って生きていく。そのために安易に人に心を渡せない。逆に多くの国民の全てを預けられ、それを背負っていく責務があります。

この笑顔の裏でどれほど自分の気持ちを抑え、そして捨てているのでしょうか？

それを考えると鼻がツンとしてきます。モブなんて顔が薄くてぼんやりしているけど、重大な役目を負っていないお気楽な役回りだと決定しています。そんな自分にホッとしている私なのです。

——エルアーネ様が私に心を許されている。

ほんの少しの信頼かもしれませんけど、少しでもエルアーネ様の癒やしになるように、これからもお傍で『観察』の仕事をしようと心に誓いました。

夜になって、本日の舞踏会。残念ながら男性陣の中でヒーロー格の方はお目見えされませんでした。しかしながらヒロイン級の方はそこそこ……。

これもTL小説世界の鉄則が働いたのでしょうか？

先ほどもお話ししましたが、今日は無礼講的な意味もあるのであまり身分の高くない方々が多くいらっしゃいます。

TL小説はほぼ女性が読むもので、やはり『不遇な』『平凡な』『身分のない、もしくは低い』女性が階級の高いヒーローに見初められ、一直線にひたすら愛される、が定番です。

身分が逆、または同等の話はそうそうありません。これは男性向けにも見られる傾向です。

男性向けなら今度はヒーローが『不遇』で『平凡』で『身分のない、もしくは低い』になるわけです。

それはともかくとして――。

「いくら絵面的に見苦しいからといって、『平凡』なヒロインがめちゃくちゃ可愛く描かれるのは、何となく違和感です」

藪《やぶ》の中で一人待機している私は、小さく独り言を吐き出しました。

今夜の舞踏会での『観察』は無事に終わりを告げ、エルアーネ様はユクレス様と交替。

昨日騒動を起こしたユクレス様に交代した件は昼間にひと悶着したせいか、ヴェアザラル様やフィリペ様、重鎮達からの物言いはありませんでした。まあ、失言でエルアーネ様を怒らせましたからね。触らぬ神に祟りなしという心境なのでしょう。確かに数人、不穏な顔をした方もいましたが。

「自分が後継者に相応しいかは、ユクレスがその身を以って証明するしかないからね」とエルアーネ様。それはそうですね、と私。

そして今――自由時間をいただいた私はこの通り、観察を満喫しようと隠れているわけです。

今までずっと王宮で主要人物ばかりを追っていたので、少々お疲れの私。

言い切りますが趣味で王宮の恋愛事情を追っていただけの私が、気づかれないように彼らの後を追うのはもう、間諜でしょう?

いくら気づかれにくいモブキャラの私だって「もしかしたらバレる? バレたら捕まっちゃう? 捕まったら消されちゃう?」とハラハラドキドキと心拍数がいつも高い状態でいたら、見つかって消されるより前に、心臓に負担がかかりすぎて最悪死亡です。

今夜は滅多にない王宮という場所に来て、テンションの上がった城下町住まいのヒロイン達がそこら辺をうろつくという展開があるはずです。この場合、大らかなじゃじゃ馬ヒロインが多いでしょうか? いえ、慣れない場所で迷って庭に出てしまうドジっ子ヒロインも素敵です。

「こういう、お仕事以外の観察って久しぶりでこう……何というかホッとしますね、気楽で」

「そうだなぁ、こういう気楽な感覚って久しぶりだ」

「そうですよね……?」

はて? 私は今、誰の台詞に相づちを?

「今夜は誰を観察予定なのだ?」

いきなり後ろから声をかけられて、ビックリして全身が震えました!

「――ヒ……っ！」

「シー！　シー！　静かに……！　気づかれてしまう！」

うっかり声をあげようとした私を、後ろから口ごと押さえてくる相手。

驚きすぎて一瞬パニックになりましたが、トーンは落としていても聞き覚えのある声に、全身の筋肉が弛緩しました。そのことに気づき、相手は私の口から手を離してくださいました。

「……エルアーネ様⁉　どうしてこんなところに……⁉」

声を落として、半ば叱りモードで目の前にいるお方に問いました。

男装姿が大変にお似合いで、引き締めている私の頬が蕩けそうになりますが、ここでにやけてはいけません。私の理想のＴＬヒーロー像が目の前にいますが、女王ですし！

本当に男性だったらなぁ、なんて儚い夢を抱きつつ目角《めかど》を立てます。

「舞踏会はユクレスに任せて、時間が空いたし。リリィがいつも楽しそうに観察に行くから、私もやってみたいなーって」

てへ、と小首を傾げ答えてくれましたが、そんな可愛いことやっても誤魔化されませんから！

本当、美女がそういう仕草すると新鮮で可愛いです。ドキッとします。

しかしここで負けてはいけません。「はぅうん」と、ヘロヘロになりそうな魅力に立ち向かっていかなければ！

「エルアーネ様は駄目です……！　ご自分がどれほど目立つと思っているんですか⁉　それに女王陛下というお立場にありながら、こんな出歯亀……いえ、覗き見なんて」

「いいじゃないか。私もたまにはこうして女王という身分を忘れ、羽目を外したい」

「羽目を外すのが出歯亀ですか……。エルアーネ様にはもっと、相応しい羽目の外し方があると思います」


自分のことを棚に上げてつい説教を垂れてしまいます。

なのにエルアーネ様、今のこの状況にテンションが高くなっているようで、「さすがリリィ、よく見える場所を見つけるね」なんて言って人の話、聞いてないです。

「もう……エルアーネ様は出歯——いえ、観察に不向きな方なんですよ？」

そう、エルアーネ様は輝くばかりの王者の風格を持つヒロインであるために、どんなお姿をしても目立ってしまうのです。今のお姿は白のシャツにスラックスというシンプルな衣装に、御髪《おぐし》は簡単に後ろに結わえて目立たないようにと考慮した出で立ちですが、夜でもこんなにキラキラ輝いているのですから、隠れても隠れようがありません。

どうやってエルアーネ様を説得して、この場から退場していただこうか思案しているときでした。

「——あ、誰か来たようだよ」

「どなたがいらっしゃいました？」

エルアーネ様の言葉に「どれどれ」と、一緒に藪から覗いてしまう私……。

本当に私ってすぐにつられて……自分に呆れてしまいますが、探究心には逆らえません。眼鏡を装着して、やってきたヒロインを確認します。

小麦色の髪を小さく巻いて大きめのリボンでまとめたヘアスタイルに、ティアードのドレス。

これはロリタイプのヒロインでしょうか？　お顔の方も幼げなのでよくお似合いですが、周囲を見渡して何かを確認している様子。

それから突然ドレスの裾を上げると、一気に引き裂いてしまいました。

奇想天外な行動に、私もエルアーネ様も口を開けて呆《ほう》けてしまいました。

「リリィ……そなたには、これはどのような展開に見える？」

「このままでは終わらないと思います。しばらく様子を見ましょう」

「反抗心でドレスを引き裂いた、ということかもしれないぞ？」

「フリフリすぎて嫌だったんでしょうか？　とてもお似合いですのに」

ヒソヒソ言い合っていたら、男性がロリヒロインに駆け寄ってきました。

「ルーシー！　何てことを！　せっかくのドレスが台無しだ！」

背の高いスラッとした灰色の髪の男性が、ロリヒロインの肩に自らのジャケットをかけてやります。

「だって……私、こんな格好でなくてもっと大人っぽくしたかった……これでは妻としてあなたの隣にいられない……娘扱いはもう、嫌なんです……」

大きな青の瞳からポロポロ涙が溢れています。これは――。

「歳の差婚です！　一定数おられるおじ様属性が好物の読者様のための溺愛ロマンスです！」

「？　おじ様属性？　溺愛ロマンス？」

興奮して前世の人気ジャンルについて説明してしまい、エルアーネ様が首を傾げておられますが、気にかけるべきは今は目の前の歳の差婚です！

「すまない、君に一番似合うドレスをと注文したのだ。気に入らなかったのだね……」

「私はもう十八！　とうに大人の仲間入りです！　エドガー様の膝に纏わりついていた小さな子供ではありません！　もう妻になったのに、なのにいつまでも子供扱いで……いつになったら私をエドガー様の妻として認めてくださるの？」

「ルーシー、すまない。いつまでも小さなレディとして見ていたかったのだ。その方がいずれあなたが本気の恋をして手放すときが来たら、笑って見送ってやれると……」

「私はもうあなたに本気なんです！　小さな頃からずっと！　エドガー様しか見ていません！」

泣き続けてもしっかりと自分の気持ちを伝えるヒロインは、立派な大人の女性です。

ヒーローもようやく気づいたのでしょう。泣き濡れるヒロインを引き寄せ、包むように抱き締めました。

しかし歳の差ヒーローは、結婚しておいていずれ手放すときがくるかもしれないからと、手を出さないネガティブ思考の方が多い気がします。辛抱堪《たま》らず手を出して後悔するという展開もありますが、もっと自信を持ってほしいです。

「いずれ手放すつもりで婚姻した……？　おかしな理由だな」

なんてエルアーネ様も納得いかず首を捻っております。まあ普通そう思いますよね。

一方、おじ様ヒーローは優しくヒロインの目元に口づけを繰り返し――と、突然目の前が闇に。

「……エルアーネ様、眼鏡ごと押さえるのはお止《や》めください」

「リリィにはちょっと早いかもしれぬ」

いいえ、この世界の成人は十五歳ですよね？　私、十六歳ですが？　しかも前世でも成人しておりましたし。

「しかし随分と熱烈だし、もしかしたらこのままこの場で、リリィの言うラブシーンとやらが始まるやもしれん」

「それは……後学のために出歯、ではなく観察したいと思うのですが」

「後学？　……リリィにはああいうことをしたい相手がいるのか？」

急にエルアーネ様の声が低くなりました。低すぎて男性の声のように聞こえます。

「勿論、官能小説のためですが……？」

「あっ」とエルアーネ様は声を上げた後、納得したように息を吐き出し、「とんだ早とちりだった」と笑い始めました。エルアーネ様！　笑い声をたてたら！

「誰だ？」

おじ様ヒーロー・エドガー様に気づかれてしまったではないですか！

「エルアーネ様！　こっちです！」

私は声を潜めつつエルアーネ様を誘導します。

ガサガサと藪を掻き分ける音がして、私達の後ろ姿もモロ見えですが仕方ありません。今は逃げるが勝ちですし、彼らは王宮内の人間ではありません。今後お目にかかることはないでしょう。

「ああ……最後まで見届けることができなかったのが、残念でなりません」

しおしおになりながら走っている私にエルアーネ様は、

「すまない。観察行動に慣れていない私のせいだ、次回から気をつけよう」

と。ええ？　次回もやるおつもりなんですか？

「エ、エルアーネ様には無理です……！　先ほども話しましたが、エルアーネ様は目立ちすぎ――」

急停止して、エルアーネ様に言い聞かせようとしているのに、当の本人は明後日の方角を向いております。

「リリィ、あそこ。あそこに近寄れないか？」

「……えっ？」

エルアーネ様が指した方角に眼鏡を合わせます。そこにいらっしゃるのは、一組のカップル――

エルアーネ様ったら目が利くではありませんか、さすが私が尊敬するお方です。

女性の方は女騎士アイゼア・ミネル様！　燃えるような赤毛の美しい女性です！

太めの眉毛と薄目の唇をキリリと引き締め、切れ長の焦げ茶の瞳が射抜く先にいる者は皆、彼女の振るう剣に倒れるのです。中性的な雰囲気を持たれていて、女性に大変人気なんです。

そろそろ昇進されて隊を任されるのでは？　と囁かれているほどの実力ですが、驕《おご》ったところもなくさっぱりとした性格で、男性のご友人も多いと伺っております。

そのアイゼア様と一緒にいる男性に視点を合わせ、私は息を呑みました。

「……マーシュ様」

「マーシュの奴……恋人ができただなんて……私に何の報告もないぞ？」

エルアーネ様、少し――いいえ、すごく悔しそうです。嫉妬というより、羨ましがっているように聞こえるのは気のせいでしょうか？

「エルアーネ様、もう少し声を落としましょう。そしてこちらから……」

私が口に人差し指をつけ進言申し上げると、エルアーネ様は神妙な顔で頷かれ、私の後に続き、観察ポイントに到着しました。

王宮内でしたら、ヒーロー・ヒロイン達が出会い、恋愛に発展させる、はたまたイチャイチャするポイントは押さえております。大抵、同じ場所ですから。

ＴＬの舞台は読者様が読んでウットリできる美麗な背景でないといけません。となれば、花の咲き乱れる庭園や、このように宵の月が美しく見える場所は人気ポイントなのです。隠れて観察できる場所もバッチリ押さえていますよ。

仕事しなさいってカミラ様に叱られるのは致し方なかったですね……。

マーシュ様とアイゼア様のお二人の姿は月明かりに照らされて、繁みに隠れている私達からもよく見えます。微風に揺れる艶やかな黒髪が顔にかかると、マーシュ様は鬱陶《うっとう》しそうに払います。それを愛おしそうに見つめるアイゼア様。

「少し切ったらどう？」

と自ら彼の耳にかけて差し上げております。

マーシュ様はアイゼア様のなすがままにされていますが、不愉快でないどころか、気持ちいいのでしょう。愛しい者を見る目で彼女を見つめています。

優しい月明かりをバックに見つめ合う二人——何て絵になるのでしょうか！　ここは是非とも挿絵が欲しい場面です！

「今夜はいつもより一緒にいる時間はある？」

「陛下はもう会場にはお出にならないからね。今夜は自由にしていいと仰られた」

アイゼア様の尋ねる声はいつもより優しく、また女性らしい口調です。ああ、いつもは勇ましく男性的でも、愛しい者の前だとこうも変わるのですね。

そしてマーシュ様の口調もいつもより穏やかで、どこか軽やかに聞こえます。きっとこうして恋人と会える時間が嬉しいのでしょう。

「こうして会うのって久しぶりね」

「ああ」

ふふふ、とアイゼア様が笑いながらマーシュ様に抱きつきます。それを受け止めるマーシュ様。

「こうしていると、初めて会った時を思い出すわ」

「初めて会った時か……あのとき、君は剣の練習試合に負けて泣いていた」

「やっぱり！　私が泣いていたの見ていた！」

アイゼア様、拗《す》ねながらもマーシュ様から離れません。そうですか、そんな出会いだったのですね。

「だって、『泣いてる』と言ったらますますムキになって暴れそうだったから」

「私は闘牛じゃないぞ？　……でも、嬉しかった。そこを追及しないで私に飴をくれて『疲れたなら甘いものでも舐めてろ。回復したら戻ればいいし』って。私にそんなこと言ってくるのも、物をくれるのもお前が初めてだったから」

「年端もいかない少女剣士が負けて泣いて悔しがっているなんて、根性あるな、って思っただけ」

「――もう！　相変わらずお前は口が悪い！」

首に回した腕にぎゅう、と力をこめ始めたアイゼア様。そんな彼女を笑いながらもマーシュ様は受け入れております。

「君はからかうと面白いからつい、ね」

「腹立つおちょくりはないから……許す」

アイゼア様の腕が緩み、つま先立ちだった足が地につきました。

それから見つめ合う二人の顔は、ゆっくりと近づいていきます。

これから単なる親愛を超えた男女の愛情表現が、目の前で繰り広げられようとしています！

けれど――マーシュ様、突然アイゼア様の口を手のひらで塞ぎました。それからキョロキョロと周囲を見渡して……。

まずいです！

私はそろそろと音に気をつけ後ろに下がりながら、エルアーネ様に小声で話します。

「エルアーネ様、ここから逃げましょう。マーシュ様が怪しんでおられます」

「ああ、そうだな。マーシュはリリィの能力を警戒していたから」

エルアーネ様もそう言いながら、一緒に下がっていきます。

やっぱりそうですか。時々私を見つめる光のない目は、自分も観察の対象でこうして時々見られている？　――という、不審感を込めた目だったのですね。

なんて考えてたら、こっちにやってきましたマーシュ様！

「勘が働くな、マーシュ」

「感心してる場合ではありませんよ！　こっちです。音に気をつけてくださいね」

私一人なら『空気と一緒』『家具や無機物と同類』が通じるのでしょうけれど、ヒロイン級のエルアーネ様が傍にいたら無意味ですから。

あ、でもマーシュ様やアイゼア様の視線はエルアーネ様に集中して、私は枝の一部にしか見えないのではないでしょうか？　しかしながら、これは賭けになります。主役級のキャラにどれだけ近づいたら私が見えるのか、なんて。

どんどん近づいてくるマーシュ様。このままでは見つかりそうです！

――仕方ありません。古典的なやり方ですが、私は小石を拾うと開《ひら》けている空間に向かって、地面を滑らせるように投げました。

これが物語なら、投げた先に小動物がいてグッドタイミングで相手の前に現れて気を引いてくれるか、どこかに音を立ててぶつかりマーシュ様がそちらに向かう、という展開でしょう。

「いて！」

と小石を投げた先から声がして「えっ？」と私とエルアーネ様は顔を見合わせました。

「誰だ⁉」

マーシュ様が声のした場所に向かい、繁みを探っているようです。

「きゃあ!?」

「何だよ！」

男女の声……。

ええと、そうでしたか。申し訳ございません……。別のカップルがお取り込み中だったのですね……。私が気づかなかったということは、モブカップルだったのでしょうか。

マーシュ様の謝罪の声と、アイゼア様の堪えきれず爆笑する声が木霊している隙に、私達は慎重にその場所を後にしました。


「ここまで来ればもう大丈夫でしょう」

声が聞こえなくなるところまで繁みの中を駆けて、ようやく一息つきます。

「ここはどの辺りなんだろう?」

「エルアーネ様、ここは私が確認します」

茂みの中から伸び上がるのは止《や》めてください。エルアーネ様は目立ちすぎます。顔を出した瞬間、目の前に人がいたらどう言い訳するおつもりなんですか?　ここは、モブの私が行うべきことですから。

私はエルアーネ様を止めると、慎重に顔を出し、辺りを確認します。

「ここは……兵舎と王宮の間のようです。果物の香りもするので果樹園寄りの方かと」

「そうか、ここまで来れば大丈夫だな」

やれやれとエルアーネ様は繁みから顔を出し、そのまま身体ごとお出になりました。私も一緒に出て、スカートについた泥をはたきます。

「ずっと中腰でいるのは疲れるな。腰や膝が痛くなる。実際やると大変な労力だ」

「慣れですよ。やっていくうちに自分で楽な体勢がわかってきますので」

なんて自慢にならないことを自慢している自分が痛い子に思えて、胸がズキズキしますけれど。

私はエルアーネ様の後ろに付き従って歩いていきます。

「しかしマーシュの奴、恋人がいるならいると言ってくれればいいのに……」

しんみりとぼやくエルアーネ様。

「きっと言いづらいのだと思います」

「奴とは幼い頃からの付き合いなのに……。話せるほど心を許していない相手なのか？　私は」

「そんなこと、ないと思います。ただ異性には話せないという方もいらっしゃいますから。エルアーネ様が女性である以上、男性であるマーシュ様は躊躇ったのではないでしょうか？」

「……だといいがな」

エルアーネ様は憂い顔のまま柔らかな芝の上に座り込み、木の幹に背中を預けてしまいました。

長くお仕えしている者が自分に秘密を持っていたことに、ショックを受けているようです。

ご自身が知らないマーシュ様の交友関係を目の当たりにして、彼への恋心に気づいた、という展開を期待できる雰囲気ではないので、私も何か励ましの言葉をおかけしたいと思いますが。

――この場所ではまずいです。

この辺りは普段、王宮の兵士や下級使用人達の憩いの場なのですから。

「エルアーネ様、お休みになるのはもう少しご辛抱を。もう少し先に王室専用の庭園が見えてきますから」

「ここでいい。リリィ、そなたも座るといい」

ぽんぽん、と叩かれたその場所はエルアーネ様のすぐ隣……。

「でも、もし他の者がやってきたら……」

「来ても、『恋人同士が仲良くしている』と素通りするのではないかな？」

「――いえいえ！　そ、そんな！　エルアーネ様も私も女性ですし！」

「私の今の服装は男のものだ。月明かりがあっても薄暗い中ではぱっと見、男性に見えるだろう」

「そんなことは……」と思わず私は、エルアーネ様の胸元を見てしまいました。

ぺたん、としています……察しました。普段は胸に何か入れて膨らませているのでしょう。いえ、まあ、貧乳ヒロインだって需要がありますから！

「今日は無礼講だ。いいからお座り」

あまりお胸を見るのも無礼だし、断るのも無礼でしょう。ダブル無礼になってエルアーネ様に叱られる前に「では失礼して……」とおそるおそる隣に座りました。

すごく恐縮してしまいます。モブがこんないい思いをしてもいいのでしょうか？　これからやってくるかもしれないエルアーネ様のお相手のヒーローに対し、大変申し訳ない状況です。

しかしながら――私は平凡モブ。物語の中で出番のないはずの、見た目にも性格にも個性のない脇役。ヒーローのライバルにもならない存在なのです。それなのに、こんなにヒロイン級のエルアーネ様に重宝されて親しくしていただいて……。

「……こんなに優遇していただけて感謝しております。本来なら私のような者が、こうしてエルアーネ様にお仕えすることなんてないというのに」

「言っただろう。そなたの能力は『聖女』とは違うかもしれないが、王家、ひいては国家にとって大変重要なものだ。リリィは頑張っている。誇りに思っていいのだよ」

「恋愛沙汰を起こす人物の顔が、この目でハッキリ見られることがですか……？」

そこが疑問なんです。エルアーネ様の楽しみの一環として観察を引き受けご報告しているのですが、それが王家の、または国家のためになるのでしょうか？

「エルアーネ様のためには、なっているようですが……」

「それでいいんだ。リリィが私のために働いてくれて嬉しいから」

隣に座るエルアーネ様が覗き込むように私を見つめ、そう言ってくれます。そのお優しさが嬉しくて、眩しくて、頬が熱くなります。

「エルアーネ様のためなら私、頑張れます。こうして、いつまでもお傍にお仕えさせてください」

そう微笑むと、今度はエルアーネ様も頬を染めてきました。

どうしてか視線を宙に彷徨《さまよ》わせて、もじもじと貧乏揺すりなどを始められます。

女王陛下も貧乏揺すりってするんですね。もしかしたらご不浄でしょうか？

「……今夜は本当に月が綺麗だ」

エルアーネ様が、不意にそう仰います。花摘みに行きたかったわけではないようです。

私も一緒に夜空を見上げ、まん丸に輝く月を見つめました。

この世界の月は前世の月に比べ大きめですが、新月や満月になる周期や影の形などはほぼ同じでした。

この国周辺では月の模様が『本を読む娘』に見えるそうです。

民話によると――生まれつき足腰が弱く、歩けなかった娘の楽しみは読書でした。両親は哀れに思い、いつもたくさんの本を与えて、娘はそれを読み、自分を主人公に重ねて冒険したり恋をしたりと、想像を膨らませて楽しんでいました。

娘はそのうちに夜の暗い時間にも読みたいと思うようになり、明かりを所望します。けれど、蠟《ろう》燭《そく》の明かりだけでは薄暗くて、とても読めたものではありませんでした。それでも読もうとすると「目が悪くなるから」と両親に叱られ、とうとう夜の間は本を取り上げられてしまうのです。

唯一の生きる楽しみを半日も奪われた娘は嘆き悲しみます。そして「夜のうちはあの月に住んで思う存分本を読みたい」と強く願い続けていたら、ある日、忽然と娘はベッドから消えていました。

両親は必死に探して不意に夜空を見上げたら、月の中に娘の影があったのです。

それから娘は昼間は自分の世界で本を読み、夜は月の世界で本を読むようになりました。

夜、雨が降るのは娘が哀しい本を読んで泣くから。

夜、曇って月が見えないのは娘が難しい本や面白くない本を読んでいるから。

「この月明かりですから、月にいる少女も本を読む明かりに苦労しなくて済みそうですね」

「ああ、そうだね。……リリィ、私はね、そなたの話を聞いたとき『本を読む娘』の民話を真っ先に思い浮かべたのだ」

「私が『本を読む娘』？」

「きっと民話の中の娘も本を読み漁っていくうちに、自分の手で自分が想像した物語を書きたくなるのではないか？　と思っていた。リリィだってそうだろう？　たくさんの本を読んで、自分だけの物語を書きたくて、こうして己の足で物語の材料を集めているのだろう？」

「ええ……そうですね」

ただ——TL小説です。エロ付きです。思いっきり都合のいい展開満載です。まあそこが楽しいのですが……。

私、ほほほ、と令嬢笑い。きっと私には『本を読む少女』のような真っ白な純粋さはなく、あるとすれば大人の邪な思いまで突っ込んだグレーな純粋さでしょうか？　グレーでも純粋というかはわかりませんが。

それはともかく私の好きな小説は『大人テイスト』なのを、ご存じな上で言っているのですよね？　お姿だけでなく緑の瞳まできらきらと輝かせ、私を見つめながら話すエルアーネ様の私への印象が大変好意的でむしろ申し訳ないです。

「いつかリリィの書いた小説を読ませておくれ」

「は、はい……！　書き終えたら一番最初にエルアーネ様にお見せします！　だってエルアーネ様は、私の趣味を理解して一緒に喜んでくださるお方ですから！」

勿論です！　と言わんばかりに声を大にして承諾する私です。

あれ……？　どうしたのでしょう？　途端にエルアーネ様のお顔の色が冴えなくなりました。

あんなに輝いていた瞳には影が差し、苦しそうに顔を歪ませて俯いてしまいます。

「エルアーネ様、どうされました？　身体の具合でも悪くなりましたか？」

「……いや、何でもないよ。……リリィが可愛くて」

「――えっ？」

どうしてここで、そんな言葉が出てくるんでしょうか？

「リリィがあんまりにも素直で人を疑わない子で……時々しんどいのだ。色々と……」

「色々と……？　身体の変調は？　痛みとかは平気なのですか？」

「胸が痛くなったり、下腹が熱くなったり……」

「それは……！　よくありません、ご病気ですよ。症状が出ているではありませんか！　私を思って具合が悪くなるのではなくて、元々お身体に異変が起きているんです！　医師に診《み》てもらってください！」

びっくりしてエルアーネ様に申し上げますが、「大丈夫」と顔を上げ、いつものように笑うだけです。けれど、本当に大丈夫なのでしょうか？　不調なのに我慢していることはないか心配です。

「本当に我慢していらっしゃいませんか？　ご無理なさらないでください。もう部屋に戻りましょう？」

「大丈夫なんだ、本当に。……せっかくリリィと二人っきりなのに……」

ぽつり、と言ったエルアーネ様の言葉の後半、「リリィ」の部分しか聞こえなくて「はい？　何でしょう？」と聞いてしまう私。

「――いや、何でも」

「でも私の名前を呼びませんでした？　もっと私に、何かお話ししたいこととかございますか？　なら、お部屋に戻られたらお聞きしますから」

「い、いや今でもいい。今がいい！」

エルアーネ様は部屋に帰りたくないようで、そう言って駄々をこねてきました。

まだお仕えして短い間ですが、駄々をこねるような我儘を仰るのは初めてです。

「わかりました。では、あまり興奮なさらずにお願いします」

ぴしゃっ、と言う私も、だんだん侍女らしくなってきましたよね。いつもはキャイキャイしていますが、六歳から前世の記憶が蘇った私は、おそらくは他の十六歳よりかは大人びているはずなのです、多分。なのでここは大人の落ち着きを見せ、エルアーネ様と接するべきでしょう。いつもそうしろ、とカミラ様やマーシュ様に叱られてしまいそうですが。

しゃんと背筋を伸ばし、聞く体勢に入り正座をする私にエルアーネ様は、「そ、そう……そうそう！」なんて突然口を開きました。

何でしょう？　この、たった今思いつきました！　というリアクションは？

私は眉を寄せ、エルアーネ様の次の言葉を待ちます。

「たまにリリィが口に出している『出歯亀』って何の意味だい？」

「――え、ええ……っと、私そんなこと言ってましたか？」

おほほほほ、と笑って誤魔化しますが、エルアーネ様には通用しませんよね。

「いつも慌てて『観察』に言い直しているから、その意味と同じだと理解しているが、王都では聞かない言葉だから気になって、ずっと尋ねようと思っていたのだ」

「ぅ……ううう……」

そうでしょう、だってこれ前世での下世話な意味ですから……。詳しく語源を話したら、エルアーネ様に呆れられてしまうかもしれません。

エルアーネ様に蔑《さげす》まれた眼差しで見られたら……立ち直れない。ちょっとご褒美かも！　なんてドMな思考など持ち合わせていないのです、私。

「そ、その……『観察』と似た意味で間違いありません」

私に向けてきたエルアーネ様の緑の眼差しがキラリ、と光りました。

「リリィ、正直にお言い。私に隠し事はいけないよ」

と、私の肩を引き寄せたばかりでなく、顔を近づけてきます。

ふ、ふぁー！　麗しいお顔が近い！　近いです！　近すぎです！　ああん、またいい匂いが。

爽やかなグリーンノート系の香り！　上質で深みのあるユニセックスなフレグランス！

端麗なお顔と香りにクラクラ、体温急上昇でエルアーネ様をまともに見られません！

「こっちをお向き」

なんて言ってくるけど、無理！　無理です！　こんな数センチの距離で見たら、どアップしすぎてこの場で即死しそうですよ！

「か、隠し事なんてしてません……、そ、その……私、嫌われたくないだけなんです」

「嫌われたくない？　誰に？」

「エ、エルアーネ様に……」

エルアーネ様は私の言葉に驚いたのか、ぽかんと目と口を大きく開きましたが、すぐに笑顔に変わりました。

頬も染めてくれちゃって！　そ、そんなに嬉しい言葉吐きましたか？　私？

「——えっ？　えええええっ？　えっ？　えっ？　エ、エルアーネ様？」

肩だけでなく、私を抱きしめてきましたけど？　どういうこと？　しっかり後ろから抱きしめられてませんか？　私。

ちょ、ちょっと、エルアーネ様って背の高い方だと知っていましたけど、ええと、肩幅も広くないですか？　私を抱きしめる腕の力も、強くないですか？　何か身体も腕も硬くないですか？

いえ、何となく知っていましたけどスルーしてました。女王という立場上、やはりいざというとき体術や剣術は必須ですから、それで筋肉ついたのかなーとか。

「リリィは可愛いな。本当に可愛いよ、何でそんなに素直なんだい？　生家の方針？」

ひ、低い声で囁かないでくださーい！　耳がぁ！　鼓膜がぁ！　フルフルしてそこから背中にブルッときちゃってます！

「わ、わかりま、せん」

「あ、わかった。『出歯亀』って言葉。リリィの領地の言葉なんだ？」

「そ、それはぁ……っ」

違います。そういうことでいいかなって脳裏に過ぎったけど『出歯亀』が広まって万が一、私の生家にまで届いたら――家族は笑い物になるし、家族に叱られるどころではありませんよね、私。お母様、卒倒しそうです。元ヒロインだけあって永遠の少女的な方だし。

「当たり？」

ひやっ！　また耳元で囁かないでください！　身体が熱くなっちゃう！　変な気分になっちゃう！

急ぎ腕を振りほどいてこの〝TL小説ヒロイン的な身体の盛り上がり〟から逃げたいのですが、国の支配者にそんな無体なことをしちゃいけない！　――というモブの哀しい習性と、後ろからがっちり抱きしめられちゃって解けないという二重苦。

それに私ったら錯覚してしまってます。ヒーローに抱きしめられている感覚に陥っております！

だってエルアーネ様が、こんなに力強く逞しいお方だとは思っていなかったんですもの！

こういうときヒロインなら衣装の釦を外されて、悪戯っぽい手が中に忍びこみ初めての官能に狼狽えつつ浸ってしまうのです。

いえいえ！　駄目ですって！　エルアーネ様は同性！　女性ですって！　しっかりして、私！

「うう……、これは、その、実家にいたときに旅人に聞いた言葉でして……。覗き行為が好きだった人の特徴から『出歯亀』と呼ぶんだそうです」

「へぇ、では『出歯』という言葉から察するに『出っ歯』だったのか？　その例えになった人は。付けた者は面白い感覚をしていたものだね」

なんて感心されておりますがエルアーネ様、腕、あの、また私を抱きしめる力がつ、強くなって……！　こ、これは……さすがに痛いです！

「い、痛いです……！　エルアーネ様……！」

「――すまない、嬉しくてつい。どこか痛むところはあるかい？」

腕を緩めてくれたけれど、何て力の強い！

「ちょっとジンジンしますが、大丈夫です。少ししたら落ち着きます」

「よかった。すまぬ、他人と身体を触れ合わせることがないから加減がわからぬのだ、許せ」

そうですよね、女王陛下というお立場上、むやみやたらと触れてくる相手などいないでしょうし。無礼になるので、親しく肩や背中など叩いてくる者もいないでしょう。

私だって普段は、エルアーネ様のお手にそっと触れるのみ。

「エルアーネ様、落ち着きましょう。とりあえず離れましょう」

そう言いながら私は四つん這いになってエルアーネ様から離れ、抱きしめられる前の距離に落ち着きました。

「リリィ……私を嫌いにならないでくれ」

か細い声で恐れるように尋ねてくるエルアーネ様。

肩をすぼめてしゅんとした様子は叱られたときの私の弟と重なり、私は両手で優しくエルアーネ様の手を握ります。

「嫌いになんてなりません。ただここに他の人が通り、エルアーネ様がいらっしゃるとお知りになったら、私が無礼なことをしていると取られてしまいます。もしかしたら専属侍女の任を解かれてしまうかもしれません。それは私も嫌ですから、こうして離れただけなんです」

エルアーネ様、私の笑顔にホッとしたようです。

「そうだったね、軽率だった。私が衝動的にしたことでリリィが罪に問われてしまう。気をつけるよ、今度から開《ひら》けた場所ではなくて私室でしよう」

「はい、お願いします………！」

――ん？　ということは今後も私を抱き締めるってことですか？

◇四章　私、女王陛下と危険なほど仲良くていいんでしょうか？　モブですよ？

二日目の軍舞踏会が無事に終了を告げ、ヒロインであるフレデリカ様とその周辺はにわかに騒がしくなりました。

ＴＬの定番に基づき、フレデリカ様が陛下により専属侍女の任を解かれ、『王太子妃教育』に専念するよう命じられたのです。教育係の選定は中立の立場をとっている上流貴族から選ばれます。

「風紀……ですか」

「ああ、時間が差し迫っているから、できるだけ恋愛沙汰を起こす者は遠ざけたい。時間が足りないのに色恋に夢中になる者に教育を任せられないからね」

とエルアーネ様。一緒にマーシュ様、そしてユクレス様も同席しております。

フレデリカ様が正式に王太子妃となるために、ユクレス様も奔走しております。短い間にさらに男らしくなり、ヒーローとしての風格が、ますます備わってきていました。顔周りのキラキラの数も増えているようで、眩しさに目を細めてしまいます。

「ここに教育を頼みたい者を書き上げた。確認してくれ」

そう言われてユクレス様から一枚の紙を差し出されました。

エルアーネ様に事前に「リリィの能力をユクレスにも伝えて構わないか？」と尋ねられ、悩みましたが結局承諾しました。

「王太子妃教育に関わるような方々に、そんな方がいらっしゃるかどうか……」

私は少し戸惑いました。

ＴＬ小説においてそういったキャラクターはほぼ、モブです。

たまーに変わり種設定の作品ではハッキリ顔で登場してくることもありますが、大抵カミラ様のように『お顔はハッキリしていても準主役、または重要人物の一人』という位置づけです。

そうでした、カミラ様――彼女も主要人物の一人なのでしょうか？

「いいのだ。この中で会った者がいたら、リリィからどう見えたか教えてくれ」

とマーシュ様。

私は名前を確認しながら記憶を辿っていきますが、どの方も覚えのないお方でした。

「どなたも存じておりません」と首を横に振ります。

「――では、名前を覚えておいてくれ。これから会いに行くから、君も同行するように」

ユクレス様が私に命じたその時、どうしてかエルアーネ様が「なぜだ？」と異議を唱えてきて、そこにいる全員で驚きました。

「王宮の一室に教育者候補を集めて、そこで見てもらえばいいことであろう？　リリィをあちこちに連れ回すことに同意はできない。途中、事件にでも遭ったらリリィが巻き添えになってしまう」

エルアーネ様のまっとうな意見に、ユクレス様もマーシュ様も唸りながら考え込んでしまいました。

　というか、事件に巻き込まれるって――危険な動きがあるのでしょうか？　聞くべきですよね。

「エルアーネ様、ユクレス様とフレデリカ様の結婚に向けて、何か不穏な動きでもあるのでしょうか？　軍舞踏会二日目のヴェアザラル様やフィリペ様のご様子から察するに、反対なさっている方々はおいでだと思っております。私の能力がお役に立つのなら、喜んで引き受けますが……何も知らされずに『姿がハッキリ見えるか否かだけお教えする』というのは限界がありますし、何も聞かされなかった私が不用意に動いてしまっては、却ってエルアーネ様にご迷惑がかかることになりかねません」

　私の言い分にエルアーネ様を含む御三方は、口を閉ざしたまま視線だけを絡ませております。

　するとエルアーネ様が口を開き、説明してくださいました。

「そうだね。リリィに侍女の仕事以外のことを頼んでいるのだ。説明した方が今後、自衛もしやすいだろう」

「はい」と私、気を引き締めます。

「正直、ヴェアザラルやフィリペのように、ハッキリと反対の意を表明する者の方が扱いやすい。厄介なのは、賛成しているフリをしつつ反対して、陰で暗躍している者達の方だ。『真実にユクレスとフレデリカの結婚に同意し、助けの手を差し伸べてくれる者』を探していきたいが、時間がないのだ。リリィの能力で、まず己の色恋にかまけず尽くしてくれる人材を見つけたくてこうして頼んでいる」

「『時間がない』というのは？　どういったことですか？」

私の問いにエルアーネ様は言葉を呑み込みましたが、何か変なことを聞きました？　私？

「あ、ああ。成婚の日取りを早いうちに決めてしまおうかと……」

エルアーネ様は気を取り直し、言葉を続けてくれます。

その言葉にユクレス様、よほど驚いたのでしょう。目を見開いたままエルアーネ様を見つめ、それから破顔いたしました。嬉しいんですね、喜ばしいことです。

「ならば陛下の仰る通り、教育係候補の者達を一堂に集め、面接方式で審査する。質疑応答をする陰でリリィが彼らを確認する――というのはどうでしょう？　上級貴族や王族が推薦した者だけでなく、立候補者も募集します。その方がより早く見定めができ、また人も集まりやすい。何より、優秀な人材を発掘できる可能性もありましょう」

「なるほど。それはいい案だ」

ユクレス様の提案にエルアーネ様も頷きます。

「ユクレス、フレデリカの件もあるが、そなたも次期国王としての能力が試される場面が次々と出てこよう。心するように」

「御意」

「……これから私も、徐々に公式の場から退いていく。そなたに任せることが増えよう。益々の精進を期待する」

――えっ？

公式の場から退くって、引退ですか？　退位って意味ですよね？　それ？

「陛下は、まだまだお若い。即位してまだ六年ですよ？　譲位されるのは早すぎです。これからも指導をお願いしたいところだというのに」

「そ、そうです！　退位なんてまだ早すぎです！」

ユクレス様に便乗して思わず口走ってしまいました。

「……『まだ六年』ではなく『もう六年』なのだ。このまま王位に就いているのは心苦しい。元々、女性が王位に就くというのも、私しか跡継ぎがいなかったために特例で作った法律だ。全ての準備が整ったら引退して田舎でゆっくりと過ごしたい」

そんなしんみりと仰らないで！

きっとフィリペ様が話された『子のできぬお身体』の件でずっと苦しんでいらっしゃったんだわ！その苦しみをずっとひた隠しにして……心労が尽きなかったのでしょう。

「エルアーネ様の治世になって、王宮内の雰囲気も改善され働きやすくなったと皆言っています！それに城下の人達だって……！　治安がずっとよくなったって！　陛下の治世が素晴らしいから皆が安心して暮らせているのです。何も心苦しいことなどありません！」

やだもう、言いながら涙が出てしまうじゃないですか。

『子ができない』からといって退位するのは哀しすぎます！　エルアーネ様はＴＬのヒロイン級なのですから、最後はハッピーエンドが待ち受けているはずなのに、こういう退場の仕方はあんまりです！

いえ、私個人としてもエルアーネ様には幸せになってほしいのです。ポロポロと目から玉のような涙が出て止まりません。ああもう、マーシュ様もユクレス様も、そんなに慌てることないじゃありませんか。女性に泣かれることに慣れていないのでしょうか。

「リリィ、そんなに私のことを想って泣いてくれるのだね」

いつの間にかエルアーネ様が、私の横にお座りになっていました。それでお二方は慌てていたのですかね。……慌てますよね。だって、ごく自然に私の肩を抱き寄せて密着しているのですもの。

退位という言葉の衝撃ゆえにここまでされていることに知らず泣いて身をゆだねていた私、かなり鈍感なことに気づきました。

「さあ、涙を拭いて」と自らドレスの袖で私の目尻を拭ってくれますが、それは恐れ多すぎです！

そんな高級素材のドレスの袖で！

「はぁわわわ……っ！　も、もったいないことを……！」

本当にもったいないです！　いくらすると思っているのでしょう？『女王の着ているドレスの袖で作ったハンカチ』として売れに売れてしまうものです！　いえ『女王が着ているドレスの袖で自ら涙を拭ってくださる権利』として売れば城が買えるのではないでしょうか⁉

下種《げす》な儲け話を考え気を落ち着かせようとしても、いつもの爽やかな香りと、「男子？」と錯覚をしてしまう手や触れる腕の硬さのせいでドキドキは治まりません。

軍舞踏会から二日経っていますが、実はこんなエルアーネ様のスキンシップ過多に私はずっと翻弄されているのです！

どうしてかエルアーネ様はよく人払いされて（でもマーシュ様は付き添っております）こうして私の傍に近づきたがるので、私の頭の中では「？」が飛び交っているのです。

近い近い近いです！　身体をぴったり密着させて麗しいキラキラしたお顔が目と鼻の先にまで接近してくるのですが、一介の侍女である私は避けようもなく背筋をピンと伸ばしたまま向き合い、汗を垂らしている毎日。

「陛下、近付きすぎです。リリィが困っているではありませんか」

マーシュ様に叱られて、エルアーネ様は「そう？」と顔だけ離してくれました。そう顔だけ！身体はぴったり寄り添って肩を抱かれたままでして、私は引き攣った笑いをするだけです。

「陛下、あまりしつこいと嫌われます」

ユクレス様も注意してくださいますが、どうしてかニヤニヤしています。

「ユクレスはフレデリカに、しつこく迫ったそうではないか？」

「僕は陛下と違って引き際を知っています。女性への押しつけは程々に」

しれっと答えたユクレス様。私と一つしか変わらないのにこの落ち着いた受け答え！

やはりヒーロー格は違うのですね。そしてやっぱり腹黒です。『程々』と言いましたが、いい程々なのかと後でフレデリカ様にお尋ねしたいと思います。

「フレデリカ以外の女性の手懐け方も知っているような言いぐさだな」

「僕は狙った獲物は逃がさない主義ですが、乱獲しようなんて思ってもいませんでしたから。フレデリカ以外には使用しておりません」

なんてエルアーネ様の揚げ足取りを見事にかわしてしまいました。

「なるほど、では後ほどユクレスが行った方法についてフレデリカにたっぷり聞いてみるとしよう」

エルアーネ様も余裕の笑みで返します。私も付き添います。勿論です！　聞かないなんて選択肢はありません！

「女性同士の方がフレデリカも答えやすかろう、ねぇ、リリィ」

「はい」と私もにこり。

「リリィはこれから物語を書くのだろう？　なれそめとか、ヒロインがどうやってヒーローの手中におさめられたのか実体験を聞きたくないかい？」

「是非、一緒にお聞かせくださいませ」

――いえ、知ってますけど。お二人の舌戦ではありますが、エルアーネ様について参戦します。

エルアーネ様はそんな私に、にこりと微笑むと、

「私がフレデリカから聞くから。リリィはそれまで楽しみに待っておいで」

なんて言いながら私の顎をくいっ、と持ち上げられました。

あ！　あ！　近い！　また近いですっ！　く、唇が、エルアーネ様の艶やかな唇が！

「からかうのもいい加減にしたらどうです？　陛下」

マーシュ様が絶妙なタイミングで、私の肩を引いてくれました。

興ざめしたのかムッとされたエルアーネ様を、マーシュ様はさらに諌《いさ》めます。

「あまりしつこいと嫌われます」

「……そうなのか、リリィ。私に近寄られるのは嫌か？」

マーシュ様の『嫌われる』という言葉に過剰反応してエルアーネ様はしゅん、と肩を落とされたまま私に尋ねてきました。

「い、いいえ！　エルアーネ様はいい匂いがしますし、それにこういった『女性同士の戯れ』の経験に飢えていらっしゃるご様子。距離感はこれからお知りになればいいことですし、私もエルアーネ様に心を許されていると感じてその、嬉しく思っています」

エルアーネ様の緊張した顔が緩んだと同時に、「リリィ！」と抱きしめられました。きついきつい！

「嬉しいよ、リリィ……！　リリィも私に心を許してくれる？」

「は、はい……ぃ！　も、勿論です！」

エルアーネ様の身体かったい！　腕の筋力すっご！　てか、いた、痛いです！

「陛下、強く抱きしめすぎです」

マーシュ様が再び引き剝がしてくださいました。

ありがとうございます。窒息するところでした。

「他人と接触する機会が少ないと、こうも力の加減がわからなくなるものですかね……」

ユクレス様が呆れておいででした。

しかしながら――こうした状況はモブである私にとってよいものなのでしょうか？

これはヒロイン級のエルアーネ様に、溺愛されていると見ていいのでは？

――ちょっと待ってください。

ここってTL小説世界ですよね……？

「まさか……百合の世界だったなんてありますか……？」

控え室で仕事をしていた私は、思わず口走ってしまいます。

楚々と仕事をこなしていたソフィ様とローラ様が「えっ？　何？」と振り返ってきます。

「リリィ様、百合がどうかしました？」

「いえいえ！　もうすぐ百合の花の時期だったかしらー？　なんて」

「いやですわ、リリィ様ったら。もう百合は咲いていますよ」

「王宮の庭の至る所に、百合が咲いているではありませんか」

ほら、と中庭を見るように促された私は、「そうですよね。ちょうど満開の時期……」と外に視線をやって、思考が止まりました。

私の目に入った光景――それは、初夏に相応しい花々が咲き乱れる中庭で、ヒロイン級の女性達が同性同士でイチャコラしているものでした。

「百合って百合って……本物の百合の花の意味ではないのですか⁉」

百合カップル――すなわち女×女カップルが中庭の至る所でイチャつき合っていて、私は「ヒー」と声にならない声を上げてしまいます。

しかもこの中庭は許可された者しか入れないというのに、なぜ兵士や使用人までここでイチャコラしているのでしょうか？

そんなことなど気にする様子もなく、同僚二人も「私達も恋の季節なのです」とイチャイチャし出して、私は引き攣った声を上げながら、パニック状態で庭に駆け出しました。

私はＴＬ小説世界に転生したのではなくて、本当は百合世界に転生したのですか⁉

庭のどこを向いても女×女カップルが、人目を憚らずイチャコラしております。どこに目をやったらいいのやら！

もしかしたらエルアーネ様に接近しすぎたせいで、世界が変わってしまったのでしょうか⁉

「リリィ……！」

駆けていく先に――エルアーネ様が両手を広げ、私を待ち受けておりました。

「エルアーネ様⁉」

ストップしたのに、いつの間にやらエルアーネ様の胸の中。

「リリィ、待っていたよ。私の愛しい恋人」

「エ、エルアーネ様……この世界は百合になってしまったようなんです！」

「いいじゃないかそれでも。こうして私とお前が結ばれる世界なら、何でも構わない」

パニクった私がこの世界では通じないはずの言い回しをしたにもかかわらず、エルアーネ様は私にそう言ってきました。

百合世界――でもいい？

「いえ、そんなの困ります！」

「どうして?」

エルアーネ様がキョトンとした顔で、抱きしめた私を見下ろします。

美しい顔だなぁ、こんな人に私は愛されている。でも、駄目です。駄目なんです!

「だって!　私、百合小説の勉強していないんです!　だからお役に立てません!」


「……夢でしたか」

目覚めたら自分の部屋の、自分のベッドの上。

疲れる夢でした。疲れすぎて跳ね起きたあとまた枕に顔を埋めます。

これは願望夢?

エルアーネ様の厚意が好意に思えて、それ以上に思えて。私は主従関係以上に、愛されることを願っている?

時々エルアーネ様が男性に思えて、本当に男性だったらきっと――なんて願ってしまう自分がいるから。

たとえそうでも、この恋は実らないのです。百合の世界であろうとなかろうと。

私はベッドからゆっくりと起き上がり、設置された簡易洗面台に向かいました。

タライに水を入れ顔を洗うと、壁に取り付けられた鏡に映る自分の顔を覗き込みます。

いつもと変わらない、ぼんやりとしか映らない自分の顔。

「……やっぱり、モブはモブですよね」

ＴＬだろうと百合だろうと、モブはヒーロー・ヒロイン格と恋に落ちて結ばれる運命にない――この鉄則に変更はないのです……。

＊　＊　＊　＊　＊

カミラ、マーシュのみになった女王の私室でエルアーネは、ドレスを脱ぎ捨てながら口うるさい彼に口を尖らせた。

「だからマーシュとユクレス、そしてカミラの前でしかしないじゃないか」

「エル、あまり人前でリリィといちゃつくな」

コルセットの胸には女性らしく盛り上がりを作る詰め物があり、それをカミラに渡す。

カミラが手ずから作った『偽胸』だ。弾力も本物と変わらないし、触れられる予定もないのに肌触りだって本物に近い。

カミラは入念にチェックをし、それを宝石箱と同じくらい高級な箱に入れ、鍵を掛けた。念には念を入れてだ。着替えの際にはカミラとマーシュしか入ることは許されないが、油断はできない。

ここ一、二年で一気に身体が変わり、男らしい体型になってきた。勘ぐった者が探りに入るかもしれない。

気づかないうちに正体が露見し、広まったら――王位剝奪だけでは済まないかもしれない。

何せ、王宮の者達や国民を騙しているのだから。

だが、いずれエルアーネは本来の性に戻る――エルアルース・エスカに。

「早く本来の、男の姿で生活したい」

エルアーネことエルアルースは、ドレスで固定されてガチガチになった身体を解すように左右に揺らしながら呟いた。

「困惑していただろうに。リリィは君の正体を知らないのだから。『女性に好意を持たれている』と思っているぞ、あれは」

そう叱るように言ってくるのは勿論、マーシュだ。

「そうかな……？　あれだけベタベタ接触していれば、確信まではいかなくても『もしかしたら』と思ってもいいものだと思うが――私が男性だということに」

「気づいてもらうために、ああしていたのか？」

「当然だ」

ふん、と鼻を鳴らすエルアルースにマーシュは、

「なんて口実をつけて、本当はリリィに触れたかっただけなくせに」

と友の本音を言い当てた。

何せ、幼いころからの付き合いだ。エルアルースの微妙な動作や表情に従って動かねばならないマーシュは、彼の感情の動きまでわかるようになっていた。

そしてそれに伴い、周囲の者達の動きや表情にも敏感になった。そうでないと、『女王でありながら実は男』という秘密を守れない。

「口を挟むようですが、私の目から見てリリィは気づいておりません」

カミラが淡々と異議を申し立てた。

「えっ」と、エルアルースが顔をしかめる。するとカミラが続ける。

「疑っている、というより……あれは、違う勘違いをしているのではないでしょうか……」

珍しく困惑しているようだ。

「あの子といると……その、思考が飛躍しすぎて……今まで見たことのない未知の者と遭遇したような……そんな錯覚さえ覚えるのです」

「それは……」

「わかる……」

予測不能な言動をする彼女を思い出し、三人は頷き、沈黙する。

「……彼女に、私の正体や目的を話した方がいいだろうか？」

「それはまだ避けた方がいい。何せ、ユクレス殿下に話したばかりだ」

マーシュの反対にエルアルースは、むっと眉尻を上げた。

「リリィが反女王派ではないことは、最初からわかっているだろう？　それにずっと協力してくれていたのに、今まで詳細を話さなかったのが不思議なくらいだ。私達は彼女に不誠実ではないだろうか？」

「エル、君が彼女を信頼しているのはよいことだと思ってる。だが、僕には君が彼女にのぼせているように見えてならない。だから、しばらく待てと言ったんだ。それに『真実にユクレスとフレデリカの結婚に同意し、助けの手を差し伸べてくれる者』を見極めるためだと彼女に話したばかりだろう？　それは本当なのだし、当面はそれで通そう」

「それは私も賛成です」

間髪いれずにカミラまで同意したのにエルアルースは驚き、何も言えなくなってしまった。

「エルアルース様は以前『彼女に全てを話すことは巻き込むことだ』というような意味合いのことを仰いませんでしたか？　確かに異能を持つ彼女ですが、それ以外の点は平凡な一人の侍女です。全てが明るみに出てからでも遅くはないのではありませんか？」

カミラの言う通りだ。まだこのエスカ国に、いや、王に忠誠を誓い、信頼できる臣下を見定めている段階だ。

逆に言えば――反逆心を持つ臣下をあぶり出している状態なのだ。

リリィにハッキリと顔が見える『恋愛沙汰を起こしそうな者』、すなわち『主要人物』達は、まさに、エルアルース達が腹の内を探りたいと思っている人物ばかりだった。

なのでリリィには、彼らの恋愛模様を知りたいという体《てい》で彼らを探ってもらっていた。色恋に夢中になっている間に本音を吐くこともあるかもしれない、という期待も込めて。勿論、彼女に危害が及ばないように細心の注意を払った。

おかげでユクレスが敵ではないと判断できたのだ。

だからこそユクレスには自分の正体を明かし、次期国王としての自覚を持ってもらった。

（あれに狡猾な部分があるのは知っていたが、フレデリカのお陰か悪事に加担するようなことはなさそうだし、舞踏会の席では胡散臭い奴の情報も摑んで教えてくれたしな）

それに大々的に王太子、王太子妃として二人が表舞台に出てくる。きっと命をも狙われるだろう。

ユクレスとフレデリカの周囲の安全をはかることが先だ。

「……そうだな」

エルアルースはカミラとマーシュに頷いてみせる。

正直、この二人には内緒でリリィに自分の正体を明かそうかともチラリと思ったが、リリィ本人が秘密にできなさそうだと考え直した。

（何せ、すぐ顔に出てしまう子だから……まぁ、そこがいいのだけど）

今までカミラのように、すました顔の女性しか周囲にいなかったせいか、ああいうコロコロと表情が変わるリリィは新鮮だ。何というか、表情一つ、動作一つとっても、なぜか可愛くとれるのだ。

エルアルースの好みを突いてくるとしか言いようのないリリィ。

（昔飼っていたリスとか猫とかの仕草を思い出すというか……）

きっと自分は、チョロチョロ動く小動物系が好みなのだろうと悟ったエルアルースだ。

そういえば——。

彼女自身、自分の顔もぼんやりとしか見えないので、よくわからないとか言っていたことを思い出す。自分の容姿をよく見ることができないなんておかしな話だと思って聞いていたが、よくよく考えてみたら不幸なことではなかろうか?

今度、自分が言ってやろう。

リリィがどんな目をして、どんな鼻をして、どんな口の形で――どれだけ可愛いのか。

女装の姿でも、そのくらいの口説きはしてもいいだろう。

(……周囲からは『女に走った』とか囁かれそうだけど)

＊＊＊＊＊

二週間後、フレデリカ様の王太子妃教育に従事する講師の選考会が行われました。

急な選考にもかかわらず、自薦、他薦を合わせて何と百人あまり!

『未来の王妃に教えられる自信のある項目を持っている者なら、身分は問わない』

というおふれを出したせいでしょう。

「俺は畑仕事を教えられますぜ!」

「私は牛の乳搾りだよ!」

「剣の研《と》ぎ方だ! 未来の旦那さんの剣を自ら磨いて差し上げられます」

「美味しいケーキの作り方なんかどうだい?」

という民の皆さんもやってきました。「趣味の一つとしてはよいが、ちょっとそれは違うな」と

マーシュ様に断られて、スゴスゴと帰られましたが。

気持ちはわかります、気持ちは。未来の王太子妃様とお近づきになりたいですよね。

フレデリカ様も会場にいらっしゃいます。

本審査前にこうして書類審査と面接を行い、吟味をかけていきます。その中に私。女王陛下の専属侍女という名目で控えておりますが、本日は他に二つの役割を仰せつかりました。

一つは勿論『観察』係。

もう一つはフレデリカ様のお世話係。

本来の職務であるエルアーネ様のお世話に加えてこの二つだなんて、忙しくて身体が二つくらい欲しいです！　と思いましたが、エルアーネ様は、

「私にはマーシュがいるし、大丈夫。観察と、フレデリカの方を頼む」

そう仰ってきました。

王太子妃専属侍女も選定しなくてはならないので、それも一緒に吟味したいということです。

「リリィ様、ありがとうございます。顔馴染みの方が傍についてくれるというだけで、安心するわ」

「フレデリカ様……」

嬉しそうに話しかけてくるフレデリカ様の笑顔は、今までのものと少し違って見えました。すでに気品ある輝きをも放っております。

きっと王太子妃としてユクレス様と生きていく覚悟ができた瞬間に、彼女は変わったのでしょう。

これはヒロインの条件。ヒロインは覚悟ができると『イケてる女』になる。

「……リリィ様、お願いがあるの」

フレデリカ様が少々躊躇いながらも口を開きました。

「はい、何でしょうか？　私にできることであればお伺いします」

「ええ……その……」

何か迷っていますね。エメラルドの瞳が揺れていて惹きつけられます。

ハッキリしたお顔の清楚系美女のフレデリカ様と、その隣に鎮座されているド派手系美女のエルアーネ様。タイプの違うお二人が並ぶと、眼福が過ぎて拝みたくなってしまいます。

「どんなことでしょう？」

「その……陛下にも聞いていただきたいのですが……」

と、フレデリカ様は隣にいるエルアーネ様に話を振ります。

エルアーネ様が今聞き耳を立てていること、フレデリカ様も私もちゃんと存じております。

「どうした？　頼みがあるようだね。一体どんな？　私が叶えてやれることかい？」

深いオリーブグリーンから輝きが溢れ出す瞳を細め、微笑む姿は女神です……！

その笑みにあてられてうっすらと頬を染め、恥じらうように俯き加減になるフレデリカ様。

二人の姿にボーッと見惚れる私。

仕方ありませんよ、太陽と月がいっぺんにお目見えしているところにいてみなさい！

あ、輝きすぎて周囲の人達に私は見えていないですね、きっと。

そうです、私はモブ――少し哀しくなりました。

こうしてお傍にいてＴＬ小説展開を「ホッホ～」と楽しみ、このエスカ国にＴＬ小説を広げる使命を持つ身だというのに、エルアーネ様の一番近くにいたい、という願望が生まれてしまったのですから――。

あっと、自分の世界に浸ってしまいました。フレデリカ様の『お願い』というものを聞かねば！

幸い感傷に浸っている時間は短かったようで、内心ホッとします。

「どうした？　恥ずかしがらずに話してみなさい」

「は、はい……あの、リリィ様のことなんですけれど……」

「リリィがどうかしたのか？」

はい、私のことですね。どうしたのでしょう？

――まさか、出歯……いえ監視していたのがバレたのでしょうか⁉

心臓がバクバクと胸中を跳ね回っている中、フレデリカ様の次の言葉を待ちます。

「リリィ様を私の侍女にお願いしてもいいでしょうか？」

「――だめ」

……えっ？　エルアーネ様、即答。

その速攻ぶりに同じように聞き耳を立てていたユクレス様も、半笑い。フレデリカ様はぽかん顔。

「リリィは駄目なのだ、すまない。代わりに他の侍女――ソフィかローラなら、そなたと働いた日々が長いし、気兼ねなく接することができるのではなかろうか？　新しい生活が不安なら、どっちもフレデリカの侍女にするがいい」

「それは……！　もったいのうございます。ソフィ様かローラ様、どちらかをお願いします」

恭しく頭《こうべ》を垂れるフレデリカ様に、エルアーネ様は申し訳なさそうに仰いました。

「いや、私の方こそすまないね。気軽に会話のできる同性がいる方が励みになることは、私もリリィで知った。その配慮を欠いて新しい侍女を推薦しようとしたこちらの落ち度だ。許せ」

エルアーネ様――嬉しゅうございます！　そんなに私のことを頼りにしてくれているなんて……。

私のエルアーネ様への気持ちが邪すぎて恥ずかしいです……。

「エルアーネ様、とんでもありません。お気に入りのリリィ様を侍女になんて、おこがましいお願いでした。どうかお許しくださいませ」

とフレデリカ様の模範的なお返事に、エルアーネ様は悪戯っぽい笑みを浮かべながら視線を私に移します。

「私とリリィとの仲を引き裂かないでおくれ」

ちょっと、待ってください。それ、周囲に誤解を与える発言ではないでしょうか⁉

選考会場が奇妙な静寂に包まれました。

しかし冗談だと思ったのかフレデリカ様は、

「確かにリリィ様といると、どうしてかホッとします。陛下が手放せない理由はよくわかります」

なんて花のように微笑まれまして、会場にいる一同はホッとした様子で選考の続きを再開しました。

フレデリカ様……そんな風に私のことを……恐縮です！

けれど――それに浮かれている場合ではないと、私の身体は訴えておりまして……。

エルアーネ様のお言葉を冗談と取れなくて、心臓バクバク中なのです。

最近のエルアーネ様の私に対する態度に加え、今、この場で向けられる視線が……熱い、熱いんです‼

私は『次々とやってくる王太子妃教育係の選考にやってきた者達の中からハッキリしたお顔を見つける』というお役目を担《にな》っているというのに！

エルアーネ様の視線が熱くて集中できません！　自分の身体まで熱くなって湯気が立ちそうです。

そんな様子がマーシュ様に伝わったのでしょう、素早くエルアーネ様に近づかれると、耳打ちされています。

エルアーネ様は渋々ですが頷かれ、前を向いて選考にやってきた者達をねぎらい始めました。

ナイスアシストです、マーシュ様！　どんなにお気に入りと言われても、しっかり役目を遂行しなくてはいけません。与えられた役目を果たさないなんて、モブの風上にもおけませんよ！

私も深呼吸をし、やってくる候補者達を見極めていきました。

「今回、ハッキリお顔の見えたお方は……この方とこの方で、それ以外、ややボンヤリなお方が多かったです」

選考会が無事に終了し、「追って沙汰を待て」と皆を帰らせて早速審議です。

「『ややぼんやり』の人物はどういった役割なのだ？」

とユクレス様に尋ねられ、私は頭を巡らせながら答えます。

「恋愛沙汰を起こす者と関わりのある人物、と言うべきでしょうか。たとえば『ハッキリ顔の方の重要な友人』とか『部下』とか、信頼して常に傍にいるお方と言ってよいと思います」

「なるほど……ここにやってきた『ややぼんやり』は、一人でやってきてる者ばかりだが、リリィの意見を参考にすると誰かの部下、あるいは友人である可能性は捨てきれないね」

そう推測したユクレス様にエルアーネ様は、

「なら王宮にいる臣下、もしくは口添えで来た者達の関係者の貴族が恋愛沙汰を起こす可能性があるのだな。自薦か他薦か、それを確認して裏を取るか」

と仰いました。

「信頼できる部下にやらせましょう」とユクレス様。

「できるだけ、自身の手でやってほしい」

そう言うエルアーネ様に、ユクレス様は少し考えてから「わかりました」と了承します。でも、エルアーネ様の命令に納得されていないように感じました。

「フレデリカに直接教える者達だ。ユクレスが裏を取るべきだと思うが？」

とエルアーネ様は続けて仰って、ユクレス様も思い直した様子で再度承知します。

ユクレス様にはユクレス様の信頼する相手がいて、その方がエルアーネ様にとって信頼に足る相手かわからない。だからこそユクレス様が自身で動くべきだというのでしょう。

言いたいことはわかります。

けれど――ずっとエルアーネ様に付き添っていて知ったのですが、少ないのです。エルアーネ様専属の使用人というのが。

マーシュ様とカミラ様は、常にエルアーネ様に付き添っていますが、王宮内の移動はマーシュ様のみ付き添います。

専属侍女は私を含む四人ですが、フレデリカ様は王太子妃となるため離れ、ソフィ様とローラ様のどちらかがフレデリカ様に付き、残りは私とあと一人になります。

そしてたまに検診で来る王宮医師。このお方はマーシュ様のお父様だそうです。

外出する際にはさすがに騎士や将軍などそうそうたる顔ぶれが揃いますが、それでもエルアーネ様の傍に常に付き添っているのは、マーシュ様とカミラ様のみ。

他の国の国王の地位にある方に付き従う人々も、日頃こんなに少ないのでしょうか？

この世界の場合、国王という立場にある方々はヒーロー格である可能性が高いでしょう。そしてそういったヒーローは身分や立場もわきまえず単独行動を取ったり、付き添いも一人か二人だったりしますが、それはヒーロー自体がとてつもなく強いからです。数人に囲まれても華麗に攻撃を避け、一発で相手を倒す腕力。周囲にある物で罠を作る知力。でなければヒーローとは言えません。

けれどエルアーネ様は女性です。

エルアーネ様が常日頃鍛錬なさってるのは、腕の力とか意外と逞しい上半身とかでわかりますが、それでも同じく鍛えられた男性に襲われたら、ひとたまりもないのではないでしょうか？

——不安になってきました。

そして、疑問も湧き上がってきました。

エルアーネ様の周囲の人がこんなに少なくて、大丈夫なのか？

人が少ないのは何か理由があるのではないでしょうか？

それからフレデリカ様の王太子妃教育係の選定は、ユクレス様に一任されました。ソフィ様はフレデリカ様付きの侍女に。私とローラ様が引き続きエルアーネ様の侍女を任されます。

「一気に二人も減りましたから、フレデリカ様の侍女を雇う際に、エルアーネ様付きの者も同時に選定しましょう」

カミラ様が提案しました。

それに関してエルアーネ様は「人は足さなくてもいい」と大層渋られましたが、カミラ様の押しに負け、「では、臨時に」と承諾。ほんっと、渋々でしたよ！

「すぐにユクレスが主導となっていくのだ。私の周りにはそう人は雇わなくてよい」

ふー、とカミラ様は天を仰いで大きく息を吐かれました。こんなカミラ様は初めて見ました。

エルアーネ様も驚かれた様子で頬杖を突いていた肘を下ろし、彼女を見つめます。

するとカミラ様がお答えになります。

「陛下の性格からして、ご自分の周りにそう人を置かないことは理解しておりましたし、覚悟をしてずっと付き添ってまいりました。——しかし陛下。私ももういい歳。このままの調子でお仕えするのは年々厳しくなっていきます。私やマーシュにも引き継ぐ者が必要なのです。どうかよーくお考えください」

淡々とお話しなさったカミラ様はいつも以上に気迫があって、私も思わず生唾を呑み込みました。

「陛下、それは僕もカミラ殿と同意見です。このままだとソフィやリリィにも負担がかかってきましょう」

とマーシュ様も口添え。

「うっ、うむ……」

そう念を押されて、エルアーネ様は臨時でなく常にお傍に置く人手を増やすことを了承したわけです。


そんなわけで私もしばらくは観察はお休みし、エルアーネ様のお世話を中心に業務を行うことになりました……って当たり前のことですよねぇ……。

私とローラ様二人になったら、あら意外、そう大変ではないはずの女王陛下専属侍女のお仕事が忙しくなりました。

カミラ様は四六時中エルアーネ様に付き添うので、ほかの業務——エルアーネ様の部屋の掃除、寝室のシーツ換え、装飾品のチェック、洗濯を出しに行ったり、アイロンをかけたり、エルアーネ様の散歩の付き添いをしたり——あと細かい用事をこなしたり、と意外と多いことに気づきました。

「女王陛下専属侍女って、めっちゃ楽」

なんて思ってたの嘘でした。ごめんなさい。あのときは私を含めて四人いたから、早く終わったのですね。人数が半分に減ると、こんなに大変だと思いませんでした。

仕事に関して大変なのはいいのです。どんな仕事でも大変で貴賎はありません。

それよりも驚いたのはローラ様のことです！

何と彼女のお顔がハッキリとしてきたのです！

舞踏会が終わった辺りから徐々に、ボンヤリと霞みがかっていたお顔の輪郭がクリアになっていってビックリです。

今や顔の鮮明度としては選定にやってきた数人と同じ、ややはっきりクラスでしょうか？

それでも今までと違って、艶やかな黒髪が美しく、また灰褐色の瞳のお色まで確認できるようになり、今後楽しみになってきています。

だって、もしかしたらヒロイン級になるかもしれないんですよ？

と、ローラ様を見てはニタニタしていたら、

「あの……私の顔に何かついていますか？」

なんて言いながら自らの顔を擦られます。

「いえ、最近ローラ様がさらにお綺麗になった気がして、もしかしたら好《よ》い方でもできたのかと思いまして」

「いやね、リリィ様ったら……。そんなことありません、よい化粧品をいただいただけなんです。そんなにジロジロ見ないでくださいな、恥ずかしいわ」

否定しましたけど、薔薇色《ばらいろ》に頬を染めているところを見ると、相手を想像しているのは間違いあ

りませんよね？

きっと幸せなＴＬ小説展開でしょう！　前世の私が亡くなる前、何の事件も起きずまた反対もされず、ただヒーローに溺愛されるだけの展開が人気を博しました。世間が皆、お疲れモードだった頃です。ただ愛されて幸せに浸りたい！　そんな願望を詰め込んだ恋愛小説は今のローラ様にぴったりではないでしょうか？

「でも、気になるお方がいると見ました」

「そうですねぇ……そうかしら？　そうなるといいかな？　という感じです」

ローラ様、何て曖昧な表現を！　お話を避けたいのかもしれません。私もここで気を利かせないといけませんね。

「そういうことにしておきます」と小首を傾げて微笑み、仕事に勤しみました。


本日は私、エルアーネ様用の飲み物をお出しするための指導をマーシュ様から受けるのです。

前世で紅茶の美味しいいれ方を習いましたが、この世界で通用するのでしょうか？　緊張です。

いれ方はほぼ、前世と同じですが……。

「この種類の紅茶は苦みが強い。陛下は軽めがお好きだ。もっと茶葉を蒸らす時間は短めで」

マーシュ様の指導の下、数種類の茶葉を出してきてエルアーネ様のお好みの味を完璧に出せるよう、何度もやり直し訓練しました。

エルアーネ様は好き嫌いがないということ。とはいえ、出す前には必ず毒味をするということがわかりました。

――毒味？

「毒味をしないといけませんか……？」

「毒味は僕がやっている。リリィはしなくてもいい」

知りませんでした。マーシュ様、半端なく命張っていたんですね。

「……だから、もっと人を増やせと心配したんですか？」

「えっ？」とマーシュ様が、茶葉をしまいながら私に顔を向けます。

「その……カミラ殿もマーシュ様も、暗に『もし、自分の身に何かあったら誰がエルアーネ様の傍についてお守りするのだろう』と仰られているように見えるので……。エルアーネ様の身辺は確かに人が少ないですし」

カミラ様は休む時間がなくなるとか、歳を取ってきついとか文句を言って人手を増やすことを認めさせましたけれど、決して自分の体調や歳のことばかりを気にしているようには聞こえなかったのです。

「君の異能は『目』だけでなく『耳』にもあるのか？」

「……ただ、察しがいいだけと思っていただければ」

ふふ、と貴族令嬢的愛想笑いを向けます。

単なる『おかん的な、子供を心配する眼差しで見守る』的なあれでして、決して異能ではないと思われます。

前世の記憶が戻ったことで精神年齢や洞察力まで上がったのは喜ばしいことですが、だからといってそれなりの落ち着きを会得したわけではないのが切ないところです。

「……リリィの言う通りだ」

マーシュ様が、ぽつりと呟きました。

「僕は物心ついたころからずっと陛下の傍にいる。そしてカミラ殿は産後間もなく亡くなった母妃様の代わりにずっと傍にいて、侍女頭になった。あとは王宮医師である僕の父。おそらくその三人しか陛下は信頼していない」

「三人……」

——この広い王宮で？　たった三人？

「『三人しかいないのか』と思っただろう？」

マーシュ様に、ずばり言い当てられました。

「どうしてわかったんです？　異能ですか？　それとも察しました？」

「君はすぐ顔に出るからわかるだけ」

さらりと答えられて、私もポーカーフェイスを会得しないと、と心に誓います。

「あの方は、親である前国王陛下を幼い頃からずっと見てきた……。猜疑心の塊となった父親を見て育ってる。あのお方から植え付けられたものを払拭できないのだ。ああして穏やかに微笑んで臣下達を受け入れているように見えても、心から微笑んでいない」

「……そんな」

マーシュ様の言葉はいつも私に親しく接してくださるエルアーネ様のイメージとはギャップのあるもので、どう返していいかわかりません。それに先代の国王陛下がそんなお方だったなんて初めて知りました。

「だから、リリィとあんなに打ち解けるなんて驚いていた。よかったと思った。僕も嬉しかった」

そういうマーシュ様のお顔が、ほっこりしてらっしゃいます。心の底からエルアーネ様の変化が嬉しかったんですね。

「自分からユクレス殿下に打ち明けるなんて思わなくて、これも君のお陰かなと思った」

「打ち明ける……?」と初めて聞いた話に、思わずツッコミを入れてしまいました。

「——あ、いや。これは政治的な話。流してくれ」

まぁ、流してくれっていうなら聞き流しますが、珍しくマーシュ様が狼狽えたのが気になります。この方、ほとんど動揺しないものですから。

マーシュ様は、幼少の頃にエルアーネ様の遊び相手として王宮に上がりました。先ほど会話に出てきた王宮医師が父親で、その次男坊だそうです。医師の息子さんですから、医療も少しかじっているそうで薬草などにもお詳しいとか。それで毒味役も買って出ているのでしょうね。

カミラ様も滅多なことでは表情を崩しません。二人して淡々とエルアーネ様にお仕えしているのです。

「小さな変化だが、これから大きく変わるかもしれない。変わるなら『今』だと僕もカミラ殿も考えてね。だから陛下の周囲に人を増やそう、と進言したのだ」

「増えるといいですね。エルアーネ様が信頼できる方達が……」

「そうだな」

マーシュ様が私に、それはそれはいい笑顔を見せてくれました。

何だ、笑えるのではないですか。

アイゼア様にもそういう笑顔を向けているのでしょうか？　――と冷やかしに尋ねようと思いましたが、エルアーネ様にこっそり命じられた任務を思い出して口を閉ざし、私も微笑み返しました。

いけないいけない。

実は私には『アイゼア様の動向を探る』という任務があるのです。

『本当にマーシュのことを想っているのか気になる。下種の勘繰りだが、探ってほしい』

ここでアイゼア様の名前を出したら、マーシュ様も勘のよいお方。

『彼女と付き合っていることを知っている？　もしかしたら陛下も？　彼女の何を探る気だ？　もしかしたら官能小説なるものの題材にされる!?』とお考えになって、何されるかわかったものではありませんよね、私……。言葉には出しませんが、あの平べったい光のない瞳を見るに、観察対象にされるのを絶対嫌がっていますし……。

けれど、マーシュ様もエルアーネ様もお互いに信頼し、だからこそ心配していることを知りました。

よい関係ですよね。性差を超えた友情って憧れます。

――そう思ってたのに。

事態は思わぬ方向へ向かっていったのです。

◇五章　怪しい人に見えるようで狼狽えています。

それは——突然の出来事でした。

「誰か！　医師を呼べ！」

エルアーネ様の叫ぶ声。

せっぱ詰まった叫び声に、王宮に待機している騎士やメイド達が集まってきました。

たまたま観察中だった私も、何事かと駆け寄り息を呑みました。

「——フレデリカ様!?」

苦しげに嘔吐しているのはフレデリカ様じゃないですか！

「茶を飲んでいたら、急にフレデリカの具合が悪くなった……！」

王室専用の中庭に設置されたガゼボ。ティーセットは下に落ち割れています。

「水を持ってこい！　急げ！」

「先に医務室に運んだ方が早くないか？」

「いや！　先に吐けるだけ吐き出させるんだ！　それと誰か、マーシュ殿はどうした！」

そう指示を出したのはアイゼア様です。私と同じ場所からのスタートダッシュでしたが、やはりそこは鍛錬した者としない者の差。アイゼア様の方が到着が早かったわけです。

ええ、今の説明でおわかりでしょう。私、アイゼア様の『観察』中でした。

『ハッキリとマーシュ様に、アイゼア様とのことを知っていると、お伝えになった方がよくないですか？』

そう進言申し上げたのにエルアーネ様は首を縦にお振りになりません。それどころか、

『本当にアイゼアがマーシュを愛しているのか知りたいし。観察してそうだったら——たっぷり記録を取ってから、マーシュをからかってやるのだ』

と黒い微笑みをいただきました。美女が一物含んだ笑みをすると迫力ありますねぇ。

まぁ、私も美しい女騎士アイゼア様と医療系&文官系の属性を兼ねそなえたマーシュ様の恋愛模様は気になりますし、たまたま休憩時間中に、アイゼア様を見つけたので観察に入ったわけです。

——でも私だって、いくらエルアーネ様に命じられているからといって、たまたま見かけただけでは観察に入りませんよ？

アイゼア様を見かけたとき、ピピッと私のTLアンテナが動いたからなんです。

『何かが起きる。事件です』

何だかどこぞの妖怪ヒーローみたいですが、その勘は当たりました。

ですが——まさか、別の場所で起きるとは思いませんでした。

医師とユクレス様が駆けつけ、胃の中のものを吐き出してグッタリしているフレデリカ様の状態を確認し、医務室へ運ばれるまでを緊張して見つめていた私でした。

「すぐに吐き出したので命に別状はないでしょうとのこと。内臓を傷めることもないそうです。今は念のために解毒剤を飲んで眠っております」

ユクレス様がエルアーネ様にそう報告したとき、そこにいた私を含むマーシュ様やカミラ様、そして元同僚であるローラ様や新しいモブ同僚達もホッと安堵の息を吐きました。

今日は午後から、未来の王太子妃としてお茶会での接待の仕方をエルアーネ様にご確認いただく時間でした。お付きの侍女はローラ様とソフィ様という安定のメンバー。いつも毒味役を仰せつかっていたマーシュ様は、自分以外の毒味役を育成するための人物選定会議中でした。

マーシュ様がいない時間を見越したように毒を入れるなんて。

「最初に茶の異変に気づいたのはフレデリカだった。一口飲んで『陛下！　飲んではいけません！』と手にしていたカップを叩き落としてくれた。……そのあとすぐに苦しげに吐き出した」

エルアーネ様が哀しげに話してくださいました。すぐにフレデリカ様が気づかなかったらエルアーネ様も大変な目に遭っていたのです。しかしそれも心苦しいのでしょう。

「フレデリカの生家の領地はハーブの生産地だから、危険なハーブの匂いも把握していたのでしょう。エルアーネ様が無事で何よりです。きっとフレデリカもそう思っています。……しかし、ハーブティの中に毒草が混入されていたとは」

とユクレス様。

そうです。今回、茶の用意をしたのは——ソフィ様。

すぐに捕らえられて、監禁され尋問を受けている最中だということです。

「今日はもう講義はお休みして、フレデリカに付き添っておあげ。彼女もそなたの顔を見れば安心するだろうし」

エルアーネ様の優しい心遣いに「痛み入ります」とユクレス様、頭《こうべ》を垂れました。

お顔の色が優れません。目の前で愛しい人が危険な目に遭ったのを見てショックなのでしょう。

「僕も茶を毒味してから選定会議に臨めばよかった」とマーシュ様。

「マーシュのせいではない。私ももっと気をつければよかったのだ。今回の茶会もマーシュの講義も事前に決まっていたのだから」

とエルアーネ様がマーシュ様を庇う発言をしたあと、深い溜め息を吐かれました。

「……本当にソフィがやったのだろうか？」

『私ではありません！　指定された茶葉を用意しただけです！』

連行されていったソフィ様は、泣きながら無実を叫んでいました。

「今、使用した茶葉が入っていた瓶を確認しております」とユクレス様。

「ローラは何か変わったことが周囲でなかったか覚えていないか？」

「……いいえ。ソフィ様にも周囲にも、特に気になる点はありませんでした」

エルアーネ様の問いにローラ様は思い出すように瞼を閉じ、それから頭を振りつつ答えました。

しばらく沈黙が漂いましたが、エルアーネ様が、

「気をつけろと注意した直後にもかかわらずか……次期国王も前途多難だな」

と、やりきれないと言うように吐き出しました。

「フレデリカの周囲の様子から、いつかこんなことが起きるとは思っていましたが、早急に護衛の数を増やしましょう」

「ああ、頼む。人選しておいてくれ。それから至急会議にかける」

そうしてエルアーネ様は私に向き直り、手招きし周りに聞こえないよう小声で仰います。

「フレデリカにしばらく付き添ってほしい。リリィなら信用できる」

「御意」と私は膝を曲げ、彼女の意思に従いました。

私を信用してくださるというのは、とても嬉しいことです。

しかしながら——本当にソフィ様が毒草を盛ったとは私には思えないのです。だって、ソフィ様のお顔はボンヤリモブ顔のままなんですもの。私の知らない展開が起きているのでしょうか？

「それからアイゼアの件も引き続き頼む」

「は——ぃ？」

皆の前ですから専属侍女らしく振る舞おうとした私の思惑を覆してくれました、エルアーネ様！ 顔を上げた途端に、後ろ頭を掴まれて引き寄せられてしまったのです。変な声出してしまったではありませんか！

「後でゆっくり報告を聞くから、またいつもの時間においで」

「ひゃ……っ、ひゃ……は、はい……！」

耳元で囁く低い声音は鼓膜に毒です！ ピリピリして身体中に弱い電流を流されたようになって、

動きが止まってしまいます。しかも、編み込んである髪を弄りながら、最後に息を吹きかけないでください！

「ヒィー」という情けない声が出そうになるのを必死に堪《こら》え、「お、お戯れを……！」なんて言いながら下がりますが、熱くて全身汗塗《あせまみ》れ、心臓バクバクでとても平常心を保っていられません。

本当に、皆の前で何ていう悪戯をするんでしょうか、エルアーネ様、い、意地悪です！

私の様子を見てそれは楽しそうに笑っているエルアーネ様は。

ユクレス様もマーシュ様もカミラ様もローラ様もモブ同僚達も、すでに慣れっこでありながら、さりげなーく視線を外して、見なかったふりをしてくれるようになっています。こんな馴れ合いがもう、日常茶飯事になっているわけなんです。うう……申し訳ありません。

「イヤなら強気で払いのけてもいい」とマーシュ様に助言をいただいているのですが、そんなことモブでなおかつエルアーネ様のことを慕っている私にはできない所行なんです。

だって、嫌われたくありません……。

こういうドキドキさせられるエルアーネ様の行為、実は嫌ではないからです。僅かな時間でも触れてくれて、体温を感じることができる――私にとってご褒美でもあるし、活力剤でもあります。

自分がエルアーネ様にとって『特別』な存在であることがわかるものでもあるのです。

その上、女性同士のはずなのに、最近は「それでもいい」と思ってしまうのです。

こういう傾向は、何となくまずいのでは？　とも考えます。

この世界がＴＬ小説世界なのは確実なのに――。

そんな世界を観察し、書き留め、この世界に『ＴＬ小説』を生み出そうとしている私が同性に恋をするなんて。

実のところ、最近書きためている内容は有体に言って、エルアーネ様が男性として活躍している話ばかり。

それどころか、つい昨夜書いたプロットなんて……とうとう同性同士のお話です。

こんなことが続いて、本気でエルアーネ様と恋仲になったら……。

——この世界が、〝百　合〟世界に変貌を遂げないでしょうか？

大丈夫ですよね？　私の行動一つ、恋一つで世界がひっくり返るほど私って重要人物ではありませんよね？

と毎晩毎晩祈って朝起きて、変わらない世界にホッとする日々なんです。

「ユクレス、フレデリカのところに行くなら念のためにリリィを連れていきなさい」

まるで何事もなかったようにユクレス様にそう告げるエルアーネ様。

最近私を手玉に取っている言動が手慣れているように感じられて、少々不安が湧き上がります。

これは女王としての態度だとわかっていても——燻《くすぶ》っている感情は納得できないようで、自分自身がとてもイヤになりました。

解毒剤の効果か、フレデリカ様の意識はしっかりとしておりました。ただ、ショックのせいか、白い百合のようなお顔の色が優れません。

「お見苦しい姿をお見せして申し訳ありません」

ベッドの中からそうユクレス様に謝罪します。

「何を言うか。怖い目に遭ったのだ。俺の気遣いなどしなくていい」

とフレデリカ様に駆け寄り、形良い額を撫でております。

互いにいたわる姿。いいですねぇ……。ヒーローを庇い傷付いたヒロインをいたわる展開もＴＬ小説ではよく見られ、互いの愛を感じるところなのです。ただ今回はヒーローを庇ったのではないのですけど。

「ソフィが捕まって尋問を受けていると聞きました」

「ああ、本当だ。それと用意した茶葉の確認もしている」

「あの茶葉は私が用意して、『これを使うように』とソフィに手渡したもの。私が調合したのです。ソフィのせいではありません」

——えっ？　それでは、フレデリカ様が調合した際に間違って毒草を混入させてしまった？

「では、フレデリカ。君の間違いなのか？」

ユクレスの問いにフレデリカはゆるゆると首を横に振りました。

「今回のハーブティは、王宮に植えてあるハーブを摘み取り、生のまま使用したものです。そもそも王宮では毒の成分も含んだ医療用ハーブは別の場所に厳重に管理されております。私が摘んだ場所はそのまま飲食に使用できるハーブ園。それにソフィも一緒に連れていっています。ユクレス様、ソフィは無実です。すぐに解放を」

「――使用した湯に毒が混入していた疑いがある、とフレデリカが申したのだな？」

再びエルアーネ様の私室に集まったマーシュ様、ユクレス様、私、そしてアイゼア様。その場にいち早く駆けつけたので、今回の調査を直々に任されたのです。

「ポットに残っていたハーブを確認しましたが毒になるものは一切使用しておらず、湯を確認したところ、フレデリカの言った通り、湯の方に毒が溶け込んでおりました」

とアイゼア様。

「そうか……湯を用意したのは誰だ？」

「厨房の者です。それとその残り湯を使って茶を飲んだ使用人達も血を吐いて倒れたとの報告がありました」

「昨日から、見慣れない者が厨房に入ってきていないか急ぎ確認させよ。それからソフィは解放してやってくれ」

「はい」

アイゼア様は、一礼して退出されました。目ざとくマーシュ様がその姿を視線で追っていたのを私は見逃しません。いえ、ＴＬ観察に行っている場合ではないので追ってはいきませんけれど。

「まさか私だけでなくフレデリカまで狙うとはな……」

エルアーネ様の言葉を聞き、ユクレス様は悔しそうに顔をしかめました。そうですよね、愛しい人が危険な目に遭ったのですから、腹立たしいに決まっています。

どうもエルアーネ様は今回のことを、反女王派がフレデリカ様を巻き込んで起こした事件と考えていらっしゃるようです。

「複数での犯行なのか、単独犯なのかもわからん。もう少し情報が集まるまで——ユクレス」

「はい」

「できるだけ単独行動は避けるように。それとフレデリカにも護衛を付ける」

「はい」とユクレス様は再び頷かれ、フレデリカ様のお見舞いに行かれました。

彼の後ろ姿を見送り、エルアーネ様は困ったようにこめかみに手を当てられました。

「自分のことは自分でできるから、人が少なくても今までやってこれたが……こんなときに信頼して任せられる者が少ないというのは、私の人徳のなさか……」

「それは違います、陛下。人徳がなくてではありません。お心を開かれれば命を投げうってでも陛下のお役に立ちたいという者も出て参ります」

マーシュ様が真っ先に反論しました。

「……私に人がいないのは、私自身の問題だというのか？」

——ピキン、と一瞬にして空気が冷たくなった気がします。

そんな中、マーシュ様は怯むことなく口を開きます。

「皆、陛下を慕っている。だけど、あなた自身が壁を作って人を寄せ付けない。ただ壇上から命令を下すだけ。それに不満を持つ者も多い。皆、あなたとの距離をもっと縮めたいと思っている。いい加減、過去は過去だと割り切って、それに気づいてください」

マーシュ様の気迫に、私は凍ったように動けなくなって、ただ二人の会話の行く末を怖々見守るだけです。

「幼い頃から常に傍にいたお前が……そのようなことを申すのか⁉」

立ち上がり睨みつけながらマーシュ様に怒鳴りつけるエルアーネ様の声は、太く大きく部屋中に響きわたります。まるで武将が敵に向かって激昂しているかのように。ほとんど男性と変わらない声音だということにも、驚かされている私です。

シン、と静まりかえりエルアーネ様の荒い息遣いだけが部屋に響いている中――突然、扉を叩く音がしました。

「陛下、ヴェアザラル様が拝謁を願い出ておりますが、お取り次ぎしますか？」

カミラ様が淡々と尋ねてきます。

……この怒鳴り声、聞こえていらっしゃいましたよね？　動揺せずに変わらぬ態度でいるカミラ様の精神力、すごいです。

というか、マーシュ様もですね。目の前で激昂されているのに、眉毛一つ動かさないのですから。

「……通せ」

エルアーネ様は呼吸を整え、長椅子に座りました。

私は業務ですから、エルアーネ様のドレスを整えます。平常心、平常心。

「リリィ……」

エルアーネ様に呼ばれ「はい」と答える私。

「すまないが、私の傍で控えていてくれないか。リリィが近くにいれば落ち着いて応対できるだろう」

いつもはすぐ傍にはマーシュ様がおられます。窺うようにマーシュ様に視線を移すと、彼は頷いてこれからやってくるヴェアザラル様をお迎えするように少し離れた場所に控えました。

――ええ……喧嘩するほど仲がいいとか言いますけれど、喧嘩が収束していないこの状態で離れるのですか？　このままヴェアザラル様を入れて、また喧嘩ですかね……。

あ！　でもヴェアザラル様は大人の男。

もしかしたら仲直りのきっかけを作ってくれるかもしれません！

ヴェアザラル様、ここでヒーロー級の格を見せてください！

……いや、待ってください。

ヒーローの活躍する場には、必ずヒロインがいます。

ここでヴェアザラル様が大人の立ち回りをして、ヒーローの威厳を見せたら……。

――エルアーネ様にヒロインフラグ!?

ど、どうしましょう？　あ、汗掻いてきました。

私の予想が当たれば、ここでヒロインがヒーローにズキンと胸をときめかせちゃうＴＬ展開にお目にかかれるわけなんですが……。

正直、嫌です……。

いいえいいえ。嫌なんて感情、この世界的にあっちゃいけないのです。

ここはたとえ、エルアーネ様がヴェアザラル様の意見に感激して恋に落ちても、私としては喜んで観察しなくてはならないところです。

これを元に書いた作品が、この世界で出版する（予定の）私の華々しいＴＬ小説の第一冊目となるはずです。

何せ国民から見たら女王陛下は国のアイドル的存在のはずです。彼女の行動の一つ一つが注目されているはず。そんなエルアーネ様をモデルにした小説を出したら、誰もが興味を持って買ってくださるでしょう。

まぁ私の野望はおいておくとしても、マーシュ様のお話でエルアーネ様がこれまで孤独だったのを知りました。年上の包容力ならば、その孤独を埋めてくれるに違いありません。

私では到底敵わない。

だって私は――。

物語の中で重要でも何でもない、モブなのですから――。

ヴェアザラル様がカミラ様の案内のもと、エルアーネ様のお近くまでやって参ります。

エルアーネ様は柔らかでありながら威厳を持った声音で、ヴェアザラル様に尋ねました。

「何用だ？」

「緊急会議を召集しながらも途中、陛下が離席されましたので何事かと思い、参上しました。手前でよろしければお使いくだされ」

恭しく膝を突き、頭《こうべ》を垂れるヴェアザラル様。

その面持ちは精悍で、とても中年にさしかかったものとは思えません。

「そちをどう使えと？」

「此度《こたび》の会議、王太子妃候補が何者かの手によって怪我を負ったがために召集されたものでしたな。そこで離席されるとは、事件についての新情報が入ったからだと思われます。手前を王太子、または王太子妃候補であらせられるフレデリカ様の護衛にお使いなさいませ。必ずやお役に立ちましょう」

エルアーネ様は答えに迷っているようで、しばらくじっとヴェアザラル様を見下ろしたまま黙っておりました。

どうするおつもりなのでしょう。固唾を呑んで見守るしかありません。

「ヴェアザラル」と、ようやくエルアーネ様は口を開きました。

「会議の折には伏せさせてもらったが、フレデリカと茶の講義の際に毒を盛られた。フレデリカが止めていなければ私も毒入りの茶を飲んでいたところだった」

「何と……では、王太子妃候補だけでなく、陛下のお命まで狙った犯行ではないですか!?」

ヴェアザラル様、かなり驚かれています。少し窪んだ眼窩《がんか》に収まっている眼球がカッと大きく見えます。

「毒は湯に溶かしてあったそうだ。実家がハーブの生産地であるフレデリカが気づいたのだから、毒草であろう。今、何の毒草か、確認中だ。それと厨房に出入りした中で見慣れない者がいなかったかも」

「左様ですか……ならば陛下と王太子妃候補、お二方の近くにいる者に指示を出している者がいる――場合もございましょう」

　ヴェアザラル様の意見に同意したのか、エルアーネ様も頷かれます。

「二人の婚姻をよく思わない者の仕業であることは間違いない。だがヴェアザラルよ、確かそちもフレデリカをよく思わない者の一人であろう？　ユクレスがフレデリカを生涯の相手として連れてきた舞踏会の次の日に、憤懣《ふんまん》遣《や》る方ない様子で私のもとにやってきたのだから。――なのに、ユクレスかフレデリカのどちらかの護衛につきたいとな？」

「……確かに、あのときそう申し上げました。陛下もご存じとは思いますが、上級貴族の中では身分の低い者が王宮に上がり役職を与えられることに、不満を持つ者も多い。そこにフレデリカ様という新しい芽を入れることに対し、陛下にも何かしらのお考えがあるのでしょうが、きっと全ての者に歓迎されるわけではない。極端な行動に出る者もおりましょう……フレデリカ様のお命を奪わんとする者が……それゆえ反対したまで。しかし、陛下のご意思のもと、そのように決定したのですから手前はこの命のある限り従うまで」

「ふむ……。そちはフレデリカがユクレスの伴侶になり、王太子妃になることに今は異存はないというのだね？」

「仰る通りです」

　エルアーネ様の言葉に、ヴェアザラル様は神妙に頷かれます。

　ではヴェアザラル様は、フレデリカ様のことを考えて結婚に反対をしたというのですね。私はヴェアザラル様の性格を存じませんが、言葉通りに捉えると身分の低い者にも優しい、思いやりのある人物に見受けられます。

「しかし、懸念が現実のものになったと知りましたゆえ、こうして参上いたしました。――どうか、手前をお使いくだされ！」

「しかしヴェアザラルよ。そちは軍事を一手に任せられた者。そちが護衛の任に就いては我がエスカ国軍はままならない状態になるのでは？」

「次世代が十分に育っておりますするに、手前も安心して任せられます。ご心配なきよう」

そうですか。そういえばマーシュ様の恋人でいらっしゃるアイゼア様も、とうとう正騎士から騎士長にまで出世されたとか。若手がどんどん育ってきていて、ヴェアザラル様も一安心というところなのでしょう。

「……わかった。そちの気持ちありがたく受け取っておこう」

エルアーネ様の言葉に、マーシュ様やカミラ様もすごく驚かれております。

特にカミラ様なんて、いつものすまし顔が緩んで微笑んでいらっしゃるのですが！

「だが、ヴェアザラル。そちが護衛するのはユクレスでもフレデリカでもない――私だ。私の護衛につけ」

――エルアーネ様？

マーシュ様もカミラ様も驚いております。

そして私は、ショックで動揺しております。

「ありがたく存じます！　誠心誠意お仕えしますぞ！」

ヴェアザラル様、予想外の決定だったのでしょう。喜びに頰が紅潮しているのがわかります。

そうですよね、女王という立場でありながら常日頃周りに人を付き従わせないお方が、いきなり考えを変えて指名してきたのですから。

「それからユクレスとフレデリカには、マーシュと、そちが人選した騎士をつける。マーシュが私から離れる間、私自身が手薄になってしまう。私の身の安全をそちが守れ」

マーシュ様を自分から離すのですか？

これまたびっくりな采配で、マーシュ様、驚きながらも怪訝そうな表情です。

先ほどから驚かされるエルアーネ様の指示で、皆互いに顔を見合わせました。

「マーシュ」と唐突にエルアーネ様は長年の相棒をお呼びになります。

「そういうことだ。しばらくユクレスかフレデリカの傍につくように」

「よろしいのですか？」

マーシュ様、聞き返します。そりゃあ、そうですよね。今までぴったりと朝から晩まで付き添っていたのに。突然ですよ。

少し前までマーシュ様に「人手を増やせ」と進言されてキレていたのに、この……切り替えの早さには驚かざるを得ないでしょう。

そんなにヴェアザラル様のお言葉に感動されたのでしょうか？　キュンキュンしてしまったのでしょうか？

——エルアーネ様、そんな……。

「カミラ、そしてリリィはこのまま私に仕えなさい」

「は、はい……！」

私もカミラ様も頭《こうべ》を垂れます。

「フレデリカの侍女をもう一度選定し直す。あと、ユクレスの侍従を含めてな。ついでに私の侍女も選定し直し、増やそうと思う」

「仰せの通りに」

マーシュ様もカミラ様もフレデリカ様も、ヴェアザラル様も——そして私も、ただ頭を垂れエルアーネ様の命に従います。

「……これでよかったのだろう？」

エルアーネ様は私にそう尋ねてきました。

「……陛下のお考えのままに」

私には他に言いようがありません。なぜかエルアーネ様は、寂しそうに微笑まれました。

本心ではないのでしょうか……。

私も心がざわつきます。

エルアーネ様とヴェアザラル様の距離が近づきました。

どうしてか二人、意味もなく見つめ合っては微笑み合っております。

エルアーネ様の瞳には今までに見たことのない、光が湛えられているように思えます。

勿論ヴェアザラル様の深い眼孔の奥にも……。

二人の恋が、物語が、始まるのでしょうか……？


急遽決まった決定に、王宮はにわかに騒がしくなりました。

片時も離さなかったエルアーネ様の侍従マーシュ様が、ユクレス様の侍従になったことでまず騒がれ、それから専属侍女を私とカミラ様以外総入れ替えという事柄。

軍内部でのヴェアザラル様達の配置換えは正式に明日からと決まり、大わらわです。

この短い間に私とカミラ様、そしてフレデリカ様の三人で侍女を選定するためにまたもや自薦、他薦を募集しました。

けれど今回は既に王宮内で働いている者のみ対象です。さすがに外にまで募集をかけ、選ぶ時間などありません。幸い、メイド含めて王宮にはそれ相応の人数が働いているので、まったく集まらなくて困るという事態は起きませんでした。

集まってきた応募者を見ながらカミラ様は私に、

「この中で、ぼんやりとしか見えない方を選んでちょうだい」

と仰ってきました。

恋愛沙汰を起こす未来を持たない、箸にも棒にもかからない者を選べ、ということですね。承知しました。

「あと、ハッキリお姿の見える方もいたら教えてちょうだい」

とカミラ様。またもや承知しました。

そして私はカミラ様の斜め後ろに立って、ハッキリ顔がやってきたら椅子の背もたれを軽く叩くというのを繰り返しました。

カミラ様が卓上でメモりながら面接をしている横で、フレデリカ様は行儀よくお座りになって、来る人来る人に微笑みかけております。胃の洗浄が早かったお陰かお身体にも異常はなく、二日後には普通の生活ができるまで回復され、ホッとします。

ソフィ様も疑いが解け、ここだけの話ですが既にフレデリカ様の侍女にそのまま据え置くことが決定しております。

そりゃあ、冤罪をかけられた上にまた面接し直しとなれば、私だって王宮を辞したくなりますからね。そのくらいは免除されても当たり前だと思います。

それにしても、辛い目に遭ったというのにソフィ様のお優しいこと。

「あの場で疑われるのは仕方ないことです。でも、フレデリカ様が毒に侵されながら真っ先に私の無実を訴えてくださったんです。嬉しくて、できるだけお傍にお仕えしたいとお願いしたんです」

と請われたのだそうです。

元々エルアーネ様専属だったローラ様も推薦されましたが辞退したそうです。何でも実家にお見合いの話が来たということで、職を辞して帰郷するのだと。

舞踏会辺りからお顔がハッキリされてきたのに、恋愛ストーリーを追えなくて残念です。お言葉を濁しておられましたが、何となくいい雰囲気になっている男性がいるようですのに……。

このことはまだ誰にも話しておりませんけれど。ヒロイン級にお顔がクッキリハッキリするまで、エルアーネ様への報告は避けるべきだと思うのです。

それはともかく、ローラ様に餞別をお渡ししようと先日フレデリカ様とお話ししたばかりです。

そうそう、フレデリカ様を護衛する騎士は早くも決まって今、部屋の隅で待機していらっしゃいます。

ユクレス様にはマーシュ様がおつきになったとしたら――もうおわかりでしょう！

アイゼア様です！

気のおけない恋人同士ですからね。連携して二人を護衛なさるのでしょう。

ただ……しばらく忙しくて観察に行けそうにもありませんけれど……。

そう、私はこれからエルアーネ様とヴェアザラル様の仲睦まじい様子を見せつけられるかもしれないのですから。

今、こうして離れている間にも二人は急接近しているのでしょう。

もうイチャコラしてる可能性だって捨てきれません。涙が出てきそう……。

「次の方」とカミラ様が応募者を呼んだので、私は気を引き締め相手を見つめました。

緊急で行った侍女選考では、誰も彼も顔がボンヤリ――つまり『物語に何の影響も及ぼさないモブ』でした。

「では、この中から陛下とフレデリカ様の侍女として、働き者で、相応しい教養と礼儀作法を身につけていて、そして口の堅い者を選びましょう」

問題視すべき人物がいなかったということで安心したカミラ様は、履歴書と自分が採点した表を見て数人をピックアップされました。

専属侍女として新しく取り立てるのは計十二人。フレデリカ様にはソフィ様を入れて八人。エルアーネ様には四人。

「実際働いてみて『きつい』やら『思っていたのと違う』と役目を辞する者も出てきましょうから、多めに採用しました」

とエルアーネ様にご報告するカミラ様。

「ご苦労だったね、カミラもリリィも」

労をねぎらい、いつものようにゆったりとした笑みをくださいました。

なのに、私の目にはいつもより艶やかに見えて辛い、辛いです！

私達が侍女選考をしている間、エルアーネ様とヴェアザラル様は二人っきり……。

きっととても楽しい時間をお過ごしになったのでしょう。いつもよりエルアーネ様に色艶があるように見えます。女の幸せを味わっていて、周囲の人にも分けてあげようとしているように思えてしまって、しんどいです。

「特にリリィ、私の趣味に付き合う時間がなくなってしまって心苦しいが、しばし我慢してほしい」

『私の趣味に付き合う時間』というのは、『観察』のお時間のことだとわかります。

あからさまに言うと、マーシュ様の代わりにお傍についたヴェアザラル様が、『観察』のためにうろちょろしている私のことを不審がるからでしょう。

……というか趣味の内容をヴェアザラル様がお知りになったら、呆れるか見下されるか、叱られるか――になるのは確実で、その上本当は一介の侍女の私の趣味にエルアーネ様も感化されたという事実を知ったら……怖い、怖いです！

『陛下を破廉恥《はれんち》な趣味に巻き込んで!!』と激怒されて、たたっ切られそうではありませんか？

それをあえて『私の趣味』と仰ってくださるエルアーネ様のお心遣いが大変ありがたく、ヴェアザラル様に嫉妬していた自分が恥ずかしくなります。

私は何て欲張りなんでしょう。エルアーネ様を独占できなくてしおしおするなんて。

――いけません、侍女らしくエルアーネ様のお言葉に応えなくては。

「いえ、理解しております。ご安心ください」

軽々しく「エルアーネ様」と呼ぶのは当面の間、控えましょう。ヴェアザラル様がどこまで寛容なお方なのか見極めできるまで、一般の侍女らしくした方がよいでしょう。

「早速ですが、新しい侍女を陛下に紹介します」

カミラ様はそう切り出して、楚々と後ろに控えていた四人を呼びます。

一人一人、名を名乗り優雅に腰を下げて挨拶していきます。

さすが選ばれた精鋭達です。非常に綺麗な言葉遣いに礼儀作法。

……しかし、ものの見事に皆『のっぺらぼう』で、カミラ様、わざとですか？

モブ顔にもレベルがありまして『うっすらボンヤリ』『まだらボンヤリ』『がっつりボンヤリ』『のっぺらぼう』『十字だけ』、たまに『のっぺらぼう口あり』とか『十字にうっすら目鼻立ち』などが確認されており、バリエーション豊かなのです。

そして今回はおおむね『のっぺらぼう』揃い。

いいえ、カミラ様は私の目に皆がどう映っているのか詳しくご存じないはずですから、たまたまでしょう。

髪の色で今回は見分けましょう。金髪が一人。茶髪が一人、黒髪が二人ですが、そのうち一人はのっぺらぼうの口ありです。

よかった、無事に見分けがつきそうです。しっかり記憶していかないと。

毎回人の見分けで苦労するのです。楽しそうに思えても実生活には苦労がつきまといますよこの能力。よく王宮で働けるなーと自分でも思います。

でも、ぼんやり顔でも私には彼らの感情の移り変わりはわかるので、これでどうにかコミュニケーションが取れているわけです。

「皆、しっかり陛下にお仕えするように」

なんてヴェアザラル様、そんなドスの利いた声で言ったら皆ビビるではありませんか。ほら、怖がって不安な顔になっています。

「ヴェアザラル。そんな脅すように言うのではない。怖がっているではないか」

「しかし陛下。ここで気を引き締めて己の重責を意識してもらわないとなりません」

「もう少し柔らかく話せと言っているのだ。だから今でも独身なのだぞ？　目鼻立ちの整ったよい顔をしているのだ。女達に柔らかい物言いができるようになったら、すぐに奥方が決まるというのに」

さすがエルアーネ様。注意して持ち上げるという会話法が素晴らしいです。

「手前は女王陛下一筋でありますゆえ、他の女人に目を向けることなどいたしません」

――えっ？

今、何と言いましたか？　ヴェアザラル様？

いやいや、きっとエルアーネ様に対しての尊敬の念ですよね。騎士道一直線のヴェアザラル様ですから、主人に対する武人らしい忠誠心ですよね？

「その忠誠心は立派だ。受け取っておくよ」

エルアーネ様もそう思っているようでよかった。私の考えが間違っていないようでホッと胸を撫で下ろしました。

「今日は忙しく動き回ったので汗を掻いた。湯を浴びてから寝たい。湯の用意を」

「では、湯を頼んで参ります。リリィ、新しく来た者達に湯の支度を教えてやってください」

カミラ様に言われ、自分の立場を思い出します。私は先輩になったのですよね。専属侍女になってからまだそう日は経っていないので経験値は低いのですが、やるしかありません。

「では、皆さんこちらに」と、楚々と浴室へ案内しました。

「マットはこの棚。大判の手ぬぐいはこの棚にしまってあります。海綿や石鹸はここ。使用したら手桶と洗い桶とともに干しておきます。湯浴み後のお着替えもハンガーに掛けておきます」

「リリィ様、私達も陛下のお身体を洗うお手伝いをするのですか？」

「陛下のお身体に触れる一切のことはカミラ様がやっておりますから、私達は浴室の外でお飲み物の用意をしたり、寝室を整えます。それなりにやることはありますよ」

それを聞いて四人の新しい侍女達は、それぞれホッとしたり残念そうだったりと様々です。

「全て終わったら、何をしていればいいのでしょう?」

「煩《うるさ》くないくらいの立ち話は許されますよ。でも突然、用を言いつけられることもあるので、お喋りに夢中にならないように気をつけてください。陛下はお心の広い方ですが、それに甘えてはいけませんし」

そうして、浴室の準備をしながらちょっとした会話をしました。

さすがカミラ様が選んだ方々です。話しながらも手は動いていますし、手際もいいです。モブでも優秀なモブ達です。しっかりとお顔が見られないのが残念です。

「リリィ様、陛下はどんなお方でしょう? 性格とか癖とか把握しておきたいのですが」

口だけ見えるモブ様を筆頭に皆頷きます。のっぺらぼうモブですが皆さん向上心が高くて頼もしい限りです。

はい、私にわかるかぎりお教えしましょう、あくまで侍女として接したときのご様子だけですが。さすがに『一緒に繁みに入って他人様のラブシーンを観察してる』なんて話せません。

――あら? そういえば……。

舞踏会の日、エルアーネ様は私が隠れて観察していた場所に入ってきました。

自慢じゃないですけれど、私は空気になれるモブと自負するほど存在感が薄いはず。ああして隠れていて見つかったことなどありません。

いい例がユクレス様とフレデリカ様のイチャコラシーンで、ちょっと身体をずらせば見えるんじゃないか？　くらいの近さで隠れていても全く気づかれませんでした。私はああいったシーンでは空気であり、部屋の壁であり調度品なのです。

なのに、エルアーネ様は私を見つけ繁みに入ってきましたよね。

そういえば最初は、マーシュ様が繁みの中で観察している私を見つけたから、エルアーネ様のもとに連れてきたという話でした。

……？　お二人には私のモブ異能が通用しないということでしょうか？

「リリィ様？」と呼ばれて、考えに耽っていたことに気づきました。いけないいけない。今はこちらに集中しましょう。

「ごめんなさい。ちょっと別の考え事をしていたので……。そうですね、エルアーネ様は気さくなお方で、下々の私達にもそれはそれは大変にお優しく……」

あとでエルアーネ様やマーシュ様にお尋ねしてみましょう。

なんて思いながらエルアーネ様についてお話ししていましたら――ヴェアザラル様まで一緒に聞いておりました。ご拝聴ありがとうございます、との意味を込めて頭を下げます。

ヴェアザラル様も本当に微かに頷きましたが……何だか私に向ける雰囲気が怖いです。殺気立っている気がするのですが。

もしや、話してはいけないことを口走ってしまったのでしょうか？　いえ、そんな政治的にまずいことは話していないはず。

「——あ、お喋りはここまでにしましょう。そろそろお茶の準備をしなくては」

「はい」と、皆様素直に持ち場に戻ってくれるのにホッとします。

お茶は私かカミラ様とお話ししてあるので、そのまま私は厨房に向かいます。

王宮は大変広いので、大小の厨房がいくつかあります。メインの厨房では、日頃王宮で働く方々の食事は勿論、夜会や晩餐会のための食事も用意します。

他にもこうして王室専用の棟にある厨房など、様々なシーンに備えた厨房が王宮中に設置されているのです。

勿論、王室専用の厨房にはいつ何時エルアーネ様から要望が来てもすぐに作れるよう、腕のよい調理師が待機しております。私はそこに熱い湯と茶葉をもらいに行くのです。

そういえば、マーシュ様がしていたエルアーネ様の食事の毒味は、今後どうなさるのでしょう? 確認しなくてはならない案件です。

なんてつらつらと考えていましたら——後ろから影が!

「リリィ・レクシアと言ったな」

いきなり低い声で尋ねられ、毛が逆立つほど驚きました。

「ヴェアザラル様!? 驚かさないでくださいな」

先ほど部屋にいた頃から険悪な雰囲気だだ漏れさせていたので、私、わざと明るい口調で返しました。けれど、それも通用しないようです。

ずいずい、と大きな体軀で私に詰め寄ってきて、とうとう壁に追い込まれました。

「な……、何なんです……？」

私の顔、見えていたらきっと酷い表情でしょう。淑女らしい微笑みを返そうとするものの、どうしても口元が引き攣ってしまって、ピクピクしているのが自分でもわかります。無理矢理作った微笑みで細めた目には、恐怖で涙が溜まってきています。

こ、怖い……怖いです……！

おじ様ヒーロー級の美形なのに、見惚れるどころか恐怖しか起きません。

どうして私に詰め寄るんですか⁉　というか、なぜそんな殺気立ったオーラを出しながら怖い顔で私を見つめるんですか⁉

「単刀直入に聞く。貴様、何者なのだ？」

「……えっ？　レクシア男爵の長女リリ――」

「そんなことを聞いているのではない！」

ひぃ！　間近でそんな大きな声を出さないでください！　身体がビリビリします。

「今まで見てきて危ぶんでいたが、今日一日様子を見て確信したわ！　たかが、一介の侍女でしかない貴様が、なぜこうも陛下の寵愛を受けている？　どうやって取り入ったのだ！　言え！　言うんだ！」

「ちょ、寵愛？　寵愛なんて受けてません～！　は、はしたない！」

ＴＬ小説世界で『寵愛』なんて言ったら、もう深い仲ではありませんか！　ところ構わず接触されて、膝抱っこされたり熱いキスをされたり、どこでも官能シーンが発生して目のやり場に困るような行為ですよ！　しかも私とエルアーネ様は女性同士ですよ！

「はしたないだと？　はしたないのは貴様だ！　陛下のお気に入りなんだろうが、近寄りすぎだ！　陛下とは身分が違うのだぞ。距離を取れ！　節度を知れ！　馴れ馴れしく陛下にくっついて媚《こ》びを売って。しかも嬉しそうに、新しい侍女共に陛下のプライベートまで教えるとは何事だ！」

「私が教えたのは、傍にお仕えするための必要最小限の――」

「口答えするな！」

ドン！　と顔の近くで大きな音がして「ヒッ」と声を上げました。

本当に顔ギリギリにヴェアザラル様の拳が飛んできて、壁に当たった音です。おまけにぐっと顔を近づけて迫ってきます。

こんなこと、前世でも現世でもされたことありません！

というか俗に言う『壁ドン』ですが、何これ、ぜんぜんときめかないし、怖いだけじゃないですか！

「いきなり専属侍女に任命されたときから怪しいと思っていた。貴様、もしや陛下の重大な秘密を知ったのか？　知ったがゆえに抜擢されたのか？」

――何ですか、それ？　秘密？

「でなければ、身体が弱くちょくちょく職場から離れて『使えない』と評されていた貴様が、いきなり陛下の傍に上がることなど不可能だろう！」

「し、知りません……！　本当に私、何も知らないんです！」

涙目どころか泣いてます、私。震えて足が生まれたての子鹿のようになってます。

私の様子を見てヴェアザラル様は、「ふん」と上半身を起こされました。

「誰かに命じられているわけではないようだな」

何ですか。私が間諜《スパイ》だと疑ってこんな怖い壁ドンをしたんですか!?

「陛下の物好きにも困ったものだが……今後、陛下に紛らわしい態度を取るな。侍女は侍女らしく振る舞え」

そう命令口調で告げると、踵を返し戻っていきました。

これは――必要以上にエルアーネ様に近づくな、ということですよね。

「……私、端《はた》から見たらエルアーネ様に馴れ馴れしい接し方をしているのでしょうか……？」

腰が抜け、ズルズルと壁に背中を擦り付けながらへたり込んでしまいました。

というか、私はヴェアザラル様のような重鎮達から『怪しい人物』と見られているってことですか？　もしかしたら毒混入の件で疑われている？　確かにあのとき、私はアイゼア様の観察中で……アリバイがありません！

ハッと気づき、自分の不在証明ができないことに愕然としました。

ええ？　――これって大問題じゃありませんか！　モブ的には危うい状況になっている前兆でしょうか？

いえいえ、私の顔はハッキリしてません。ローラ様のように顔立ちがハッキリし始めたなら、も

しかしたら『怪しい人物』として見られている可能性が――。

（……あら？　ローラ様も……？　いえ、ヒロインになり始めですよね……？　でも、お顔がハッキリしている登場人物というのは他にも役割があったような……）

私は床にへたり込んだまま、ＴＬ小説の定説を必死に思い出そうとします。まだヴェアザラル様の壁ドンがショックで上手《うま》く頭が回りません。

「リリィ？」

「――ひぃ！」

まだ恐怖の余韻が残っているところに名前を呼ばれて、つい叫んでしまいました。

「どうしたのです？　いつになっても帰ってこないから心配しましたよ」

「……カミラ様」

床にへたり込んだままの私を見て、何か察したのでしょう。脇に手を差し込み立たせてくれました。

「一旦抜けたヴェアザラル様が戻ってきましたが、彼に何かされたのですか？」

そう尋ねられましたが、今あったことをお話ししてカミラ様からエルアーネ様、そしてエルアーネ様からヴェアザラル様に注意が行ったら――また怖い目に遭うような気がします。

黙り込んでしまった私にカミラ様は、

「今戻っても、とてもお勤めのできる状態ではありませんね。今日はもう自室に戻って休みなさい」

そう仰ってくださいました。いつもより優しく声をかけてくださったので、震えていた身体が少し落ち着いた気がします。

それでも、今日はもうエルアーネ様のもとに戻れる気がしなくて、カミラ様のお言葉に甘えた私でした。

◇六章　エルアーネ様に告白されました。経験不足を知りました。

自室が個室でよかった。

実のところ専属侍女になってから三畳ほどの個室が与えられたのです。以前は四人部屋で二段ベッドにはそれぞれヘッドボードと引き出しがついていたのです。カーテンでプライバシーを保護するわけでして、ＴＬ小説執筆のために資料を書きためていた私にとって、その環境はなかなか厳しいものでした。

あまり遅くまで明かりをつけていると同室の皆様に迷惑がかかりますし、一生懸命書いていると「何書いてるの？」と興味津々で近寄ってきます。きっと可愛らしい恋バナ目当てなのでしょうから、性描写ありの官能小説の資料を作っているとはとても言えません。

なので『日記を書いてます』または『実家に手紙を書いてます』的な感じで程良い時間で切り上げなくてはなりませんでした。

それでも溜まった資料などは鍵を掛けてまで厳重に管理していたのに、マーシュ様にまんまとやられてしまったわけです。

――というか、あの方勝手に鍵をこじ開けたわけですよね。プライバシー侵害で今からでも訴えたいです。

なんて言ってもまあ、お陰でよい職場に異動となって、こうして個室まで与えられて、なかなか筆の進まなかった資料も順調に量を増やせたのでいいかなと思いましたが。

私はフラフラと倒れこんだベッドに顔を埋めてしばらく横になっていましたが、何だか悔しくなってきて起き上がり、机に向かいました。

腹立たしいので、今日あったヴェアザラル様との出来事を書き留めておきましょう。

ヒロインの危機シーンを書くのに役に立つかもしれませんし、心を静めるためでもあります。

あと、ローラ様のこと。最近接点がなくなってしまい、お話しする機会がほとんどないので、彼女の状況が掴めません。

それは——。

私はある『可能性』に気を揉み始めました。

ノックの音にペンを止め、急いで引き出しにしまいます。見られたら困りますからね。

「はい。どなたでしょう?」

カミラ様でしょうか? 私が心配になって様子を見に来てくださった?

いそいそと扉に向かいながら尋ねると、思いがけない方が訪問されたことに、仰天しました。

「私だ。エルアーネだ……」

「エ、エルアーネ様!? しょ、少々お待ちください……!」

急いで鏡に向かって髪を整えます。いや、ぼんやりしててよく見えませんけれど普段はもっと落ち着いてできるんです。慌てているせいかますます上手く髪を整えられません！

どうしてこんな時間、こんな場所に？　もしやお一人で？

いえ……お菓子のおまけのように、もれなくヴェアザラル様もついているかもしれません。

「あ、あのエルアーネ様。もしやお一人で……？」

おそるおそる扉越しに尋ねます。

「ああ、大丈夫。ヴェアザラルはついてきていないから」

お見通しでした。きっとカミラ様がお話ししてくださったのでしょう。

ヴェアザラル様がいないというだけで、心に羽がついて軽くなったようです。自分でも思ったより彼が怖かったのだと自覚しました。

——でも!?

「もしやエルアーネ様？　ここまで一人でいらっしゃったのですか!?」

開けたら薄暗い廊下の中、輝かんばかりの美女が心配そうに眉尻を下げて佇んでおりました。

後光やっば！　やばいです！

「こんな場所までおいでくださるなんて……」

前世を思い出し神仏を拝むがごとく手を合わせたくなりました。

しかしここはモブの巣窟《そうくつ》。薄暗い棟に輝くヒロインがいたら瞬く間に注目を浴びてしまうでしょう。早く部屋に入ってもらわないとなりません。

「早く中へ」

入るよう促すと、私は外に出て人の気配をチェックします。よかった。誰もいないようです。

「私なりに人影に気をつけながらここまで来た。見られていることはないと思う」

とエルアーネ様。もしかしたら、こういうお忍びに慣れてらっしゃる？

「けれど、たとえ王宮内でも一人歩きは危のうございます。今後はこのようなことはお控えくださ
い」

「いや――リリィがヴェアザラルに酷いことをされたと聞いて、いてもたってもいられなくて……。

何をされたんだ？　彼に聞いたのだが信用できない！　リリィの口から真実を聞きたいのだ」

そう言いながら私の手を握りしめてきました。

ウエストで縛るブラウスとジョッパーズを身にまとい、髪は後ろに緩く結わえたそのお姿はまる
で男性そのものです。『常日頃、エルアーネ様が男性だったらいいのに』なんて思っているせいか、
頭の中で誤作動が起きています。エルアーネ様が男性に見えて仕方ないです。

いつもは首元まで覆っているフリルも手の甲までお隠しになる袖のレースもなく、エルアーネ様
の体軀そのものがさらけ出される服装だからでしょうか？　いつもは偽胸らしきもので盛り上がっ
ている胸もないせいでしょうか？

普段ヒロイン級の女性を見抜く自分の眼力に自信をなくしそうです。

だって、私を握る手だって大きくて力強くて熱い――思わず握り返したくなるほど。

「リリィ！」

私を呼ぶ声だってまさに男性の、気持ちよく鼓膜に響く低音。

いけない、錯覚です。私は自分を見失わないよう、ぎゅっと唇を噛みしめ痛みで理性を取り戻しました。

「へ、平気です。その私、いろいろ疑われているようでして……」

「疑われる？　何を？」

「ヴェアザラル様は私がエルアーネ様の秘密を握っていて、そこに付け込んで専属侍女にしていただいたと思っているようなんです」

「そんな馬鹿な！」

「それに、毒殺未遂事件のとき、私がどこにいたのか証明できないことも怪しんでいるのかと。話してしまえば無関係だとわかるでしょうが」

「リリィの無実は私が説明して証明しよう。安心なさい」

そこは安心しました。エルアーネ様ならきっと『観察』の部分を抜かして説明してくださるでしょう。けれど――。

「それだけではなくてその、私とエルアーネ様の仲の良さも問題視しているようです」

思い当たる節があるのか、「……そうか」とエルアーネ様は面倒臭げな溜め息を吐かれて、額に手を当てました。

「実は……私にリリィのことを話したあと、ヴェアザラルから愛の告白を受けた……」

エルアーネ様の告白に私、頭に雪崩《なだれ》が落ちてきたような衝撃を受けました。

氷点下の痛みが頭の先から一気に足のつま先に来たどころか、身体全体を襲ったような感覚にクラクラします。

これでヴェアザラル様が私に『馴れ馴れしく陛下にくっついて媚びを売って』と言った最大の理由がわかりました。

「エルアーネ様。ヴェアザラル様はきっと、私に嫉妬しているのではないかと思うんです」

だって、私とエルアーネ様を見て『イチャついている』ように見えるなんて嫉妬としか思えません。

マーシュ様やユクレス様は冷静な目で、『エルアーネ様が私をからかっている』と見てくれました。私だって、接触してくれるのがとても嬉しいとはいえ、お二人と同意見でからかって楽しんでいるとしか思えません。

これが男女のことでしたら確かにイチャついて見えるかもしれませんが、エルアーネ様は女性ですよ？　勿論私だって女です。

私は百合世界を望んではいないのです。たとえ、実らない恋だとしてもエルアーネ様の前に生涯の伴侶であるヒーローが現れれば、私はＴＬ小説にてそのくだりを書くことでその想いを昇華させてみせましょう。

――けれど、ヴェアザラル様は！

ヴェアザラル様とエルアーネ様がくっつくのは反対です！

確かに、少し前まではお二人がいい感じになっているのを見て、ヴェアザラル様がエルアーネ様のヒーローではないかと思いました。

ですが、同性同士で仲良くしている姿を見て（からかわれているだけですが）嫉妬して誰もいないところで私に攻撃してくるなんて、性根はヒロインに意地悪する性悪女と同じじゃありませんか。

「エルアーネ様。たかだか一介の侍女の言い分ですが、ヴェアザラル様といい仲になるのは反対します！　嫉妬で下々の者を虐める男性は伴侶として相応しくありません！　エルアーネ様にはもっと、素晴らしいお相手が登場してくるはずです！」

「リリィ、そなたのモブ異能から見たらそう取れるのか？」

「はい。ヒーローは、恋愛沙汰は起こしますが、そのような陰険な虐めはしません」

はぁ、とエルアーネ様は深い息を吐かれました。

エルアーネ様もきっと予想外だったのでしょう。ヴェアザラル様から愛の告白を受けるなんて。よく見ると顔色がよくありません。私はベッドに座るよう勧めました。

椅子をお勧めしたかったのですが、ここの椅子はクッションの利いていない木製のものです。座り慣れていないでしょうから。

エルアーネ様はほのかに頬を染め、「いや、この椅子で平気だから」と結局椅子に座りました。

……お尻痛くなるのに。

仕方ないので枕を下に敷こうとしたら「リリィの頭に敷く枕を尻に敷けなんて、それどんな趣味？」とますます顔を赤くして拒絶なさるし。

別に趣味でも何でもありませんよ？　エルアーネ様のお尻を思って敷くのです。

ガンとして聞かないので仕方なしに諦めました。明日お尻が痛くなっても知りませんからね。

けれどご自分のお部屋のと違って座り心地のよくない椅子なのに、エルアーネ様は気にもなさらず座ってくれます。姿勢がいいし座っている本人が最高級なせいか、貧相な椅子まで高級品に見えてくるのは、ヒロイン補正というものでしょうか。

湯冷ましの水だけはいつも常備してあるので、グラスについでお渡ししました。きっと告白された衝撃で喉を潤したいでしょうし。

「ありがとう、喉が渇いていた。ヴェアザラルに護衛を任せたら一気に事が起きたので、飲食を忘れていたよ」

「お食事もまだなんですか？　厨房から何かいただいてきましょうか？」

「いや、いい。さすがに食事は喉を通らない」

そう首を振られる姿がどこか痛々しくも思えます。

そうですよね。エルアーネ様は元々、傍には人を置かない主義でしたもの。

その考えを改めて人を増やしたのはいいけれど、慣れないでしょうし、しかもヴェアザラル様からの愛の告白ですもの。これが一日二日のうちに起きたのです。そのせいで精神が消耗していると見受けられます。

水を飲んで一息ついたのでしょう。少し顔色が明るくなったエルアーネ様は足を組み直しつつ、口を開きました。

「ヴェアザラルがリリィを追うように部屋から出たと他の侍女から聞いていてね、嫌な予感はしていた。それからヴェアザラルの方が先に戻ってきたから、リリィに会わなかったか聞いたのだ。そうしたら……」

『あの女に執着なさるのはお止《や》めください。胡散臭すぎる。この前王宮の庭の木陰に隠れてコソコソと何かをやっておりました。気になって調べてみたら具合が悪いと言って持ち場をよく離れるそうではありませんか。しかも、陛下の専属侍女になってからは、ベタベタと陛下にくっついているとも聞いておりました。あの女をよくお調べになることをお勧めします』

「そう私に忠告をしたあと、こう言ったのだ」

『陛下、どうか手前のことを少しでも想うなら、この助言聞き入れてくだされ。決して悪意あって言っているわけではないのです』

「そう言ったあと、私の手を取りそのまま跪いて……」

『陛下。今後、手前が心の盾となりましょう。お寂しいとき、お辛いときには私をお呼びください。いつ何時、たとえ世界の裏側にいようと駆けつけて、陛下のお傍に参ります！　どうか手前に心も身体もお預けくださいませ』

――ああ、本当に台詞だけ聞けばとても感動する内容です。

が！　それがあのヴェアザラル様が吐いた言葉かと思うと、ムッときます。それに人を『胡散臭い』とか『あの女』とか酷くありませんか？

「それは……確かに胡散臭いことをやっているので……そう言われると全て否定はできませんが……」

ヴェアザラル様に言われなくてもやっぱり、端から見たらおかしいですものね。

――いえ、待ってください。

「隠れていた私の姿が見える、ということですか？　ヴェアザラル様は？」

「？　そうだが？　何かおかしな点があるのかい？」

「おありです！　以前お話ししましたが私、隠れるとたとえ完璧ではなくても『壁や調度品、もしくは空気の存在になりその場にはいない者』になる能力を持つんですよ！」

声を大にして言うと何だか情けない能力に思えますが……。

ようやく気づいたらしくエルアーネ様も「あっ」と声を上げました。

「ヴェアザラルも、リリィの隠れている姿が見えるってことか！」

シン、と静まりかえります。

「……どうしてでしょうか？　そういえばマーシュ様もエルアーネ様も私が隠れている姿が見えたのですよね……？　もしかしたら能力がなくなってきているのでしょうか？」

だとしたらショックです。ヒロイン・ヒーローの、めくるめくる愛の行方が見られなくなります。『観察』のお役目を負っていても未だに恥ずかしいのと罪の意識でイチャイチャシーンはスルーしてしまうのですが、その辺の描写をする際、やはり困るのです。何せ前世も現世も喪女なもので……。

この世界の官能小説を読めば大体は書けると思いますが、細かい部分までもと言われたら……そろそろ覚悟して直視するべきか想像で書くかの瀬戸際でした。

「リリィ、マーシュは違う。マーシュは私が教えるまでリリィが見えていなかった」

「そんなことは……これはマーシュ様本人に聞いたことですよ？　ユクレス様とフレデリカ様の出会いの場に私が隠れていたと仰ってました」

「それはマーシュが気を利かせて自分が見つけたことにしてくれたんだ。その場には私もいて、私がリリィを見つけた」

「エルアーネ様が？　ではマーシュ様は、本当に私のことは見えていなかったのですか？」

「いや、私が教えたら気づいた。『よく気づきましたね』とは言われたが、私はむしろこれで見えないのが不思議だ、とは思ったな……」

エルアーネ様の告白を聞いた私、混乱しています。

「……では、ヒーロー・ヒロイン級の方々には私が見える、ということでしょうか？　――いえ！　それでは今までの『観察』の際に見つかっていてもおかしくありません」

そうです。これまでもヒーロー・ヒロイン級の方々を追い回し隠れて出歯亀を繰り返してきた私です。もしその方々に私が見えるなら、とっくの昔に捕まって、母や父が泣くほど叱られているはずですから。

私がこの問題の答えを得るために考えを巡らせている中、エルアーネ様も何かに思い至ったようです。

「リリィ、そなたがよく言っている『恋愛沙汰を起こす男女』のことなのだが、それはリリィから見たら発生条件などはあるのか？」

「条件といえば……『私の目から見てハッキリ見える』だけかと……他に何かあったかといえば

……」

うーん、と唸りながら今までの記憶を辿っていきますが、私にはそれ以外思い至りません。

「これは私の想像なのだけど……」

エルアーネ様が神妙な顔つきで口を開きました。

「ヴェアザラルはもしかしたら、他の者からリリィのことを聞いたのかもしれない」

「他の者とは……？」

「それは私にもわからないが……そなたが『木陰に隠れてコソコソ何かやっているのを見た』と、まるで自分がその場にいたように話していたが、『持ち場をよく離れる』とか『陛下にベタベタしている』というのは普段軍の指揮をしているあやつが確認できるとは思えない。他の誰かから聞いたことではないかと思う」

「そんな……一体誰が……」

「あやつを動かせるとしたら同じくらいの地位の者か、それとも親しい者か――それか、露見したらヴェアザラル自身にも何らかの嫌疑がかかる者だろう」

――間諜《スパイ》。

「私、もしかしたら間諜に観察……ではなくて、監視されていたのかもしれないのですね」

「ヴェアザラルから『要注意人物』として注意深く監視するよう命じられていたら、たとえリリィ自身が『モブ異能』で姿が見えないと言っても効果はないと思う――だって、その異能はリリィが魔法のように意識して使うものではないのだろう？」

「そうです」と、私は頷くしかありません。この能力は私が意識して発揮できるものではない。魔法のように呪文を唱えれば発動できるものではないのです。

だから私は『この世界の神様が与えてくださった能力』だと結論づけたのですけど。

今まで皆さんが私の活動に気づかなかったのは、私そのものが『モブ』で『お話の中では重要ではない人物』で『気にかけなくてもいい存在』だからなんです。

それは小説内のモブキャラと同じなのです。『そこにいるはずなのにいない者』となるわけです。

——えっ？

待って。待ってくださいよ？

監視されていた、としたら私は他者から『要注意人物』、いわゆる目立つ存在になり、モブ定義から外れたことになります。それは物語の中で重要人物と捉えられることと同じで……。

この推測から考えるに私、もしかしたら……。

身体、震えてきました。慌てて自分の手を見つめます。物語の中の、自分の役割が大きく変わったことを認識してしまいました。

気のせいではありません！

自分の目がハッキリと映しているんです！　——手を！

「……エルアーネ様、私、とんでもないことを思ったのですけれど。……いえ、起きているのですけれど……」

「何が起きている？」

『とんでもないこと』に反応したエルアーネ様は鋭く尋ねてきます。

「言いなさい、リリィ。どこか体調が悪いのか？」

「いいえ、そういうことではなく……以前お話ししましたよね……？　私、自分の身体もボヤッとしか見えませんと……」

「ああ、言った。けれどリリィ、そなたは自分自身がハッキリ見えないせいで自分に自信がないようだが、それは間違いで……」

「――今、私の手が……自分の目でハッキリ見えるのですが……」

「何だって!?　それは本当か？」

「それはもう鮮明に、爪の先までハッキリと……」

エルアーネ様は勢いよく立ち上がると、私の手を引いて簡素な鏡の前に連れていきます。

「リリィ！　鏡で自分の姿を見てみろ！」

「っ!?」

そこには一人の少女と、少女の後ろに立つエルアーネ様のお姿がありました。

少女の姿は――お母様譲りのふんわりと背中に下りた榛色の髪に、お父様譲りの珍しい紫色の瞳。小さな鼻と口ですが――ハッキリと、クリアに見えます！

まるでぼやけたレンズが外れたかのように自分の顔の造形の一つ一つが見えます！

「これが……私……」

初めて見ました。私、こんな顔なんですね。決して醜女ではありませんが、だからといってお母様のような可愛らしさもなく、フレデリカ様のように人目を引く美人でもありません。要するに――。

「……普通、ですね」

と言いながらほっぺをスリスリする私です。

とはいえ、自分で言うのも何ですが、この紫色の瞳は綺麗だと思います。チャームポイントがあってよかった！　と安堵。

それに嬉しい！　ずれたら福笑いになるので諦めてたお化粧とかできるんですね！

なんて――はしゃいでいる場合ではありませんでした。

「私……もしや……『TLヒロイン』になってしまった……？」

呆然としながら後ろにいるエルアーネ様と向かい合います。

エルアーネ様は、とても嬉しそうです。笑顔から金ラメが出ている勢いです。

「よかったな、リリィ！　自分の顔が見れて！　これでわかっただろう？」

「わかったって……何がでしょうか？」

意味がわからなくて首を傾げてしまいます。

「リリィは可愛いと言っただろう？」

「か、可愛い……でしょうか？」

「何言ってるんだ！　可愛いじゃないか！　リリィは小動物みたいで可愛いんだから！」

しょ、小動物……ですか。

「嬉しくないのか？」

「いえ、う、嬉しいのですけれど……」

私のテンションの低さに、今度はエルアーネ様が首を傾げられました。

はい、その、嬉しいのは嬉しいのですが、私がモブから外れてしまったら色々都合が悪い気が……。

これからのことを考えて冷静になってしまった私の肩を、がしり、と掴んで「だろう⁉」と抱きしめてきたエルアーネ様。

ちょっと感情表現が激しいです。共に喜んでいただけるのは大変嬉しいのですが！

「エ、エルアーネ様！　い、痛いです……っ！」

「あ、またやってしまった……すまない」

と離れてくれましたが………ムニムニと私の手をそれはそれは嬉しそうに握って離しません。

「あのエルアーネ様、私が自分の顔を見られるようになったことを喜んでくださるのは、とてもありがたいことなのですが……これって大変なことだと思うんです」

「ああ、今までの話からすればリリィは、ヒロイン級に上がったことを意味するのだろう」

「はい……そうすると、もしかしたら今まであった『モブ異能』が消えている可能性があります」

「――なくなってもいい」

ええ？　何言っているんですか！

私、思わずキッとエルアーネ様を睨んでしまいました。もう、涙腺まで緩んできちゃってます。

私のそんな態度にエルアーネ様は驚いていらっしゃいますが、もっと驚いてください！　人の気も知らないで！

「もう、小説の資料収集のための観察ができなくなるかもしれないんですよ？　それにもう、エルアーネ様のお役に立てなくなるかもしれないんですよ？　……そうしたらもう、エルアーネ様のお傍に仕える必要がなくなってしまうじゃありませんか……」

「リリィ、落ち着いて。自分の顔がハッキリ見えるようになったからといって、他の能力がなくなったと決めつけるのは早すぎる」

「だって……」

そんなに優しく言わないでください。涙が止まらなくなるじゃないですか。

今度は手加減しつつ私を胸に抱き寄せて「いい子いい子」と頭を撫でてくれます。

こんなとき、同性ならではの柔らかい膨らみに埋もれたいなんて我儘な願いが一瞬でも頭に過《よ》ぎったこと、ごめんなさい。贅沢な要求でした。硬い胸でも嬉しいです。

女王陛下にここまで慰められるなんて、一族の栄光として子々孫々まで受け継がれてもいいくらいだというのに。

「それに、たとえ異能がなくなっても、私はリリィを離さない。ずっと傍にいてほしいと思っている」

「……エルアーネ様？」

そう仰る声が緊張しているように聞こえて、私は顔を上げました。

見上げると、すぐ傍にあるエルアーネ様の美麗な顔。そこには熱を帯び揺れる緑の瞳と、震える唇があります。自信なさげに、けれど決意を秘めたような複雑な表情がありました。

「リリィは私のことを、どう思ってる？」

「どう思っている って……お慕いしておりますが……」

「それは私のことを女王として？」

「はい、それもありますが、エルアーネ様自身をお慕いしております」

あら？　エルアーネ様、困った顔。

「あの……何かおかしなことを言いました？　私」

「いや、その……リリィはなぜ、自分の顔がハッキリと見えるようになったのかって推測できない？」

「推測ですか。ええと、私の目にハッキリと映る方々はＴＬ——でなくて恋愛沙汰を起こす方々であり、ラブシーンなどのイベントがはっせ……い……」

サァ——と全身が冷えました。

「わ、たしに……ラブシーンが発生……!?」

「そうだろうね」

エルアーネ様、そんなあっけらかんと言わないでください。しかもどうしてそんなに嬉しそうなんですか！

「わ、私に男性との恋愛沙汰が起こるから、エルアーネ様が喜んでそのお話をお聞きになるというんですか⁉」

「リリィが他の男と恋に落ちてヒロインになるなんて、許せない！　絶対に反対だ！」

「じゃあ、どうしてそんなに嬉しそうなんです！」

「リリィ、自分の顔がハッキリと見えるようになったのはいつから？」

何だかエルアーネ様、いらいらしてません？　そんなに話が嚙み合ってませんか？

私も言い返したい気持ちはありますが、とにかく質問に答えようと部屋に戻ってからのことを思い起こします。

「部屋に戻って、それからエルアーネ様が訪問されたとき、鏡で自分のボヤッとした顔を確認しました。……それからエルアーネ様のお話で、ヴェアザラル様が私を要注意人物として目をつけていると知り、モブキャラから逸脱してることに気づいたら——です」

「そう、ヒロイン級にそなたは変化した。そして——目の前には私がいる」

——えっ？

「エルアーネ様、ご冗談を……」

「何が冗談なのだ？」

「だって私達、女同士ですよ？」

ちょっと焦ってます、私。だってここで認めたら——。

『TL小説世界』が『百合小説世界』に変化してしまうのではありませんか⁉

確かにエルアーネ様のことは好きです。お慕いしております。

けれど——それ以上、気持ちを突き詰めたらいけないとずっと自分を抑えて、『女王として彼女をお慕いしている』『おこがましいけれど、友人みたいに慕ってる』と決めつけていました。

「……結構くっついたりして、そなたが疑問に思ってくれるように仕向けたのだけど……」

私の言葉にエルアーネ様は、がっくりと肩を落とされました。

「私、何かお気に障ることを言いました……？」

「言った。ここまで鈍《にぶ》いとは……」

えっ？　えっ？　どういうことです？

エルアーネ様は唐突に私の手を握ると、ご自分の胸元に当てられました。

「『女性』にしては硬いと思わなかった？」

「……えっ？」

——えええっ？

えええええええええっ!?

「それに、腕とか手——よく見て。触れて」

確かに……『女性』にしたら……。

「筋張ってますね……。大きいし……」

「何度か抱きしめたりしたよね？　そのとき胸の硬さとか、肩の広さとか感じなかった？　おかしいとは思わなかった？」

「……違和感はありましたけれど……『女王は女性』という固定観念があったので、深く考えないで受け流しておりました……」

そんな可能性など、全く思いつきませんでした。確か、男装令嬢のＴＬはありましたが『女装ヒーロー』は未読でした。経験不足です。

私、呆然――力が出なくなってカクンとベッドに腰を下ろしました。

「じゃあ今まで、私が思い悩んでいたことって、無意味だったんですか……」

「リリィ！　思い悩んでいたこととは……もしかしたら……？」

ぅうううう……そんなに喜びに満ち溢れた顔をしないでください、恥ずかしくなってしまいます。

「ずっとエルアーネ様は女性だと信じていたので……その、叶わない恋なのだから、恋してはいけないのだと……そう思って傍におりました……」

そう告白したとき、エルアーネ様はふわっとした笑みを浮かべ、嬉しそうに片手を胸に当てました。

「変な気持ちだ……気持ちが通じた安堵感と喜びが混じって。それに身体がフワフワして地に足がつかない感じだ」

エルアーネ様の表現、ヒロインそのものですが。

そう心の中でツッコんで平常心を保とうとしている私ですが、やはりモブでいきなりヒロインに昇格した私には難しいようです。

だって、エルアーネ様ですよ？　この国の女王陛下ですよ？

いえ……本当は男性だから国王陛下？

どうして男性が女王として君臨しているのか、とか諸々の問題が山積みで聞きたいことがたくさんあるのに、この『ホワン』としたいい雰囲気を壊したくなくて黙ってしまいます。

ラブシーンに入ると、他はどうでもよくなってしまうヒロイン・ヒーローの脳内が心から理解できた気がします。

とにかく、この甘くてフワフワな綿菓子みたいな空間を壊したくないのです。

「リリィ……」なんて艶のある声で名を呼びながら、エルアーネ様はベッドの端に座っている私の隣にまで腰を移動させてきました。

『男性』とわかってしまうと、途端にどうしてか意識してしまいます。

今まで以上に胸の鼓動がやかましくて、脈まで速くなって身体の体温が急激に上がってきました。

ベッドに突く手にエルアーネ様の手が重なると、互いに緊張しているのがわかります。

だってエルアーネ様の手のひらも、じわりと汗ばんでるのですから。

「ちゃんと聞いてもいいか？」

「……は……ぃ」

「リリィは私のこと、異性として見てくれる？　愛してる？」

――あ、愛してる……！

きょ、強烈な言葉です。前世でもこんなこと、聞かれたことも言ったこともありません。

で、でもここはＴＬ小説世界。くどいくらい愛を囁くのは当然で、常識なのです。

私もヒロインに昇格したからには、恥ずかしがらずに愛を告げなくてはなりません。

「あ、あ、あああああぁ……愛して、ます……っ！　身分違いでも、エルアーネ様が女王陛下でも
国王陛下でも関係ありません……！」

「嬉しいよ、リリィ……」

――はら？

ふわん、と視界が回転しました。

「……？　え……？」

何が起きたのでしょうか？

いつの間にやら私は、仰向けに横たわっています。

そんな私の上に乗り、見下ろす美人――エルアーネ様がいます。

「リリィ……」

エルアーネ様の扇情的な表情に、欲望を抑えたような声……。

これって……これって……

ＴＬ小説に何回も訪れる、ラブシーンの始まりですか⁉

こ、これも、け、経験ないのですが⁉

◇七章　ＴＬ小説世界ですけれど、セオリーに乗れないのです。

「待って！　待ってください！」

そう止めても艶やかな唇が迫ってきます。

わぁ、この唇に征服されたい――なんて思ったら駄目！

この流れで、この勢いで一線を越えたらいけませんって！

私、エルアーネ様の唇を塞いでしまいました。フグフグ、と何か言いたげに口が動いて私の手のひらがくすぐったいのですが、ここで離したら貞操の危機が訪れる！　と私も必死です。

「解決しなくてはいけない問題が山積みなんですから！　ここは落ち着いてください！　エルアーネ様！　…………あ、エルアーネ様のお名前は本名なのですか？」

そうです。女性名で呼んでおりますが、男性なら男性の名前があるはずです。

エルアーネ様も「そうだ」というように身体を起こしてくださいました。

ほっ。何とか、ＴＬ小説展開の危機は免れたようです。

「エルアルース。エルアルース・エスカだ」

「エルアルース様……素敵なお名前ですね」

「今度から二人のときは『エル』と呼んでくれ。『エルアルース』でもいいけど。かしこまった呼び方は受け入れないよ」

途端顔つきや声音などが男性的になって命じてくるものだから、またときめいてしまって顔が火照ってしまうじゃないですか。

それに先ほどの続きを諦めていないようで、私の手をニギニギしておられます。

「リリィ……そなたがよく言っている小説の展開に進みたいのだが……」

そんな切ない声と切ない顔しないでください！

ニギニギからさりげなく手の甲にキスまで落として、誘惑しないでください！

よく他人様《ひとさま》のラブシーンは観察しているけど、私自身は慣れていません！　しかも自分に降りかかってくるとは思っていなかったこの展開！

「待ってください！　ま、まだパニクって――いえ、色々なことが一気に起こって混乱してまして……その展開はもう少し先で、落ち着いてから……」

「これも一気に色々起こったことの一つだから、先に解決した方が……」

「わかっていますが、急すぎて私の気持ちが追いついてこないんです。その覚悟が必要で……それに、ここだと……」

二人で視線を巡らせて室内を見て、また視線を合わせました。

察したのかエルアーネ様……いえエルアルース様が、ふぅと残念そうに息を吐き出し口を開きました。

「そうだね。リリィのよく話している物語の中ではもっと感動する場所で想いを遂げている。私も早急だった。リリィが一生の思い出とできるような場所で一つになろう」

「エルアルース様……ありがとうございます」

嬉しい。エルアルース様、女心がちゃんとわかっていらして、さすが伊達《だて》に女装していらっしゃらない。

「それと二人っきりなんだから『様』付けは止《や》めてくれ」

「で、でも……エルアルース様は最高権――」

「『エルアルース』または『エル』でいい。……そうだな、二人っきりのときには特別な呼び方をしてもいいね」

特別な呼び方――ですか。

「『ルース』とか。リリィは……うーむ、難しいな……『リィ』はどうかな？」

「……そうですね、いいと思います」

エルアルース様が、自分の恋が成就したとはしゃいでいるご様子が可愛いです。

でも私は、気持ちが落ち着いてきたせいか、この現状が心配になってきました。

ＴＬ小説に限らず、どんなジャンルでも『シンデレラ』のような立身出世譚はあり、大人気です。

平凡なヒロインが国王陛下のような国の最高権力者などに見初められ、幸せになるストーリーは読んでいて気持ちのいいもの。

しかし、ヒロインがハッピーエンドを摑むまでには苦労がつきものなのです。

それがあるからこそ観客である読者は一緒になって哀しみ、応援し盛り上がり、幸せになったヒロインを見て「よかった。いい話をありがとう」となるのです。

しかしそのヒロインには、ある特性があると、ずっとTL小説展開を追っていた私にはわかります。

『努力』すること。

『努力』したらそれだけの力が身につくということ。

そして彼女達には元から天性の才能のようなものがあって、それはヒーローや、彼を取り巻く人々に役立てられるものなのです。

勿論『何の取り柄のない平凡なヒロイン』で、何の才能もないヒロインも多いでしょう。ですがそういったヒロインは、見た目ではわからない優しさや、気高い心や勇気を持っていたりと内面が優れております。

――私はいったい、何を持っているの？

あるとしたらこの『観察』の能力だけです。

貴族令嬢としての最低限の礼儀作法は身につけていますが、それは王宮で働く令嬢なら全員備わっております。

だったら『努力』すればいいんじゃない？　と言われても、私にはその『努力』すらする自信がないのです。

「二人きりのときには『ルース』と呼んでくれ。私もそなたのことを『リィ』と呼ぶことにしよう」

私の気も知らず、エルアルース様が仰います。

「はい」

「呼んでみてくれ」

「……ルース……様」

「『様』はいらない。ほらもう一度、リィ」

もうさらっと呼んでくれてます。私も今は腹をくくって呼んだ方がいいんでしょう。

「……ルース」

小さいけれど、ハッキリと声にのせて名を呼びました。

「うん……合格」

そう言って蕩けそうな笑みを向けてくれる彼――エルアーネ様。いえ、本当の名前は『エルアルース』。

そして二人だけの呼び名――ルース。

幸せなのに。

今の幸せはそう長く保たない。

私はネガティブな自分を振り払い、今、気にしている事柄をルースに尋ねました。

「ルース。男性なのに女性としてこうして女王の座に就いているのは、どうしてなんですか？　それに、先ほどヴェアザラル様に愛の告白を受けたようですけれど、彼はルースが男性だとご存じの上で告白したのですか？　あと、私のことが見えた件も検証したいし。……起きた出来事をちゃんと整理整頓して真実にたどり着きたいんです」

「そうか……リィの言う通りだ。私も早く解決したい。そうして何の問題もなくユクレスに王位を譲りたいからね」

「王位を譲りたい理由は、性別を偽っていることですか？」

「ああ」とすぐにルースは頷きました。

「私が男だというのを知っているのはマーシュとカミラ、そしてマーシュの父である医師、そして最近このことを話したユクレスしかいない。ヴェアザラルが知っているとは思えない」

そこまで言って、ルースは憂鬱《ゆううつ》そうにがっくりとうなだれます。

「知っていたら…………あれはないだろう……」

ルースの手の甲に、うっすらと鳥肌が。よほどの恐怖だったようです。

「敬愛の口づけを軽く手の甲にするのは同性同士でもあるが、何度も口づけされたし、手を握られたまま奴の頬にスリスリされたんだが……」

「……そこで男性だとバレてませんか？」

「それはない……すぐに手を引いたし。『自分は大きいからあなた様の体軀でも問題ありません』とキリッとした顔つきで言われた。……なぜ、疑わない……いや、疑わなかったのは目の前にもいるが……」

的確なツッコミありがとうございます。きっとヴェアザラル様も、私のように思い込んだら疑わない性格なのかもしれません。

「それで、お返事はしたのですか？」

「すぐに断りたかったが、衝撃的な告白だったので上手く断れず返事は日を改めてということにしてもらった……」

「そうですか……もしかしたらヴェアザラル様は実は女ということは――」

「ない、絶対にない！」

「ですよねー」

三百六十度、どこから見ても筋骨隆々の逞しい筋肉と太そうな骨格を持ってらっしゃいます。

「ではルースのことは本当に女性だと思って愛の告白したのですね。……実は私、つい最近まで『野獣系将軍×孤高の女王陛下』が成立するかと思っていて……」

「哀しかった？」

もう！　また甘い雰囲気出そうとするんですから！　そんな期待しているような眼差しを向けないでくださいよ。素直に応えたくなってしまうじゃありませんか。

「どうなの？　リィ？」

「……哀しかったです」

そう答えると嬉しそうに手を握ってきて。何だかルースとしての彼は可愛い部類の男性です。尻に尾があったらブンブン高速で振っていそうなくらいです。こういうワンコ系も前世の人気ジャンルにありました。

「もし、いや絶対にないだろうが、ヴェアザラルが女性であっても私は靡《なび》いたりしない。安心してくれ」

言ってる内容はあれですけれど、二心《ふたごころ》など起こさないという真摯な宣言はさすがにヒーロー格です。きゅんきゅんしてしまうのに、素直にそれに浸れない自分もいますが。

「はい、ルースを信じています」

これは本当にそう思っていることです。だから素直に言葉に出せました。

「ヴェアザラルのことはよかれと思って私の傍に置いたが、失敗だった……。まさかなぁ……そういう手に出るとは思っていなかった。恋愛対象として見られているとは……勿論罠という可能性もあるが……」

「ヴェアザラル様の告白は、偽りと考えているんですか？」

「それも念頭に置いておいた方がいいだろう。私はすぐに信用しない。……そう躾《しつ》けられ、生きてきた」

「ルース……」

マーシュ様の話を思い出しました。統治者ゆえの猜疑心なのでしょうか？　それとも……？

「しかし、ユクレスやフレデリカの傍に置くのも不安だったしな」

「わかります。二人の結婚にあれほど息巻いて反対していましたし」

「あっさり賛成派になった理由もまあ、納得できるものではあるが、あまりにもさっぱりしすぎてる。全面的に信頼してユクレス達に危害でも加えられたら手遅れになる。……そうなったら後悔しきれぬ。だったら私があやつの手にかかった方がましだ」

ルースの言葉に強い決意を感じ、私は握られている手にもう片方の手を添えました。

「一人で勝手に決めないでください。お味方がいるじゃありませんか。少ないと言うけれど、すごく頼りになる方ばかりじゃありませんか。マーシュ様もカミラ様も、ユクレス様だって。マーシュ様のお父様のお医者様だって、きっと。……勿論、私だって微力ですがルースの力になります」

「リィ……ありがとう……」

私の手の温もりにルースは気持ちが和らいだのか、厳しかった表情を緩めて微笑んでくださいました。

不思議です。今まで艶やかな微笑みを見るたびに「女性なのにドキドキしちゃう、どうしよう」なんて背徳感に苛まれていたのに。男性だとわかったら彼の笑みが、ただ嬉しいのです。

けれど――ふっと、ルースの顔に影が差します。

「ルース？　まだ心配なことが？　私でよかったら話を聞きますよ？」

「……いや、心配というより懺悔《ざんげ》だが。……話した方がいいのだろうな……」

懺悔？

「……リィ、どうか私のことを嫌わないでほしい」

「私のことに関してですか？」

「ああ」とルースは頷き、視線を下ろしたまま、ずっと躊躇っていました。

「気になるじゃないですか。ここまで言ったのなら話してください。そんなに私に嫌われるようなことをしたのですか？」

いったい何をしたのでしょう？

「……それは私が、こうして女装までして王位に就いた理由から話した方がいいかもしれない。長くなるが聞いてほしい」

――そう付け加え、ルースは慎重に言葉を選ぶように、ゆっくりと口を開きました。


「このエスカ国は、もともと女性が継げるはずはなかった。

女性には王位継承権は与えられていなかった。

前国王陛下である父が、自分の死期が近いことを悟って無理矢理通した法案だ。

ではなぜ？

――それは父の猜疑心と王位への執着心から始まった。

祖父の代はそれは覇権争いや相続争いが酷くてね、暗殺や毒殺なんて日常茶飯事だった。

父も何度も殺されかけたと聞いている。

それでも運が味方をしてくれたのか、それとも本人の強靱な体力と精神力のお陰なのか、争いの末、父が生き残り王位を継いだ。

その直後父が起こした出来事は『エスカ王朝血の粛清』として記録されている」

その事件のことは私も知っています。当時は私の領地にまで報が届き、もしや国中に戦火が飛ぶのか？　と戦慄したと両親は話していました。

前国王陛下であるルースのお父様が即位されたその夜、王族を呼んで晩餐会を開きました。しかし、それは粛清の幕開けだったのです。

集まった王族の全てが殺害されたと聞いております。

「父は自分が王位に就けたとしても、身の安全はないと悟っていた。終わりのない争いはこれからも続く。

『ならば争いの大元である王族の血筋を一つだけ残し、あとはなくしてしまおう』

と考えたのだ。

——そう、自分だけ残して。

かくして戦略は成功した。父の思惑通りに、この国の王族は国王の座に就いた自分だけとなった。

——けれど、それだけでは父の心配は払拭できなかったのだ。

『いずれ自分の子が、王座を狙って私を殺す』と病んでいった。

後継者である長男を残し、生まれてくる男子は全て闇に葬った。

女子には元々王位継承権はなかったが、念には念を入れ『エスカ』を名乗ることを禁じ、生涯独身を義務づけた。

そうして王位継承争いに発展しそうな要素を徹底的に排除した。

しかしそのような強硬な姿勢は、歳とともにだんだん酷くなってきたのだ。

少しでも逆らえば誰構わず投獄、最悪処刑。

成人した息子は唯一の肉親だからと、何とか父の考えを変えようと必死だったらしい。

けれどそんな息子にさえ、

『逆らうだけでなく、父である自分の命を狙っているな！』

と激昂し、息子共々その妻や子供にまで手を下したのだ。明らかに妄想に取りつかれていたという他ない。

免れたのは他国の王に嫁いだ長男の娘一人――その息子の一人がユクレスだ。

結果、このエスカを継ぐ者がいなくなってしまった。

ならば新しい後継者を、と若い妃を娶り、子を成そうとするがなかなか身ごもらない。

父は焦った。

自分の行いのせいで正統な王位継承者がいなくなり、エスカ王家を断絶の危機に追い込んでしまったのだから。

夜な夜な誰彼構わず若い娘を寝室に引き入れ、事に及んだが、それでも生まれたのは私一人だったのだ」

「ならば、前国王陛下にとって待望の跡継ぎなのだから、ルースは女性として生きる必要はなかったのではないでしょうか？」

「今までの父の行いを見てきた者達には私が順調に育つなんて、到底信じられないことだよ。

生まれたことについては最初は喜んでくれるかもしれない。けれど猜疑心の塊となっている父が、また心の闇に取り込まれ狂気に走らないとは誰も思っていなかった。

私の母は地方領主の娘で――カミラの姉だった」

ルースのお母様はカミラ様のお姉様⁉

主要人物のお一人だとは思っていましたが、そういう関係性でしたか。

「……ルースのお母様は産後、まもなく亡くなられたと……」

「心労がたたったのだろうね。父が恐ろしくて、

『気が変わって、お腹の子もろとも私を葬るかもしれない』

『子が産まれて、男の子だったら今までのように殺されるかもしれない』

といつも気を揉んでいたそうだ。

実際、父からも『もし男が生まれたとしても気が変わるかもしれん』と笑いながら話されていたらしい。

――だから母は賭けに出た。

同じ時期に子を産みそうな妊婦を数人見つけ、子を一時的に私の身代わりにするよう頼んだのだ。

そして一番近い日時に生まれた女の赤子をカミラに連れてきてもらって、その子を父に見せた。

父なら『女児が生まれた』と言っても、疑って身体を見せろと言うだろう。

天が母に味方をした。

連れてこられた女の子は私と同じ緑の瞳に金髪だったため、父はあっさり信じてくれた。王侯貴族は乳母や教師に赤子を任せて、一日一度の挨拶以外、親との面会などほぼないから気づきにくい。

……安心した母は息を引き取って、残された私はずっと性別を偽って生きてきた。カミラやマーシュ達の協力を得て。

私も、人を必要以上寄せ付けなかった。男だと露見したら父に殺される。

――私が十七になるとき、父が亡くなった。ようやく本来の姿に戻れる。やっと自由になれると思うと嬉しかったよ。血の繋がった人なのにね。哀しいとかなかった。ただ解放感で満ちあふれていた。

なのに――死に際に父は『次の国王は娘であるエルアーネ』と宣言し、女性でも王位を継げるよう法律を改正した。遺言のように。

私をずっと女だと信じていたゆえ、最後の親心だと思えば、そうなのだろう。

しかし私には新たな手枷になってしまった。

崩御とともに新国王が即位する。

自分が『実は男である』と告白しても『次の国王はエルアーネ女王』という国王の遺言があり、国内外に公表されてしまっている。ましてや前国王の不安定な外交政策により他国との関係は決していいとは言えない。この遺言に付け込んで干渉してくる国もあるかもしれない。

ならば女王として一旦即位して、それからこの国を任せられる者を育成し、譲位し、王宮から去ろうと考えたのだ」

ルースが即位してから、王宮内には血なまぐさい事件はなくなって、まともに公務が進むようになったと聞いていました。そして国の隅々にまで善政が行き渡り、皆が女王陛下に感謝していました。

「……私達が平和に暮らしている裏で、ルースは辛い日々を送っていたんですね……」

物心ついたときにはもう性別を偽っていることを周囲に気づかれないよう神経を使って過ごしていたのかと思うと鼻がつんときます。だってバレたら投獄か最悪処刑ですよ？

前世を思い出して「TLが～」とか「あのお顔はハッキリ見えます！　ヒロインです！」なんてお気楽にキャーキャー言っていた私の幼少期は、優しい世界だったんですね。

「泣いてくれてるの？」

「だって……今までのルースの苦労を考えると……」

お若いのにどうして早く退位したい、ユクレス様に早く王位を継いでもらいたいと言うのかがわかりました。

お身体も男性らしくなってしまって、もう誤魔化せないところまできているのでしょう。

ルースが私の両手を握り言いました。

「リィ、私はそなたを騙していた」

「性別を偽っていたことなら私、何とも思っていません。その……あれだけ接触していたのに微塵も男性だと思わずにいた私が鈍かったんです」

本当、経験不足です。前世に読んだ物語の展開にばかり気に取られて、自分で考えて追及することをしませんでした。

「それだけじゃない。……それだけじゃないんだ」

「それ、だけじゃない……？」

他の点でも騙されていた？

ルースは苦しそうに呻いたあと、吐き出すように告白しました。

「リィを利用していた。私はこれから王宮の政務を任せられる信頼できる臣下を知りたかった。二心なしに、裏切らずこのエスカに仕える者を見つけるために、リリィの異能を利用した……」

……ええ、と、いうと？

「ルースはその元々出歯——でなく、人様の恋愛模様を知りたいのではなくて、王宮の危険分子を探るために、興味があるふりをして私に間諜をさせていたと……？」

「……ああ。リィの言う『恋愛沙汰を起こす主要人物』は、私がその真意を知りたいと思う者らとほぼ同じだった」

ルースは俯いたまま、肯定しました。

私もどう答えたらいいのか言葉が出ず、ただ思考を巡らせます。

でも、彼に対してモヤモヤした感情が溢れて、どうしようもありません。

「やっぱり他人の恋愛見て喜ぶなんて変態趣味、私ぐらいよね」

「ふーん、そうなの。私を利用したの」

「同志がいて喜んでいた私は馬鹿ですか。馬鹿ですね」

心の声がだだ漏れしてしまいました。

「リィに本当のことを話さなかったのは、単純に巻き込みたくなかったからだ！『間諜』なんて命じたら普通の女の子には重荷だろう、それだけで日常的に緊張を強いてしまう。だから趣味として、お遊びとして軽く考えてほしかった！」

「でも、間諜ですよね、つまるところ。言ってくれればよかったのに……」

「すまない……」

何かおかしいなぁ、って思っていたんですよね。本当に陛下ともあろうお方が、こんな趣味を本気で楽しんでいるのか。マーシュ様との会話にも引っかかるところがあったりしたし。

「確かに最初から言われていたらお断りしていたかもしれませんし。それでも王命として無理矢理受けたとしたら、きっと毎日緊張して今頃、精神が疲弊していたかもしれません。確かにルースが懸念していた状態になっていたかもしれませんよね」

「リィ……」

冷静な私の声にルースが顔を上げたので、にっこりと笑ってみせます。

「でも、そこを隠したって危険なことは危険ですよね？　だって私、『女王陛下の専属侍女』ですよ？　もし捕まったら陛下の命令で動いてるって思われますよね？　あれですか？　私が捕まっても知らん顔して私を切るつもりだったんですか？」

「それは違う！　たとえ捕まっても理由をつけて釈放させるつもりだった！」

「そうですよねぇ、だってこの国の最高権力者ですものねぇ？　ルース様は」

自分でもトゲトゲしい言い方です。

「……最初は、私のこと駒《こま》の一つとして考えてたんでしょう？　だから、見つかっても、王宮を去らせるくらいで問題ないから、真意を明かさずに気軽に頼んだんですか？」

「違う、リィ」

「ルース様が今まで生きてきた環境を思えば、仕方ないとも思います。思惑を全てさらけ出したら危険な世界ですもの。でも、最初からそんな大事な部分を隠して私に話したのは間違ってます。そこは隠してはいけない部分だと思います。ある程度は話して信頼関係を作らなくてはならないところなのに……」

「すまない……」

「マーシュ様の観察も、マーシュ様がアイゼア様と二人でルース様を裏切るとでも思ったから私に頼んだんですか？」

私は痛いところを突いたようです。

ルースがヒク、と肩を揺らし影のある瞳で私を見つめてきました。

「ずっと幼い頃から傍にいて、あんなにルース様の変化を喜んでくれていたマーシュ様を疑っていたんですか？」

「……だからだ。人の心は変化する。現にマーシュは私に好いた人ができたことも話してはくれなかった。付き合っていることも。私に話したくない、知られたくないことだったのだ。私には知られたくないアイゼアとの秘密があるのだろう。それは私に関してのことかもしれない……。私の信頼を裏切ったのはマーシュが先だ」

ルースの声が震えているのがとても切なくて、抱きしめてあげたくなるのを自身で抑えました。

唇を噛み切るほどルースは苦しんで哀しく思っていたから、マーシュ様の本心を知りたかった。疑心暗鬼になってしまった。

──でも、間違ってる。

私への対応も。

マーシュ様に対するやり方も。

「……今夜はもう、お帰りください」

私は口元から血を流すルースにハンカチを差し出し、そう言いました。告白も甘い時間も全て空しい風に流されてしまい、きっとルースを見る私の瞳は冷たいものでしょう。

「リィ……！　私は、そなたへの想いは……！」

「エルアーネ様は自分の想いは信じているんですよね？　──なら、どうして相手のあなたへの想いを信じることができないのですか？」

「っ⁉」

私は彼を立ち上がらせ、部屋から追い出すように扉のノブを回しました。

「あなたの過去のことは同情します。でも、だからこそずっと傍にいてくれる方々まで、心から信じられないのは誰のせいでもないと思います。まるで前国王と同じ道を歩んでいるようではないですか！」

扉を開け、廊下に人の気配がないことを確認し、ルースを手で誘導します。

「お帰りください。続きは明日以降でお願いします」

我ながら冷たい口調です。

ルースはハンカチで口元を拭うと扉に向かっていき、すれ違いざまに私にこう言ってきました。

「私も、努力はしてきている……。だが、長くこうして生きてきてすぐに改善できるものではないんだ」

ぱたん、とルース自ら扉を閉め去っていく足音を聞きながら、私はその場に蹲《うずくま》ってしまいました。

無理です。

何もかも無理です。

私が間諜の役目を持っていたことも。

彼の愛情を受け取ることも。

物語のヒーロー・ヒロインのセオリーも。

このTL小説展開も。

◇八章　私はモブとして生きたいのです。ヒロインなんて無理なんです。

本日起きた出来事を自分なりに整理してみます。

・エルアーネ様は女王陛下として王位に就きましたが、その実、男性だということ。
・ルース――エルアルース（男性名）――エルアーネ（女性名）は同一人物。
・ヴェアザラル様がルースを男性と知らず愛の告白をしたこと。
・ヒロインだと思っていたヒーロー、つまりルースに「好きだ」と告白されたこと。
・自分がヴェアザラル様に、毒殺未遂事件に関する怪しい人物としてマークされていること。
・自分の顔がクリアに見えるようになったこと。

でしょうか。

正直、自分の顔がハッキリくっきり見えたことに動揺しています。

嬉しいですよ？　勿論。けれど、嬉しい以上にパニクってますし、これからどうしたらいいのかとただ戸惑うばかりで考えが纏まりません。

自分の目に自分がハッキリと映っている――という事実が、自分がヒロインになってしまったということを如実に表しているからです。

「――いえいえ、違うかもしれません！」

一人で叫びます。

この、ＴＬの主要人物だけがはっきり見えるというモブ異能自体がなくなってしまったのかも。

それで自分の見る世界の全てがクリアになったのかもしれません！

果たして私にとって、どちらがこの世界で生きやすいのでしょう？

ルースに部屋から出ていってもらったあと、怖くなって自分も部屋から出て他の人に会う気になれなくて、ずっとこもっておりました。

ベッドに横になっても、頭は冴え、思い出すのはルースのことばかりです。

生まれながらに子袋がない、という理由もわかりました――男だからあるわけないじゃないですか！　まぁ、確かに嘘ついてはいませんけれど。

そしてルースの姪であり、ユクレス様の母君である隣国の王妃様は、ルースのずっと年の離れた長兄家族の唯一の生き残りでした。前国王の手にかかる前に隣国に嫁いだので処刑を免れたのです。

ルースがユクレス様を後継者にした理由も、何だかわかった気がします。

いずれユクレス様に王位を継いでもらい、自分は退位して雲隠れするつもりなのかもしれません。

きっとその辺りのシナリオもできているのでしょう。

ただそのためには、王宮の危険分子をできるだけ排除しておきたい。

ユクレス様のためにも。

王宮の、ひいては国のためにも。

だから、私の『モブ異能』を知って利用した……。

わかる。わかります、だって『もしかしたらもっと大事な事情があるんじゃ』って思ったときもありましたから。

「……でも、最初から言ってほしかった」

そうぼやいてみせても、正直に話されたら私は快諾したでしょうか？

モブは恐がりなのです。

必要以上、目立ちたくない。ずっと脇役でいたい。私はいつも読者側に立ち、キラキラした世界を感じて楽しみたい。

華やかな場所は似合わない。

だから、お話の中心にいたくないのです――。

まんじりとしないまま夜が明けてしまい、私は侍女服に着替えたのにもかかわらず、なかなか部屋から出られずにいます。

私の『モブ異能』が消えたのかどうなのか。部屋から出たときの光景で私の運命が決まるから。

それに――ルースとも気まずいです。顔を合わせて、今まで通りに接することができるでしょうか？

愛の告白をされ、それを受け入れてしまった私。

あそこで天然を装って、気づかないフリをして「性を超えた友情なんですね！」なんてトボけておけばよかったと後悔しています。

そうしたらルースが私を利用するために話を合わせていたことに、ああもショックを受けて怒ることもなかったのですから。

――思い起こすと私、結構暴言吐いたような……こ、このまま逃亡したいです……！

「……無理です、絶対に無理です！　今までずっとモブキャラの位置に甘んじていた私なのに……！」

それにあのヴェアザラル様が四六時中私を睨み、牽制し続けるとしたら、一日で胃に穴が空きそうです。しかも毒殺未遂事件の容疑者として拘束されたら、どう弁明したらいいのでしょう？

鬱々《うつうつ》としながら扉を開けようとしたら、通路側からノックがありました。

――ルース？

なんて一瞬思いましたが、

「リリィ、私です。カミラです」

と厳しくも頼もしい声が聞こえました。

「おはようございます、カミラ様！」

ドアを開け、対面した私の顔を見てカミラ様は一瞬顔をしかめましたが、すぐに元の無表情に戻り、仰いました。

「リリィ、あなたにはしばらくフレデリカ様にお仕えしてもらいます。理由はおわかりですね？」

含みのある言い方ですが、その『理由』というのが二つあるので、どちらかなのか、どっちもなのかで首を傾げるところであります。

とりあえず「はい、かしこまりました」と、平静を装いながら答えます。

「そこで、フレデリカ様が勝手に一人で行動しないよう見ていてほしいとのこと」

ルースがそう言ったのでしょう。イラッときてしまったのが顔に出たのか、

「あなたがよく話す『話の展開』とやらを憂慮して、そう仰ったのです」

とカミラ様は、間髪いれずに更に言います。

「とにかく、フレデリカ様を決して一人で行動させないよう、あなたがしっかりと見張っていなさい。リリィ」

「はい……！」

しっかりと返事をしたあと、カミラ様はまた大きな息を吐かれます。そうしてから、小さな声で告げられました。

「昨夜、何があったのか陛下から聞きました。……絶対に他言しないように。ここまでやってきて、あと少しなの……。漏れたらどうなるか……わかりますね？」

「……はい」

漏れたらルースがどんな状況に追い込まれるか――想像に難《かた》くないです。

それにカミラ様の『ここまでやってきて、あと少しなの』が、胸に痛いです。

ずっと母親代わりに育て付き添っていた。それだけでなく、男だと周囲にバレないように――どれだけ神経を張りつめて彼の正体を隠し続けていたのかと思うと、その苦労が忍ばれます。

だからこそ周りに気取られぬよう、必要以上に感情を抑えていたのでしょう。

「あの方のお気持ちに応えるかどうかは、これからゆっくり考えればいいでしょう。今は目の前にある問題を解決していかねばなりません」

そうです。そうですとも。毒殺未遂事件の解決が優先事項です。

「かしこまりました。他のフレデリカ様付きの侍女達と連携してお守りします」

「護衛として常にフレデリカ様に付き添っておいでのアイゼア・ミネル様とも常に連絡を取り合ってください」

「はい。精一杯務めます！」

「ヴェアザラル様があなたを疑っていますが、潔白なことは陛下を含め私達が一番よく知っています。だから気にせずに堂々とお勤めをなさい」

「……ありがとうございます！」

カミラ様のお言葉にジン、ときちゃいます。

最初は自分の異能を利用していただけなんでしょう。けれど、今はそれだけではなく、信頼という絆が生まれているのだとカミラ様のお言葉で気づきました。

ルースだって私との間に『絆』が生まれたから、苦しくなって告白したのですよね。

迷いを振り切った私の返事に、カミラ様は安堵したように目を細めました。

「温かい湯で絞った布を目に当てて、それから今度は冷たい水を浸した布で目を冷やしなさい。それでだいぶマシになるでしょう。酷い顔ですよ？」

「あ……」

考えすぎてほとんど寝ていないので、目に隈やら何やらができているかもしれません。いや、できてるでしょうきっと。

「フレデリカ様には定刻より遅れることを伝えておきます。午前のうちにはアイゼア様達と顔合わせを済ませるように」

「ありがとうございます、カミラ様」

そう私が頭を下げたとき、カミラ様が目元だけでなく、口元にも笑みを浮かべたことを私は知りませんでした。

フレデリカ様のお部屋に行くまでの間、王宮で働く大勢のモブ達に会いました。

……モブでした。ハッキリ『モブ』だとわかりました。

私の異能は消えなかった模様。ガッカリしたような、ホッとしたような……。

歩きながら一人、戦慄しています。

私が『ヒロイン』の一人になってしまったことに！

今の時点で『ヒーロー』候補は勿論、エルアーネ女王、いえ国王陛下（？）のルースです。

「やめてぇ……勘弁してぇ……」とフラフラしながらブツブツ呟いて歩く私は、端から見たらきっと何かに取り憑かれている人としか思えないでしょう。

心配なのか、数人話しかけてきた方がおりましたが、あえて男性は無視しました。

ここで新しいドラマが生まれたら厄介じゃないですか！

『性別を隠している秘密のヒーローに愛されているヒロイン』フラグが激立ちしている中、他の男性とのロマンスなんてやってられません！

――というか、もうルースに目をつけられているから、他の男性と仲良くなんてしたらその人の命に危険が迫りそうです。

国家権力を握っているがゆえにヒロインを逃さない、囲い系フラグがビンビン立ってます……。

最初はワンコ系ヒーローだと思ったのに！

今の私には男性陣の迷惑にならないよう、できるだけ避けるという行動をとるしかありません。

「ああ……どうしよう……」と唸りながらフレデリカ様の部屋を目指しました。

「リリィ！　待っていたわ！」

さっそくフレデリカ様のもとへ出向きましたら、歓迎されました。

キラキラと輝くトーンとお花をまき散らしながら駆け寄ってきました。

さすがヒロイン、派手な登場です。それがまた似合うものだから、私の顔もにやけてしまうのです。

いえ、それだけではありませんよ？　私もフレデリカ様にお会いするのはとても嬉しいからです。

彼女に会って、鬱々していた気分が少し上昇したようです。ヒロインはこうでなくては！

周囲の人間を元気にさせ、明るく安心させる空気を作るのがヒロインなのです。

けれど元同僚だからといっても、けじめはしっかりつけないといけません。

「フレデリカ様、体調の方はいかがですか？」

「ええ、もうすっかり。あのときほどハーブの知識があってよかったと思ったことはなかったわ」

そう、ニコッと微笑まれて――可愛いです！

ヒロイン級の方を眺めていると、心が洗われる気分です。ヒーロー級の方を眺めているとドキドキと胸がやかましく騒ぐのですが、ヒロイン級の方を見るとホッとする私です。

それを考えるにルースには最初から胸の鼓動がやばかったのですから、身体はすでに『ヒーロー』だと反応していたのですね。

――ルース……。

最後に見た彼の顔は苦渋に満ちていて、血が出るほど唇を噛みしめていました。

唇の傷は治してもらったのでしょうか？

彼の顔を思い出して、いかんいかんと雑念を払います。今はヒロインに『あるある』なお馬鹿行動を事前に止めることを念頭に動かなくてはなりません！　何せ、ヒロインにとって大切な人物の危機が迫っていたり、もしくは犯罪を犯したりしたと知ると、公《おおやけ》になる前に救おうと誰にも相談せずに単独行動をとってしまうのです。

絶対自分一人で解決は無理でしょ？　なのになぜか頭より先に身体が先に動いてしまう、それがヒロインなのですから。

「まず、護衛の方々とご挨拶をしたいのですが……」

「ええ、リリィに早く会いたいと待っていたのよ。――アイゼア！」

フレデリカ様に呼ばれ、いままで部屋の端でたたずんでいた女騎士がきびきびした歩みで近づいてきました。

歩く姿も美しい……息を呑むような絶景を眺めている心地です。

大股で歩く姿は男子を思わせるのに、まろやかな身体の曲線には女性として完成された美が備わっております。緩く結んだ赤毛も、窓から差し込む光を吸収してキラキラして、私の目もキラキラしてしまいます。

「アイゼア、こちらが今日からしばらくここで働いてくれるリリィ・レクシアよ」

「リリィ・レクシアです。どうぞリリィと呼んでください」

「アイゼア・ミネルと言います。どうぞよしなに……」

と片手を左胸を隠すように置き、腰からお辞儀をしてきました。

左胸に手を当てる動作は『あなたをこの命にかけて守ります』という含みのある動作なんです。

同性にしてもらっても、こんなにキュン、とくるものなんですね～。……いえ、男性にこんな動作してもらったことありませんけど。

けれど――近くで見ると凛々しい美人です。

やや吊り気味のキリッとした目元に、きゅっと結んだ口元。

背も高めで、それを恥じることなく背筋をしゃんと伸ばして、真っ直ぐに私を見つめてきます。

男装の麗人ヒロインと言えば、女性としての美を持ったまま男装し、男性に交じって剣を振るう姿は煌びやか。

そしてうっかり着替えを見られてしまい女性とバレてしまうのですが、定番の胸にサラシを巻いた姿がまた色っぽいのです。恥じらいながらも抵抗して『秘密にしてくれ』とヒーローに懇願する姿は屈辱に満ちているのに、行動を共にしていくうちに気持ちが通じ合い、やがて心も結ばれていく……。

——アイゼア様の場合、私お勧めのこの展開ではなさそうなのが少々残念ですが。

「あなたがリリィ……。マーシュ殿から話を聞いて、ずっと会ってみたいと思っていました」

そうにっこりと微笑まれましたが……何だか、笑顔が怖く感じるのは気のせいでしょうか……？

それに今、マーシュと言いましたよね？　マーシュ様から私の能力のことが漏れている？

「あの……マーシュ様から、どんなお話をお聞きになっています？」

私、ビビりながら尋ねます。

王太子と王太子妃の護衛で、お互い知り合って仲良くなり、つい口を滑らせて私の異能と観察のことしゃべってしまった——というシナリオなのでしょうか？

「とても面白いお方だと。しかし、頼れるのでいろいろ相談するようにと言われましたよ」

こんな曖昧な台詞では、マーシュ様とアイゼア様二人のシナリオがわかりません！

「そうですか。そんな面白いなど……一体どういうことでしょうね？　後で私もお尋ねしようかと思います」

ほほ、と令嬢らしく笑って誤魔化す技を発動。

「そのことなのですが、今後の連携についてお話ししたいとマーシュ殿の伝言を受け取っている。

そうだな……これからフレデリカ様はユクレス様とお茶の時間をお過ごしになる。そのときにでも……どうでしょう？」

「はい、それで結構です」

私は神妙に頷きます。

「――あ」

とフレデリカ様が思い出したように小さく声を上げ、私に声をかけます。

「リリィ、ローラのことで相談があるのよ。今いいかしら？　お茶の支度が終わるまでには、話は終わると思うわ」

聞けば、お茶の支度はここでもカミラ様かマーシュ様の担当だそうで、他の侍女達はそれまで待機なんだそう。

忙しいんですね……カミラ様もマーシュ様も。先日毒殺未遂が起きたばかりなので致し方ないということでしょう。これでは『信頼できる方を増やして』と含みを入れつつ増員を申し出たくなるのもわかります。

ルースが生まれた経緯を知れば、それも仕方ないことだと思ってしまいますが。

身内すら信じない父親を見ながら育ち、その父親にいつでも命を取られかねない環境の中では、すぐに人を信じるというのは難しいことだとわかっていても――寂しい……。

「それで、ローラが明日には王宮を出て実家のある領地へ戻るの」

「――あ、はい。辞職を決められてから早いのですね」

いけないいけない、心ここにあらずでいました。しっかり現実に戻らないと。

「役職や責任のある方々は王宮を去るまで引き継ぎなどがあるから随分先になるけれど、そうでない方は早いわよ？　極端な方だと、辞める宣言したその日のうちに去ってしまう方もいるわ」

と、フレデリカ様。

そうでした。前世と同じ感覚でいました。前世だと遅くても退職の一か月前に申し出なければなりませんもんね。

「私達で餞別の品を贈ろうと思って」といつのまにかソフィ様も話し合いに参加されていて、ちょっとビックリです。心の余裕がない証拠です。気をつけねば。

「私は実家から送られてきたハーブを乾燥させて、詰めた匂い袋を贈ろうと思うの」

そうですよね。フレデリカ様のご実家の領地は、ハーブなどの香料産業が発展していますものね。

「その匂い袋を作るのが私。三人のイニシャルを刺した生地はすでに作ってあるの。あとは袋状に縫うだけよ」

とソフィ様が言ってきたので、

「じゃあ、私がその袋を縫います。手持ちにあるリボンで可愛いのを見繕って口を縛りましょう」

と私。

前世では縫い物なんてボタン付けしかしなかったけれど、今世では貴族令嬢の嗜《たしな》みの一つなので袋縫いなんてチョロいもの。夜までに縫ってフレデリカ様にお渡しすることに。

役割分担と今後の計画はあっけなく決まりました。

「ローラ様は、明日の何時に王宮を発たれるのかしら？」

「フランドール地方だから、馬車を借りても大変な距離なのよね。朝早いんじゃないかしら？」

とフレデリカ様。

ここで私、違和感が出て尋ねました。

「ローラ様は馬車を借りて出立なさるのですか？」

「ええ、遠いから迎えの馬車は出せないってご実家に言われたそうで、城下街からわざわざ借りるそうよ。絶対に二泊は車内泊になるから、遠くても迎えに来てもらった方が余計なお金がかからないのにね」

ソフィ様のお考えは現実的で節約型です。

でも大抵の貴族令嬢は、そうなのです。

どんなに末端の貴族でもよほど生活に困窮していなければ、専用の馬車を保有しているものです。

それは、交通の安全の保証のためでもあります。

いくらエスカ国の治安が前国王の時代よりよくなったとはいえ、城下街の外、領地と領地の境や、山や谷などには盗賊やゴロツキがいますし、人を襲う野生の動物だって出現します。

生活に余裕があれば、護衛を雇うことはできますが、大抵はお金を払って雇います。ローラ様は護衛を無事雇えたのでしょうか？　馬車を借りる賃金のほかに、護衛に払う礼金まで賄《まかな》えるのでしょうか？

「しっかりとしたギルドから借りられたらいいけれど……」

「心配よね」「ええ」とフレデリカ様とソフィ様も同意見のようです。

それに、ローラ様に見合いの話が来たという部分で私、個人的な気がかりがあります。

最近『ボンヤリ』から『ハッキリした』お顔になったローラ様は、ヒーロー級の方と出会ったに違いありません。そしてその方との間に恋心が生まれかけている。

なのに、あっさり退場するのでしょうか？

いいえ、まだ自分の感情がハッキリしないから見合いの話を受けたとかかもしれません。ローラ様は明日の出立の準備のために、もう王宮には顔を出しません。彼女に聞くことができず、非常に残念です。

「私、ローラにその辺の手配はどうなっているか聞いてみるわ。それで危なそうなら陛下にも相談して手配します」

とフレデリカ様の鶴の一声でその場は終わり、私はソフィ様から後で刺繍された布を渡すと告げられました。

次は――。

フレデリカ様とユクレス様の、二人の穏やかなお茶の時間です。

慈しみの眼差しで互いを見つめながら、豊潤な時間を楽しんでいる間、私は別室でマーシュ様とアイゼア様の三人で情報を共有。連携の仕方を模索します。

「ユクレス様は、決して無茶をしない方だ。危険なことに鼻が利く。それにたとえ一人になったとして、よほどの手練《てだ》れでなければ一対一で負けることはそうない。護衛から離れても少しの時間なら保つだろう」

とマーシュ様。

へぇ、ユクレス様ってやっぱり剣の腕が立つんですね。まだ十七歳なのに立派です。

TL小説のヒーロー達は、襲ってくる刺客に決して負けませんものね。たまに伝家の宝刀として代々伝わる魔法をぶっぱなし、時には銃の腕前を披露するヒーローだっています。

ヒーローは文武両道ではなくてはいけません。

そう考えるとヒーローって大変ですよね。超超超ハイスペックを求められるのですもの。

そうじゃないと読む女子達は夢を見ることができないのですから、仕方のないことです。頑張ってもらいましょう。

「問題はフレデリカ様だ。あの方は剣や武術の心得がない。我々が気を張って護衛しなくてはならない」

「アイゼア様以外に護衛につく方は他にいらっしゃいますか？」

マーシュ様に尋ねます。

「我々も休憩や雑用を処理する時間が必要なので、私の部下を交代要員として頼んでいる」

「そうですか」

「『見て』みるか？」

とアイゼア様。

そのお顔にはからかうような笑みがのっていて……思わずマーシュ様を睨みつけてしまいました。

「教えましたね？」

「教えないと、今度は君が怪しまれる対象になるんだ。既にヴェアザラル将軍には怪しまれて牽制されただろう」

「う……」

グウの音も出ません。もう私が昨夜、ヴェアザラル様に詰問されたことは周知の事実なようです。

「将軍は『リリィが怪しい』という姿勢を崩さないでいるから、そのまま泳がせておこうという陛下からのお言葉だ」

「泳がせるって……ヴェアザラル様に何か思惑があって私を問い詰めたということですか？」

「エルアーネ様を案じているような言葉も、口だけかもしれない。あの方は場数を踏んでいるから、無闇に本音を明かさないだろう」

そう言うマーシュ様に続いてアイゼア様も、

「上に行けば行くほど人は寡黙になる。そう本音を語らなくなるものだ。何せ、何が国を混乱に陥れることになるかわからないから」

と仰いました。

「だからこそ人前でエルアーネ様に堂々と告白してきたことが、ものすごく怪しく感じた」

「人前で？　堂々と？　ど、どこで？　どこで？　どんな風に告白を⁉」

思わず我を忘れてマーシュ様に飛びついてしまいました。しかもお洒落《しゃれ》なロングジャケットの襟を握りしめて。

「そんなに見たかったか……」

光のない平べったい瞳で見つめられて我に返り、しおしおになる私。

「申し訳ございません……」

横で腹を抱えて笑い声を抑えるアイゼア様——もしかしたら笑い上戸ですか？

乱れた襟を正しながらマーシュ様は答えてくれます。

「陛下の私室でだ。人前といってもカミラ殿と陛下の侍女の前だが。いくら侍女に口を閉ざせと言っても無理だろうな……昔からこういう色恋沙汰は、あっという間に噂が広がる。ヴェアザラル殿もなぜわざわざあんなところで……」

「……それはヴェアザラル様には、侍女やカミラ様が見えなかったからではないでしょうか？」

「例の、『モブ』はヒーロー・ヒロインの視界から消えるとかいうやつか？」

「そうとも言えますが……単に勢いで告白したとか、周囲の人が見えなかったとか……」

「あの方が、そこまで恋に本気になるとは思えないが……」

なんて言いながら、はぁ、と溜め息を隠さずマーシュ様は気難しい顔で話を続けます。

「今朝もユクレス様の付き添いでご機嫌伺いに陛下のもとへ行ったが、いつも通り冷静だった」

「それはやはり将軍の肩書きを持つお方ですし。公私はしっかり分けると思います」

と私。

「随分、将軍の肩を持つが。陛下と懇《ねんご》ろになっていいと思っているのか？　リリィは？」

「そ、それは……無理ではないかと」

だって、ねぇ？　将軍が同性ＯＫの方でもない限り――って。

ここで私、気づきました。

「マーシュ様……昨夜のこと、聞いたのですか？」

「何がだ？」

「何がって……ナニです」

何言っているんでしょう、私。

「何を誰かに聞いたかって？」

マーシュ様、ニヤリと口の片方が上がっておいでです。わかっているでしょう？　マーシュ様！　でもアイゼア様がどこまでご存じなのかわからなくて私、どう話していいのか悩んで冷や汗まで掻いてます。そりゃあ、たっぷりと。

身を縮こませている私を一瞥してからマーシュ様は、

「昨夜のことは聞いている。そして陛下がリリィに命じた僕らの『観察』の件も。その辺はまだ僕も心の整理がついていないからね、後で話す。――今は将軍は陛下とカミラ殿に任せて、ユクレス様とフレデリカ様の護衛をしっかりとやるべきだろう。まだ、茶に毒を盛った犯人も捕まっていないし」

そう仰いました。先ほどのニヤリ顔はどこかに消え失せて、厳しい表情です。

ルースがマーシュ様のことさえも疑って、信頼していなかったのがこたえているのでしょうか……。

「とにかく」――とアイゼア様が話を戻します。

「リリィは『ここまでしなくても』というくらいまでフレデリカ様について回ること。勿論、私も同様にそうする。私とリリィは休憩時間がかぶらないように調整。それでも急な用件が出てきて二人ともお傍から離れることもあるだろう。そのときはマーシュ殿に連絡して、フレデリカ様の護衛についてもらう。――他には？」

さすが騎士様。きびきびした指示です。

「アイゼア様。念のために、交代の騎士様とお目通りをお願いしたいのですが」

私の能力では『こいつが怪しい！』とかわかりませんが、一応確認しなければ。突然、ヒロイン級になった私の目が、何か異質なものを捉えるかもしれませんし。

「ん？　『ヒーロー・ヒロイン』か『モブ』かを確認したいの？　リリィは？」

アイゼア様が意地悪っぽく聞いてこられます。

「うっ……っ、ち、違います！　今はフレデリカ様やユクレス様の身を守ることが最優先事項じゃないですか。怪しい方かどうか見極めるのは難しいかもしれませんが、確認だけはさせてください」

そりゃあ、新たにヒーロー・ヒロイン級のお方が見つかれば嬉しいですが！

「休憩時間に隠れて、ヒーロー・ヒロインの恋愛沙汰を観察するのは当分禁止だよ、リリィ」

「……っ⁉」

アイゼア様に言われるとは！　恥ずかしくて顔を真っ赤にした私。

「ごめんね、リリィ。少しの間、我慢してほしい。先ほども話したように将軍があなたを疑っている。もしかしたら監視をつけているかもしれないんだ」

アイゼア様が慰めるように仰ってくれますが、いえ、顔を真っ赤にしたのは観察ができなくて悔しがっているのではありません。元々、褒められた行為じゃないから恥ずかしくて顔を赤くしてるんです！

しかしながら、アイゼア様の話したことでふと私は気づいたことがあります。

「アイゼア様とマーシュ様と今お話し合いをしたことで、私……『監視』が誰だか見当がついた気がするんです」

「誰だ？」

「まだ言えません。もう少し様子を見てから」

「悠長すぎる。危険だ」

マーシュ様、ますます渋い顔をして反対してきますが、私は「大丈夫だから」と意見を変えません。

「なのでお願いがあるのです。アイゼア様の信頼のおける部下に、そっと私を見張らせてください。私の予想している人物なら、恐ろしい人物ではありませんから」

「……そう言うなら、仕方ない」

二人、渋々ながら私の意見を受け入れてくださいました。

とにかく今日は、慌ただしい一日でした。

マーシュ様とアイゼア様とも話し合いの後、交代要員である騎士様と面会をし（そのうちの一人はブラッド様で、相変わらずぼやっと顔でした）、それから休憩時に、ローラ様にお渡しする送別品の匂い袋を縫いました。

「……あっ、リボンを見繕わないと」

侍女控え室から出て、早足で自室に戻ります。駆け足は禁止！　ですから。

確か青地で花柄のリボンがあったはず。でも、袋はクリーム色の絹だから薄紅のリボンの方が合うかしら？　と出来上がりを想像しながら歩いていたら、後ろに気配を感じて一気に背筋が冷たくなりました。

――ヴェアザラル様のつけた監視⁉

いいえ、ヴェアザラル様本人かもしれません。もしそうならルースの護衛を放りだして何やってるんですか！　なんてツッコミを入れても恐怖心はなくなりません。

素知らぬフリをして歩くのも怖い！　このまま自室に戻っていいものなのかパニックになったまま歩いていたら、あっという間に使用人棟に着いてしまいました。

ど、どこでもいいから誰かの部屋に入ろう！　――と思ったら、グッドタイミングで誰かの部屋の扉が開き、人が出てきました。

「――あら、リリィ様ではありませんか」

「えっ？　ええと……？」

親しげに話しかけられて、ビックリ。こんなお顔のハッキリとした侍女の方と顔見知りだったかしら？

「イヤだわ、お会いしなくなってからいくらも時間は経っていないのに……。ローラです。お忘れになりました？」
ロ、ローラ様？　真っ直ぐとした黒髪が美しい色白のこの方が？
あっと、ぼんやりしている場合ではありませんでした。

「お、お久しぶりです。ローラ様。ちょうどよかった。少々、お尋ねしたいことがございまして」

と無理矢理、彼女の部屋に入りこみました。

「どうしたんです？　そんなに慌てて」

私の慌てっぷりに、ローラ様は首を傾げております。

その拍子に豊かな黒髪がサラリと揺れ、白い肌に映えて美しいです。黒目がちの瞳も黒曜石のごとく輝き、薄めの唇が薄幸感を出していて、放っておけない風情です。

まさしくTLヒロイン！

今まで薄幸だったヒロインがある日、ヒーローと衝撃的な出会いをするのです。その方とは実は幼い頃に結婚の約束をしていて、継母達に虐げられていたヒロインはヒーローに救われて溺愛の毎日を送る……。ああ！　何て美味しい展開！

どうして王宮から去るローラ様のお顔が、前よりハッキリ見えるようになったのか？　それはこれから実家でのお見合いから始まるからかもしれません。そうです！　王宮での出会いは運命の出会いではなかったのでしょう！　なんて勝手に想像してしまいますがこれはついていって事実を確認したいところです！

――なんて、妄想に耽っている場合ではありませんでした。ローラ様、明らかに不審がってます。ちょうどよいのでフレデリカ様が心配していた事柄を尋ねましょう。

「ご、ごめんなさい。フレデリカ様に『忙しくて尋ねたかどうか忘れてしまって』と頼まれまして」

「まあ、フレデリカ様が？」

――あら？　口調は明るいのに、お顔がちょっと曇りました……。

「その、馬車を個人的に手配なさると聞いて準備は整っているのかと……」

「それなら大丈夫です。護衛付きで馬車をお借りしましたから」

「そうでしたか。フレデリカ様もそうですが、私もソフィ様も気になっていたんです。何かと親切にしていただいたのに……寂しくなります」

短い期間でしたが、モブ同士仲良くしていただいたのに。

いつの間に、お互いこんなに顔がハッキリとしてしまったのでしょう。

あのときの楽しいモブの時間は、どこへ行ったのでしょうか？

そうしんみりとしていたら、

「そんなこと……フレデリカ様もそうですが、ソフィ様もリリィ様も、王宮暮らしを満喫なさっているではありませんか。皆様、好《よ》い人でもできたのでしょう？　私がいなくたって何も気になさらないでしょう？」

ローラ様の口から、やんわりながらも嫌みが出ました。

ローラ様って、こんなキャラでしたか？　もしかしたら、お見合いがお嫌？

「ローラ様、王宮に気になるお方がいらっしゃるような感じでしたよね？　以前、そのようなことを話されていましたよね？　お見合いの話、本当は気が進まないのではないですか？」

「あ、あなたに何がわかると言うの⁉」

ローラ様に険しい顔で怒鳴られ、固まってしまいました。普段、温和でゆっくりとした優しい口調の彼女とはまるっきり違っていて、ただビックリです。

いいえ、これは私が悪いのです。心配して聞いたのに、野次馬根性のような尋ね方でした。

「申し訳ありません。……余計な詮索でしたね、お許しくださいませ」

私は頭を下げ謝罪します。反省せねば。

「……いいえ、私の方こそ。ごめんなさい。慌ただしいせいか、心に余裕がないみたい」

切り替えるようにいつもの笑顔を見せてくれますが、無理に作っているのがわかって切なく感じます。本当に見合い話に乗り気ではないのかもしれません。

「明日、ご出立すると聞いています。早くにお発ちになるのですか？」

「そうですね。日が昇る前には出立しようかと思っています」

――それまでには餞別の品をお渡ししないと！

「わかりました。今日は出立の準備に忙しいところ、お邪魔して申し訳ございません」

私は略式のお辞儀をして、ローラ様のお部屋を出ました。

――でもどうして、ローラ様のお顔が、ここまでハッキリするようになったのでしょうか？

「むーん」と唸り、使用人棟から出ようとして、はたと気づき回れ右をしました。

いけない、リボンを取りに来たのでした。

そして鍵で自室の扉を開け、入った瞬間でした。

「――っ⁉」

後ろから私を室内に押しこんで、扉を閉めた者が！

もう一つ忘れていました！　私、誰かにつけられていたんでした！

「誰――⁉」

「リィ、私だ」

エルアーネ陛下――いえ、エルアルース陛下でした。

動きやすいようにか男装の姿……いえ、本来の姿で目の前で現れた彼は、昼間でも薄暗い室内の中で輝いております。身体の中で太陽でも育成しているのではと思うくらいです。

「エルアルース様……どうしてそんなお姿で、こんな場所に？」

「……なぜ、『ルース』と呼んでくれない？」

そう言って、腕を掴み見つめてきます。

今までとは違う、いえ、今まで以上に熱い眼差しを向けられてどう応えていいのかわからず、私は目を逸らしました。

その動きが気に障ったのでしょう、ますます私に詰め寄ってきました。

「どうして私から目を逸らす？」

「それより、どうしてエルアルース様はそんな格好でここまで来ているんです？　今は公務中ではなかったんですか？」

「私の問いに答えるのが先だ」

「エルアルース様への質問の方が先です。先ほどから私の後をつけていたのは、エルアルース様だったんですか？」

語気を強めて尋ねました。するとルースはばつが悪そうにしかめっ面になりながら「そうだ」と答え、私は呆れて溜め息を吐いてしまいます。

「昨夜のこと……急《せ》いてしまったことを謝ろうと思った。それと、何であれ、リィを騙した。そのことを許してもらえるまで謝ろうとここに来た」

「私より先に謝らなくてはならないご友人が、エルアルース様にはいるはずです」

「マーシュのことか。……それはもう、喧嘩別れのまま終わってしまったよ……『そんなに信用なかったのか、僕は。見損なった』と。それから顔を合わせていない。明らかに避けられているからね、私は」

ルースは告白の最中からどんどん血色が悪くなり、片手で顔を覆い壁に寄りかかってしまいました。

「どうしたらよかったんだ？　本音を、本性を、正体をさらけ出したら、言い訳も聞いてもらえないままに殺そうとしてくる相手がすぐ傍にいるような環境で育って。ようやく自由になれると思ったら、今度は臣下だけでなく国民までも騙さなくてはならなくなって……。騙し続けて、正体を隠して――いつ自分が責められるか、糾弾されるか怯えて……だから、人を疑ってしまうのはどうしようもないことじゃないか！　……なのに、なぜ私ばかりを責める……！」

「エルアルース様……」

「心を開かないのはそれほど悪いことなのか……。なら心を許しているフリをし続けていればよかった……」

背中を壁に擦り付けるようにして床に腰を下ろしていく彼をどうしていいのかわからず、私は硬直したまま、ただ見つめました。

先ほどまで私を熱く見つめていたルースの眼差しが、怯えと哀しみに満ちた色になり、そして虚《うつ》ろになりかけたとき――ようやく私の身体が動き彼を抱きしめました。

弾けるように飛びついた、という表現そのものでした。

このままでいたらルースの行く末は、バッドエンドしか残らなくなる――そんな気がして、怖かったんです。

「違うんです！　私はルースが許せないんじゃありません！　私は脇役でいたいんです！　脇役のまま周囲が幸せになって、ハッピーエンドになるのを追い続けていたいんです！　だから、表舞台に出てヒロインになるのは無理なんです！　昨夜、あんな風にルースを責めてしまったけれど、何となく気づいていました。私の異能は違う使い方をされているなってことを。でも、それでも深く追及しなかったのは、それで周囲のヒーロー・ヒロイン達が幸せになればいいって思っていたからなんです。私はヒロインに相応しくないし、なろうとも思わない！　『モブキャラ』から外れたくないんです、怖いんです！」

「……なぜ、そうも怖がる……？」

「ごめんなさい。心を許すのが怖いというルースと同じですよね、私。ルースのこと悪く言えません。でも、ルースは乗り越えてほしい。だってあなたは本当に『ヒーロー』なんです。ルースの行く末はハッピーエンドであってほしい。……私はそれを祝福する『モブ』でいい……」

「リィは『ヒロイン』になるのが怖いというのか……？」

「はい」と私は頷きました。

「今までモブとして生きてきたのに、『ヒロイン』なんて、荷が重すぎます」

「リィの言うことは違うと思う」

ルースが慰めるように私の頬を撫でつけてきて、私はいつの間にか自分が泣いていたことに気づきました。

「リィの話をずっと聞いてきて、思ったことがある。ブラッドやフィリペの顔がハッキリと見えなくなったと聞いたときは『そうなのか』ぐらいにしか思わなかったが、リィが自分の顔がハッキリ見えると言ったとき、『そうか、ブラッドやフィリペはまだヒーローになる時ではないのだろう。それかもう終わったのかもしれない』と思った」

「それは……どういうことでしょうか？」

「誰にでも、ヒーロー・ヒロインになる日が訪れるのだと思う。リィはそれが己の目で見えるんだ、きっと。――そして、リィは今がそれなんだ」

「――!?」

ルースの言葉が私の身体の『何か』を叩いた気がしました。

――誰にでもヒーロー・ヒロインになる日が訪れる。


「それはきっと私もそう。今がきっと『ヒーロー』としての役割を果たす時なんだろう」

「エルアルース様……」

私の彼の名を呼ぶ声に寂しそうに微笑んで、ルースは高貴な令嬢を扱うように私の手のひらにキスをしてきました。

「私はヒーローらしくこの状況を解決してみせよう。それをリィは『観察』ではなく、見守ってほしい」

「見守る……エルアルース様を」

「……私がそなたを己の『ヒロイン』として望むように、そなたが私を『ヒーロー』として望むよう祈りながら、この難関を乗り越えてみせる」

私の手を握りながら、ルースは立ち上がりました。

「決心がついたら私を『ルース』と呼んでほしい。……私もそれまで『リィ』と呼ぶのは封印する」

「……申し訳ありません」

自分から愛称で呼ぶことを拒絶しておきながら、相手からも止《や》めると言われて胸が苦しくなるのはどうしてなのでしょう。

こんな図々しくなるなんて、人を好きになるのがこんなに厄介なものだとは思いませんでした。

私、人を好きになっている。

前世でできなかった恋をして。

誰かに恋をしたから――『ヒロイン』になったのでしょうか？

わかりません。

ただ、この世界はＴＬ小説世界だとは言っても、私にとっては現実なのだとハッキリ意識しました。

◇九章　ヒロインになってしまった者、なりたかった者

「フレデリカ様、お待たせしました。このような感じでよろしいでしょうか？」

超特急で匂い袋を縫い、ソフィ様と連れ立って、いそいそとフレデリカ様にお渡ししました。

ソフィ様がされた名前の刺繍を隠すことなく袋状に縫ったので、いい感じに仕上がったと思うんです。ソフィ様もご満悦のご様子。ぼやっとですが、笑顔でいらっしゃるのがわかります。

――なのに、受け取ったフレデリカ様のお顔は優れないご様子。

「ありがとう、とてもよく仕上げてくれて嬉しいわ。ソフィもリリィもご苦労様」

いたわるお言葉にも元気がありません。どこか気もそぞろです。

「フレデリカ様？　お元気がありませんが、ご体調でも崩されましたか？」

「大丈夫よ。でも、そうね……ちょっと頭痛がする」

私もソフィ様も驚いて、フレデリカ様をベッドにお連れし、医師を呼ぼうと動きますが、フレデリカ様本人がそれを制止しました。

「大丈夫、ちょっとだけだから。少し横になっていればじきに治まるわ。ローラに餞別を渡すまではよくしておきたいから、一人にして休ませてほしいの……」

「では、リラックスできるようハーブ茶を処方しましょうか？」

「ううん、いいわ。必要だなって思ったらお願いするわ」

私の申し出を断り、フレデリカ様はベッドに横になりました。

頭痛は静かな場所で安静にするのが大前提です。私とソフィ様は静かに寝室を後にします。

ソフィ様が声を落とし、私に相談するように話しかけてきました。

「……大丈夫かしら、フレデリカ様。先ほどユクレス様と立ち話されてからなのよ、顔色が悪くなったの」

「ユクレス様が？　お茶の時間以外にフレデリカ様に会いにいらっしゃったんですか？」

私の休憩時間中っていうことですよね？

「ええ」とソフィ様。

「突然やってきて、部屋の隅でコソコソ二人っきりでお話しされて……でも、ユクレス様は数分で帰られたの」

「ユクレス様はどんなご様子でした？」

「相変わらず仲睦まじいご様子よ。時々フレデリカ様の頬を撫でたり、肩を擦《さす》ったり……でも、いつもと少し違っていたかしら？」

「何をお話しされていたか、わかります？」

「聞こえなかったけれど、フレデリカ様をお慰めしているような感じを受けたのよね。いつもはどちらかと言えばユクレス様がごねて、会う時間を引き延ばしているでしょう？　そういう感じではなかったわ」

ソフィ様の話に、私の前世で読んだ『TL小説ヒロイン展開』が頭に過ぎります。

――これはまずいです！

ヒロインが暴走を起こし、一人で解決しようと勝手に動き出すパターンと類似しています！

「ソフィ様、アイゼア様は今どこに？」

「アイゼア様は、マーシュ様に呼ばれまして……ユクレス様のところでしょうか？」

「すぐに呼んできてください！　できれば他の騎士もいたら一緒に連れてきてほしいんです！」

「えっ？　ええ……」

「急いで！」

「は、はい……！」

私の口調に何かが起きたと感じたのか、ソフィ様は駆け足でアイゼア様を呼びに行ってくださいます。こういう時にはなぜか他の主要キャラがいなくなり、そのままヒロインが暴走を続けるという展開はお決まりですが、どうなるか予想がつく私がいるときでよかった。

私は、フレデリカ様の寝室へ飛び込みました。

「フレデリカ様！　…………っ」

天蓋から下りる垂れ布がベッドの中を見えにくくしています。横になっている人型がうっすらと見えるだけ。

私は、そうっと中を覗き「やっぱり」と呟きました。

枕で人が寝ているように見せかけているだけ。

「まだ、そんなに時間が経っていないはず！」

出るとしたらこの部屋のベランダと、いつもは施錠してある扉。

——実は寝室は続き間になっていて、隣にも寝室があるのです。

現在フレデリカ様が使用している部屋は来賓用でして、滞在する人数によって部屋を分けて利用できるように造られています。大人数で訪問された来客にはこの扉を開放し使用していただくのです。

しかし今回は、フレデリカ様一人用としてこぢんまりと利用していただいているわけで——試しにノブを回してみましたが開きません。

「うぎゃぁ！　まさか、ベランダから下りたのですか……!?　二階なのに!?」

そうでした！　フレデリカ様、木登り得意でした!!

「いやだもう……！　こんなところで『木登り得意』の伏線が生かされるなんて！」

私、ベランダから垂れ下がっているベッドシーツを見て絶叫。

「リリィ……」

私の絶叫が届いたのでしょうか？

いいえ、まだ下りて間もなかったのでしょう、ベランダから見下ろせばフレデリカ様が下にいらっしゃいました。

「フレデリカ様、早まらないでください。一人で行動はいけません！」

「ごめんなさい、でも、このままだとあの子が捕まってしまう……！　私の大事な友達だから……！」

——あの子？　あの子って？　友達？

「フレデリカ様！　止まって、そのまま止まって！　私もすぐ行きますからね！」

「ごめんなさい、リリィ！　——えっ？」

踵を返し去ろうとした刹那、垂れ下がっているベッドシーツで下りてくる私を見て、フレデリカ様は小さく叫び声を上げました。

こんな時でもヒロイン級は可愛い。「きゃっ」ですって。

先日ヒロインになったらしき私とはえらい違いです。私、ベランダからぶら下がっているベッドシーツ見て「うぎゃぁ」と叫びましたよ。

「リリィ、危ないわ！　やめて！」

「大丈夫です！　私、木登り得意ですから！」

と言いつつ、足をかける箇所がないので結構難しいです。

私の身体は滑るように落ちていき、ベッドシーツを握っている手が擦れて焼けそう！

フレデリカ様はどうやって無事に下りたのでしょう？

「いたたたたたたた！」

「そのまま下りたら駄目なのに！」

どうやらコツがあったようです……。

「くぅ……！」と私、全力で己の身体を止めます。

「シーツの長さの半分の位置で残りの布を腰に巻いて下りるの……。安定するしそこで外したら下までそう距離はないから……」

「それ……難しいですっ！」

どんな軽業師なんですか……。

そうでした。ユクレス様が「羽のように軽い」とか言ってましたね。あれマジだったんですね。

お二人の物語にタイトルをつけるとしたら『天使な王太子妃候補』でしょうか。

それとも『王太子妃候補は妖精のように』でしょうか……。

気を紛らわせようとしても、しんどい状況には変わりません。

今から腰に巻けといっても、片手を外したら真っ逆さまコースです。

でも、もう――。

重みに耐えきれず、重力の法則に従ってズルズルと落ちていきます。

「だ、駄目……手、手が……」

何とか着地できるでしょうか？　この高さだと骨折は免れそうもないかも……それに怖いです。

綺麗に着地できる自信ないです。

最悪でも足骨折コースにしないと。腰骨折とか首骨折とか危険です。てか三番目だったらいくらヒロインでも死にますよね。

それを考えたら怖くなってしまいました。

手のひらがやけどしたって、シーツの先まで頑張って下りた方がいい！

「……でも、もう……手が……」

汗で滑る。

力が出ない――。


「リリィ！　手を離せ！」


この声――。

「大丈夫！　すぐ下にいる！　受け止めるから！」

「……ルース？」

おそるおそる下を見ると、手を広げて待ちかまえているエルアーネ陛下、いえ、ルースがいました。

待って。今女王陛下でドレス姿ですよ……？

「大丈夫、念のために我々もいる！」とアイゼア様まで手を伸ばして！

その横にはユクレス様やマーシュ様まで。

……今、ちらっとヴェアザラル様も見えた気が。

「手を離した瞬間に仰向けになれ！　下で受け止めるとき衝撃が分散する！」

この声、やっぱりいた……。

「大丈夫だから！」

ルースが再び私にかける声。

彼の声が頼もしく感じます。力強くて、この状況を打破してくれると信じられる。

まさに私のヒーローだと、ハッキリわかりました。

「信じます……！　だから受け止めて！」

叫びました。

それはルースに向けてかけた言葉。どうか、その意味に気づいてくれますように。

「わかってる。――いや、わかった！　リリィ！」

「……手ぇ、離します！」

ルースの返事に私は、精一杯身体を伸ばし、手を離しました。


かかる衝撃とそれからすぐにやってきた痛み。

けれど痛みは思ったほどではなくて、それどころか人の体温を感じます。

そうっと目を開くと――皆様がホッとしたようなお顔で私を見下ろしていました。

「私……助かった？」

「私達の方が痛かったかも」

ルースが苦笑いしてきて恐縮してしまいます。

上から大きいのが落ちてくるんですものね。五人で衝撃を受け止めて分散させても、かなりの負荷がかかってくるでしょう。

「も、申し訳ありません！　——ありがとうございます！」

下ろされたあと、皆さん腕を振ったり揉んだりして、私は申し訳なさでいっぱいです。

ヴェアザラル様だけはガタイのせいかケロリとして腰に手を当てて、ふんぞり返っていますけれど。

「リリィ！　ごめんなさい！」

フレデリカ様が泣きながら駆け寄ってきて、抱きしめられました。

「皆さんのお陰で怪我はないので大丈夫ですよ」

「私が早まった行動を起こしたせいで……！　もしかしたらリリィが大怪我をしていたわ」

「何がフレデリカ様をこんな行動に駆り立てたのか。一人で抱え込まずに相談してくださいね。親身になってくれる方がユクレス様を含めて、たくさんいらっしゃるでしょう？」

「ええ……」

私、フレデリカ様の背中をよしよしして、ユクレス様にバトンタッチ。

だって目で訴えているし、ユクレス様が。

『それは俺の役割だ！』

って。そうです、確かにそうです。こういう美味しい場面はヒーローの出番でした。

「リリィもだぞ。どうして待てずに動いたんだ」

「……あ、はい」

ルースがものすごい怖い顔で睨みつけていて、全身から汗が流れてきました。

顔だけでなく向けてくる波動も怖いです。おどろおどろしたオーラがこっちに迫ってきて、私は肩を縮こませました。

「すみません！　待っていたらフレデリカ様を見失いそうで……！　とにかく追いかけないと、と……！」

コツン、と頭に軽い衝撃が起きました。ルースが拳で私の頭を軽く小突いたようです。

「助かったからいいものの……あの高さだって、落ちれば骨折どころでは済まされなかったかもしれないのだから」

「すみません……私も木登り得意だから大丈夫かと……」

本気でルースが心配して駆けつけてくれた嬉しさと、今更ながらにやってきた震えで腰まで抜けそうです。

「申し訳……ありません……っ」

「陛下！　私の行動が原因です！　どうかこれ以上リリィを叱らないで――――！」

フレデリカ様が訴えてくれますが、ルースは手を上げて制し、続けます。

「フレデリカがこういう行動を取るとは思わなかった、私達の落ち度でもある。その件はユクレスにしっかり説教されなさい」

そうして、またルース様の拳が私の頭に――また小突いてくるんですか？

私、思わず首を引っ込めましたが、やってきたのは優しい衝撃でした。

「……陛下？」

頭を撫で撫でされるという予想外のことをされ、びっくりしてルースを見上げました。

「本当に心配させてくれる。侍女達が慌てて報告に来た時、気が気でなかったよ。危険なことをしないよう、どこかに閉じこめたくなってしまうほどに。――だから私にこんな思いを抱かせないでおくれ。私に人を信じてほしいというのなら、そなたも私を信じてほしい。私の考えや想いを聞いて一緒に話し合ってほしい。そしてリリィも、私にたくさんのことを話してほしい。初めての感情をたくさんくれたリリィを、私は大切にしていきたいのだ。私自身、決着をつけなくてはならないことがあるが、リリィがいてくれたら乗り越えようとする気力が湧く。……だから、『ヒロイン』になることを怖がらないでほしい」

――ルース。

ずるい、ずるいです。

何でこんな時に、こんなことを言うんですか。涙が止まりません。

私を想ってくれるルースに、受け止めてほしい。

「……そんなこと言われたら『はい』と言うに決まってるじゃないですか、ずるいです」

「怖い思いをしたあとに、こんなこと言うのは確かにずるいと私も思うけど、こういう場面じゃないと絶対に意志を曲げないだろう？　リリィは」

「そんなことまで見抜いてずるいです……！　それほど相手がわかるなら、自分に味方してくれる人だってわかるじゃないですか……！」

涙で顔がグシャグシャです。まだ皆さんがいるのに恥ずかしい。でも止まらなくて。止めようと頑張っているのに、シャックリまで出てきちゃって収拾がつきません。

「リリィ……」

そんな私をルースは引き寄せて抱きしめてきました。

甘んじて彼の胸に顔を埋める私は――

ヒロインなのかもしれません。

いえ、ヒロインとして覚悟を決めたのでしょう。

「仕方ありませんな……」

なんてヴェアザラル様の呟きが聞こえましたけれど……。

女×女と誤解したままではありませんよね……？

と内心思っていた私でした。

＊　＊　＊　＊　＊

「ローラさんだね？　許可証はもらってる？」

「はい」

門番の兵士の一人に求められ、ローラは許可証を見せる。

城下町側と王宮側の二つの正門は日が暮れると同時に閉ざされ、開くのは『裏門』の小さな扉のみとなる。急用の伝達や、事件の報告などはこの扉のみの出入りとなるのだ。

夜中にやってくる、または出ていく者は急用の場合が多い。城下町の門を通らなくてもいいよう、王宮の裏側から出入りできる仕組みになっている。

王宮に直結していると言えるこの裏門、中と外でいつも四人の兵士が見張っていて、城に設置された塔にも見張りがいた。

夜、この扉から出るには許可証が必要で、見張りの兵達にも前もって内容が伝達される。

今宵は『夜明けが来る前に女王陛下の元侍女ローラが迎えの馬車に乗り、帰郷する』との旨。

ローラが持っていたのはそれを確認するための許可証で、羊皮紙には女王の印が押されていた。

「馬車が来たら開けるから、それまで待っていてくれ」

兵士の言葉にローラは頷き、まだ暗い周囲を見渡す。

篝火《かがりび》で、その辺りだけは明るい城の庭。所々の闇だまりには何かよくないものが潜んでいるように見えなくもない。この扉を開けた向こうも、両脇に設置された篝火の周りだけ明るいのだろう。

――今日は新月だから、特に暗いはずだ。

それがローラの狙いだった。

王宮の裏は、開《ひら》けている城下町とは違い、心細い道と小さな森がぽつぽつとあるばかり。

そこも王の直領で、住んでいる者などいない。あるのは獣の住処と所々設置された見張り小屋だけだ。

大丈夫。見張り小屋の位置もあの人は把握している。避けてやってくるだろう。

馬車は黒塗りして闇に溶け込ませた、武装した兵士が何人も乗れる大きなもの。それが数台と、闇の中、徒歩で移動してきている兵士達。

やってきたら王宮の見張りの兵士が扉を開ける――それが合図だ。

王宮の兵士達は自ら破滅を呼ぶために扉を開ける。

そうしたらもう自分の役割は終わる。あとは彼の花嫁になるだけ。

――誰よりも、フレデリカよりも幸せになって、未来の王太子妃でなく『王妃』になる。

ほくそ笑む中、馬車の音が聞こえてきた。時間通りだ。

「ローラさん、来たようだ」と兵士が振り返り笑顔を見せるので、ローラも笑って見せた。

馬車の停まる音にローラは身構えた。兵士が扉を開けたらかけ声をかけるのはローラの役割。

扉を叩く音に王宮側の兵士が扉を開けた――その時。

「開けたわ！」

ローラは大きな声を上げた。

しかし、入ってきた者を見てローラは口を開けたまま呆然とした。

「ローラ殿、どうされた？　いきなりそんな大きな声を上げて？　裏門が開いたのがそんなに嬉しかったか？」

入ってきたのはヴェアザラル・ファラーだったのだ。

「……えっ？　え？　どうして……？」

開いた扉から向こうを覗き込み確認するが、馬車は来ている。なのに乗っているはずの彼も闇に潜んでいる伏兵も姿が見えない。静かな闇があるだけ。

——計画が遅れている？

そう判断したローラだったが、ヴェアザラルの次の台詞に血の気が引いた。

「そうそう、ランナル・シェトランド侯爵代理が、ここに向かう途中で交戦状態に突入して怪我を負ったそうだ。今、私の部下達が手当てをして城に連れてくる。ここはしばらく開門しておけ。ブラッド騎士団長が先導している」

ヴェアザラルは門兵にそう告げると、真っ青になっているローラを見下ろした。

「……ローラ殿もさぞかし心配でしょう？　実家にお帰りになるのは延期して、ランナル殿の看護をなさったらいかがですか？」

四十近くなってもいまだ衰えぬ屈強な体軀から繰り出される剣技に、ランナルは負けたのだ。

こちらの言うことを聞くべきだ、でないと——という意味を含んだ高圧的な態度のヴェアザラルを前に、ローラのような小娘が逆らうなどできない。

それに——既に露見していた、この計画は。

ローラはヘナヘナとその場にしゃがみこんでしまった。

「……だから『止《や》めてください』と言ったのに」と力なく言い訳を呟いたのだった。

＊　＊　＊　＊　＊

「――さて、これで役者は揃った」

ルースはそう言い、自分の前に座らされた二人を見下ろします。勿論、抵抗しないよう捕縛済みです。


捕縛された二人というのは……

ランナル・シェトランド侯爵代理。

そして、ローラ様……。


事は昼間の『フレデリカ様脱走未遂』、そして私の『落下未遂事件』から急に動きました。いえ、以前から捜査はしていたのですから私から見てそう感じただけですが。

フレデリカ様は誰が自分とルースに毒を盛ったのか薄々察していたそうですが、確認のために使用された毒草の自生状況の捜査をユクレス様にお願いしたらしいです。そこから一気に真相が明るみに出てきて、事態が切迫しているとわかったそうです。

私がルースに改めて告白され頷き、ヒロインという役割に腰を据えようと決意した途端にこうですから、TL小説ならではの甘い時間もありませんでしたけど。

それで『ゆっくり説明している時間がない。すまない』とルースに謝られてしまいましたが、逆に申し訳なくて勿論、不問にしました。

だって私、自ら落下騒ぎを起こして迷惑をかけた張本人ですから……。

でも、フレデリカ様を引き留める形になったのでよかったと思います。

あそこでフレデリカ様がローラ様を説得するためにあのまま出ていってしまったら、王宮内に潜んでいた反女王派に捕まっていたかもしれないのです。

私は今はモブの一人として、背景の中に溶け込んでいた方がいいのでしょう。口を挟める場面はないようですし、脳内でツッコんでいるとしましょう。

「ランナル・シェトランドよ。そちは新月である今宵を狙って、政変を起こそうと企てたな？　すでに内部の協力者は捕縛済みだ。大人しく裁かれよ」

ヴェアザラル様の言葉にランナル様は微動だにせず、項垂《うなだ》れております。

「そしてローラ。実家共々、彼奴の計画に加担した罪——重いぞ」

ヴェアザラル様の言葉が効いたのでしょう、ローラ様が咽《むせ》び泣きます。

「……だから言ったのに！　ユクレス様に王位を譲る準備で反女王派を目ざとく探ってるから、止《や》めた方がいいって！　お父様もランナル様の口車に乗せられて……！」

「……何を言うか」

顔を上げたランナル様は、侮蔑をこめた表情でローラ様を見返します。

「私が王位に就いたら、娘を王妃にするという条件を付けて協力してきたのはお前の親だ。そしてそれに乗ったのはお前自身、そうだろう？　ローラ」

「下級とはいえ、曲がりなりにも貴族です！　親の決めた結婚に反対などできるわけがありません！」

「だが、喜んで賛成したと聞いたぞ？」

「諦めてくれれば！　私が諦めさせてそれで私を認めて愛してくれるようになれば！　……そう思って……そう思っていただけ……」

「嘘をつけ。お前は夢を見ていた。この国の王妃になって幸せになるという結末を。私など付属に過ぎぬくせに。お前は負けたくなかったのだろう？　同僚だった王太子妃候補に。羨ましかったのだろう？」

ランナル様の冷たい言葉の刃《やいば》に、ローラ様は恨み言を吐きながら悲憤しております。

私はランナル様の態度や口調に冷酷さを感じながら、そのお顔にも驚きを隠せずにいました。

髪の色が変わっただけなのに本当に似ているのです——男性の姿をしたルースに。

茶髪だったのが金髪に変化されておりました。いえ、こちらの髪の色が地毛なのでしょう。

そんな言い合いをしている二人に、

「勝手なお喋りはそこまでにしてもらおう！」

とのヴェアザラル様の一声の気迫がすごいです。

『このまま勝手してたら殺《や》る！』というオーラが漂っていて、傍で見ている私も震え上がってしまうほどです。

以前、脅されたときよりももっと怖い。あれでも抑えてくれていたんですね、ヴェアザラル様。

「以前、茶用の湯に毒草から抽出した毒を入れたのはローラだな？　あの毒の草はこの王宮にはない種類だとフレデリカ様が存じていた。そしてその自生地まで把握しておられていた。そこからシ

ユトランド領とその配下であるローラの実家に行き着いたのだ」

ランナル様はヴェアザラル様の言葉を聞いて悔しそうに顔をしかめました。

「王宮内で育てるのは医療に役立つ種と調理に利用する種のみ。毒にしかならないハーブは育てない」

とマーシュ様。

「それはこの女が勝手にやったこと。女王一人を殺せばよいこと。兵を動かして余計な死人を出したくないと言ったのだ。……どのみち、女王を殺したとて王太子側を押さえるために兵を動かすというのに余計なことをするからだ」

ランナル様はもう諦めたのか、自棄《やけ》なのか、口を開きます。

「認めるというか？　この反乱を起こそうとしたことを」

ヴェアザラル様が問う厳しい声が、謁見室中に響きました。

「一生に一度の転機に失敗したのだ。……王座に就く才覚がないと神が判断した証拠だろう」

いやにあっさりとしています。いえ、それよりランナル様が王座って？

「投げやりだな。騎士団に取り囲まれたときもすぐに降参したと聞いている」

とルース。

「私の人生はいつも私自身で決められない。いつの間にか渦中に投げ出されて体《てい》のよい駒扱いだ。……今回は自分で自分の運命を変えたかったが、駄目だな、どこかツメが甘くていつも損な役割だ」

「ランナル……。そなたは――」

「『先の国王陛下の血を引く者が正しく王統を受け継ぐ』を名目にして兵を起こしたが、戯《ざ》れ言、虚言だ。私はそのような者ではない。私の言葉に踊らされてついてきた愚か者達はただ自分の考えを誤っただけだ。罪は私一人でいいだろう」

ここで私は事の真相に気づきました。

――ランナル様の言うことは、嘘です。だってこんなにルースと似ているのに。

「……最終的な刑罰は追って沙汰する。それまで牢屋に入れておくように」

「陛下！　温情を！　私は騙されていたんです！　いえ、親に逆らえなかったんです！　私、私は言われた通りにしただけで……！」

号泣しながらルースに無実を訴えるローラ様。

ハッキリしたお顔に浮かぶのは、『死』から免れるための必死な形相でした。

私、思い出したのです。TL小説においてハッキリしたお顔になる人物は、ヒーロー・ヒロイン級だけではなかったことに。

――主となる悪役側の顔も、ハッキリしていました。

ローラ様はいつの間にかランナル様と接触し、そして『この国を内部から壊し、支配する側になろうと暗躍する悪役令嬢』になってしまっていたのでしょう。

けれど――。

私は泣きながら言葉にならない言葉を吐き続けるローラ様と、清々した様子のランナル様の退場を見届けます。

私の目には最初、ローラ様のお顔はハッキリ見えませんでした。

けれど今こうして見ると、フレデリカ様と大差なかったのですね。同じ地方領主の素朴な娘で、貴族として最低限のマナーを身につけ、フレデリカ様のようにお優しくて、可愛らしくて——お顔だけでなく、生まれも教養もすべてが。

いったい、どこでヒロインになった者とヒロインになれなかった者で分かれるのでしょう……。

ふと、ルースの言葉を思い出します。

『きっと誰にでもヒーロー・ヒロインになる日が来る』と。

ローラ様がヒロインになる日だって、きっといつか訪れるはずでした。

ただ、『今』ではなかったこと。

なのに、この事実に気づける者はとても少なくて——。

後から『あのとき私はヒロインだった』と気づくのでしょう。


その後の王宮での騒ぎは大変なものでした。

シェトランド侯爵代理であったランナル様を中心とした反乱未遂事件が表沙汰になり、その協力者達は、ヴェアザラル様の指揮のもと騎士隊に捕縛されました。

連判状なるものが発見され、協力していた地方の領主達も捕まりました。そのほとんどはシェトランド家が管理していた領地に住む中領主達。ローラ様の実家も含まれておりました。

罪が重いと判断された者は、爵位剝奪や、領地または財産没収など厳しい処罰があり、最悪の場合国外追放や、重労働を科せられました。

また罪が軽いと判断された者には罰金刑、または修道院に送られるなどの刑罰が課せられました。

主導していたシェトランド家の次期当主はランナル様の弟でした。まだ幼いためにランナル様が代理として領地を経営していたのです。次期当主は何も知らなかったとして不問とされましたが、領地は半分に減らされ、伯爵に降格されました。これからは王宮から指導官が入るそうです。

ローラ様は……。

家族全員、修道院に行かれました。彼女の両親がこの反乱に協力的だったことに重きを置かれたそうで、財産は全て没収されたそうです。

ルースの統治やユクレス様が次期王位を継ぐことをよく思っていなかった過激な反対派は、一掃されたのです。

＊　＊　＊　＊　＊

王宮で色々な変化が起きて、まだざわついているそんなある夜中――。

石造りの階段を上がってくる靴の音が聞こえる。

ランナルは、上級貴族が罪を犯した時に投獄される塔の牢屋に入っていた。

こんな夜更けに物好きな奴だ、とランナルは心の中でぼやき、迎え入れる。

大方誰だか、予想が付いていたから。

「こんなところまでわざわざおいでくださり、恐縮でございます。女王陛下」

「心にもないことを申すな、ランナルよ」

入ってきた相手は輝かんばかりに美しい。自分と似た顔なのに持っている華やかさと威厳さが比較にならない。

端《はな》から負けは決まっていたのだ。わかっていたのに、どうしようもない理不尽さにいつも焦げ付いていた胸の奥はついに燼滅《じんめつ》してしまった。

王宮で育っていたら、自分もこのように堂々と人生を生きていた。たとえ背負うものが大きくても。

中に入ってきた者は女王エルアーネとその侍従マーシュ。そして頑丈な鉄の扉の向こうにはヴェアザラルが控えていた。

しばらくの沈黙があり、決心したようにエルアーネが口を開く。

「そなたの処遇を考えあぐねている」

「悩む必要などありません、極刑を命じればいいかと」

「人ごとだな……自分のことだぞ?」

「……物心ついた頃から私に人としての尊厳などありません」

エルアーネの緑の瞳が切なげに閉じる。

「すまない、もっと早く気づいていれば……」

「……父は、いえ、前シェトランド侯爵は私を決して領地から出すことはしなかった。王宮に仕える重鎮にも会わせることさえしなかった。私の情報は存在以外は隠し通していましたから。あの人の失敗は、突然に亡くなってしまったことでしょうね。財産管理を任せる者を早めに育成しなかったのも失敗か。幼い弟の代理で私が動くことになってしまった」

若い愛人にうつつを抜かして、義母に刺されて死亡なんてね、義母だって十分に若いというのにと、ランナルはわざとらしく笑って見せる。

「それがなければ、私はそなたの出自を調べようと思わなかった。なぜ、成人をとうに過ぎた長男が跡目を継がないのか？　心身に疾患があるからと報告を受けていたが、軍舞踏会で初めて会ったとき、合点がいった。……そなたは、私の亡き父にそっくりだ。髪の色を変えているとそれだけで私とは印象が変わって見えるが、若かりし頃の父に似ている。ユクレスもよく見れば私に似ていることに気づき、近付いてきたそなたを怪しんでいた」

「私の方が知るのはずっと早かったな。母に亡くなる前に真実を聞いた。あなたが生まれる数年前のことだ。母がシェトランド家と婚姻を結ぶ前に王宮に呼ばれ、前王に襲われた。そうして傷心のまま帰郷し、当時婚約者だった養父――シェトランド侯爵に告白したのだ。養父は嫌なことは忘れるように告げてそのまま結婚した。すぐに妊娠したことに気づき『エスカの血を引いた子でないことに賭けて産んだ』と。しかし、生まれた子は……。恨んだよ、訳もわからず両親は私を遠ざけた。そして私が生まれたことで夫婦仲も悪くなった。結果、母は心を病んで亡くなった。私は不思議だった。なぜ父は私を王宮に連れていってくれないのか？　なぜ両親は私に冷たいのか？　なぜ私は父に似ているところがないのか？　調べて合点がいった。しかしそれで納得できた。却って清々したのを覚えている」

淡々とランナルは告白していく。

「父はしばらくして後妻を迎え、年の離れた弟が生まれた。両親は弟ばかりを可愛がり、そうしてシェトランド家の跡目を継ぐのは弟と宣言し、書類も作成された。私は居場所がなくなってしまったわけだ」

ランナルが受け継いでしまったエスカの血は、彼から家族を遠ざけてしまった。

「しばらくやさぐれたがね、それが数年続けばどうでもよくなってくる。……半分血が繋がっている弟が私に懐いていてくれたのがよかったのかもしれないが、まぁ、周囲がそれをよく思わなくて遠ざけようとするのはごく自然の成り行きだ。――なら、自分で自分の居場所を作ってみようと思った」

「それが今回の動機か?」

エルアーネの言葉にランナルは微かに微笑んだ。

「シェトランド家は弟が継ぐ。私はあの場所にいてはいけない。なら本来いるべきだった場所に行くべきだろう?」

「そうだ、そうなるはずだった！　そうであればランナル、本当は玉座に座っていたのはそなただった……！　なぜ、こう運命がねじ曲がってしまったのか……！」

「そうしたらきっと陛下、あなたは生まれてこなかった」

苦痛をぶつけるようなエルアーネの叫びに、ランナルは優しく告げる。

「今回の件でやっぱり私には、人や国を治める力も何もかも足りないと知った。情熱、エネルギー、才能、献身、胆力……王として求められるものは生まれた瞬間から身につけていかねばならないのだと。それをせぬ者がぶんどってやろうなんて浅はかに考えていいほど、このエスカという国は簡単ではなかったということです。ここまで王宮を、国を発展させたのは陛下、あなたです。あなたでなければここまで王宮の信頼は回復しなかった。最初から負けていたのです、あなたに」

「父は……罪深いことをした……」

拳を作り俯くエルアーネの足下に幾度も雫が落ち、床に染みていく。

「陛下が罪を償う必要はありません。もう過去のことです。どうか顔を上げてください。そして……女王らしく私を処罰してください。どんな理由であれ、私はシェトランド家を、そしてシェトランドを信じた者達を不幸に追いやった。ここで罰を下さねばまた反乱の種を蒔《ま》いてしまうことになりましょう」

――ランナルは、死に場所を求めていたのか。

呆気なく捕らえられたときも、今も、彼の願いは『身の破滅』。

顔を上げてランナルと見つめ合う。

まるで若い父を前にしているようだ。

父は『死』を恐れてあんな恐ろしいことをした。

ランナルは『死』を望み、このようなことをした。

「極端に振り切りすぎだ、父も、あなたも……」

「きっとそれがこのエスカの『血』なのかもしれません」

そう言って見せた彼の笑顔は今までのつかえが取れたような、そんな明るいものだった。

◇十章　物語の終焉に向けて

ランナル・シェトランド公爵代理は、シェトランド家から除名され、賜死《しし》を受けた。賜死を受けるというのは、家族やその親族への集団懲罰を防ぐ意味もある。

ランナルは賜死を選ぶことによって、次期当主である『弟』へ罰が向かうのを防いだのだ。

これで、一番気に病んでいたことが解決した。後はこの王宮を去るだけ――。

最初、この王宮にやってきたのは姉の付き添いだった。

柱一つにも贅《ぜい》をつくした豪華絢爛な造りの権力者の城に、呆然とし、そして心躍らせたものだ。

しかし――それもすぐに恐怖と怯えに吹き飛ばされ、心だけでなく身体も小さく萎《しぼ》んだ。

まだ十代前半だった自分は対象にはならないのが幸いだったが、姉は震えながら最高権力者の房室へ送られた。

幸か不幸か姉は身ごもり、それはそれは手厚い待遇で王宮に迎えられる。

だけど姉も自分も知っていた。

この王は疑心の塊で、すぐに激高することを。

姉が出産まで穏やかな生活が送れるとは言い難《がた》かった。

そして一番危惧したのは——生まれた赤子が男だったら殺されるかもしれない、ということだ。

腹の中の子が男であることを一番恐れているのは姉だ。姉の支えになるため、自分は常に付き添った。

恐怖に包まれた王宮で、姉は日に日にやせ細り弱っていくのに、腹だけは大きくなっていく。

王に愛を抱いているわけではないのに、どうしてか姉は腹の子を愛した。

大きくなった腹を愛しげに撫でては、子守歌を歌って聴かせていた。母性というものだろうか。

ただ跡継ぎが欲しいだけで抱いた女など、子が生まれるまでしか大切にしない男であることぐらい、周囲も姉も理解していた。

狂気の世界にいる男が、生まれた子に危害を与えないよう、姉は一計を案じる。

産み月が近い妊婦を数人探し、その中で一番近い日に生まれた女児と一時的に交換するのだ。

姉は自分の髪と瞳の色、そして男の髪と瞳の色を持つ夫婦で、かつ妊娠していて産み月が近い妊婦を数組探した。

かくして——。

姉が産んだ子は男児で、父親となった男が確認する前に女児と交換し、引き合わせた。

神は姉を、そして子を救ってくれたのだ。

その目論見に成功した姉は、安心したのか間もなく亡くなり、産んだ子は女児として育てられた。

その秘密を必死に隠しとおすために妹は王宮に残り、姉の忘れ形見の面倒を見てきたのだ。

十四の歳から見守ってきて、もう二十二年――。

あと少し、もう少しでこの王宮から去ることができる。

自分の恋心も、全てこの王宮に置いていこう。

(恋……)

この言葉に自然と、笑いが漏れる。

ただ彼の姿に見惚れ、勝手に理想の相手だと勘違いしていたとわかった今、これは恋ではなかったと気づいた。


自室に戻る道程の先に人がいる。

剝き出しの壁に付けられた燭台が、申し訳程度にうっすらと周囲を照らしているだけで、その者の顔など見えなかった。

「カミラ様」

名を呼ばれた声で誰だかわかり、カミラは彼女の名前を呼んだ。

「リリィ、どうしたのです？　先に休みなさいと言ったはずですよ」

「カミラ様にお尋ねしたいことがありまして、待っておりました」

カミラは彼女――リリィの顔をほの暗い蠟燭の明かりの中見つめる。

平凡な榛色の髪に、紫色という珍しい色の目を持つ彼女は、何かを決意したような顔で自分を見つめている。話が長くなりそうだ。

「なら、私の部屋に来なさい。ここでは話しづらいでしょうから」

そう言って彼女を自室へ誘った。


カミラは侍女頭という職を任されているせいか、与えられた部屋も広く日当たりのいい場所であった。他の部屋より倍も大きい窓のカーテンを閉めながら、リリィに適当に座るよう言う。

リリィは大きな目をキョロキョロと彷徨わせ、目についた化粧台の椅子に座った。

『リスとか猫とかそういう小動物みたいなんだ、リリィは。可愛いだろう？』

その様子は、まったく自分の甥であるエルアルースの言葉の通りで、思わず笑みを零す。

あの子は幼い頃から小さな動物が好きだった。保護欲が駆り立てられるのだろう。

「ごめんなさい。お茶は出せないけれど」

「いいえ、大丈夫です。お構いなく」

行儀良く座る彼女と対面になるよう、カミラもデスクの椅子を持ってきて座った。

「それで、私に尋ねたいことって何かしら？」

リリィは一つ呼吸をすると、口を開いた。

「単刀直入に聞きます。ヴェアザラル様に私の能力のことを話されたのは、カミラ様ですね？」

「そのことね。……そうですよ」

カミラはあっさりと認めた。リリィも解決に向かっている今なら認めるだろうと思っていたのだろう。動揺した様子もなく、じっとこちらを見つめている。

「理由を、お尋ねしてもよろしいでしょうか？」

「そうね……おそらくリリィが期待している理由だと思いますよ」

「ヴェアザラル様をお慕いしているんですね？」

リリィの紫の瞳が、宝石のように輝いているから。

まるで紫水晶のよう――惹き付けられる。

ジッと瞳を見ていると心が落ち着かなくなり、胸が呼応するように高まってくる。

魔力というものを持っているのではないだろうかと思う輝きだ。

この子は自分の顔が最近までハッキリと見えなかった、と言っていたから自分の魅力について全く知らないままだろう。

それでよかったのかも知れない。小さな頃から自分の魅力に気づいていたら、まったく違う性格のリリィがいて、もしかしたら傾国の女になっていた可能性だってある。

リリィのおかしな能力は、本当に神の采配なのかもしれない。

「でも、どうして私だと気づいたのです？」

「消去法です。ユクレス様とマーシュ様は外しました。あのお二方はヴェアザラル様を疑っていらしたから、私の能力を話すことはないでしょう。フレデリカ様――には教えておりませんし。たとえユクレス様から漏れても、彼を信じてヴェアザラル様に話さないと考えました。あとはアイゼア様――実はアイゼア様がヴェアザラル様にお話ししたのかな？　と予想を立てたことがあります。でも時系列を追ってみたらそれはないだろうと思いました。私の能力を知り、脅しをかけてきたあと、アイゼア様はマーシュ様から私の能力をお聞きになった……」

一呼吸おいてリリィはまた言葉を続けた。

「そうすると、カミラ様しか残っていなかったんです」

リリィの断言した言葉には重みがあるのに、どこか浮かれているようにカミラには取れた。

そう感じてしまうのは、リリィがいつものように『恋愛！　恋！　ＴＬ小説！』の題材を求めているからだろう。

「この子ったら本当にしょうのない子。ヴェアザラル様と私の恋愛事情聞きたくてウズウズしていたのでしょう？」

おかしくて笑ってしまう。

「い、いえ……その、正直それも聞きたいと思いますけれど、今は『どうしてヴェアザラル様が味方だと信じてお話ししたのか』を知りたいと」

「それもあなたの待っている展開の一つでしょう？」

「それはそうでしょうけれど……でも、ルース……いえ、エルアルース様も知りたいと思うんです。ヴェアザラル様からの愛の告白の対応を考えているので……」

「……そうねぇ、あれはないわねぇ」

カミラは顔を苦笑いに変えて、呆れ半分に話し始めた。

「リリィの言う通り、私はヴェアザラル様をずっとお慕いしていたわ。私が姉と王宮に上がった頃、彼がまだ騎士になりたての頃からずっと。でもそれは淡い恋心。何をしようとも思っていなかったの。だってその頃の王宮は最低の雰囲気で、恋だの愛だの語っていられるような場所ではなかったから。私も生まれたエルアルース――エルのために秘密を守っていかなくてはと必死だった。『いつかエルが男として生きられるようになるまで』と自分の人生を捧げてきた……もう、私の息子のようね」

「彼もそう思っています」

リリィの言葉に、カミラは思わず口角を上げ、話を紡いでいく。

「六年前にエルは男に戻れるチャンスを掴みかけたけれど、それは思いがけない『親心』というものによって打ち砕かれてしまった。……けれど、六年かけてようやく……ようやく！　チャンスがやってきたの。エスカ国は経済も政治も安定した。養子にとったユクレス様も次期国王に相応しくご成長された。燻っている反女王派も着々と絞り込んでいる。けれど主犯格がなかなか正体を現さない。そんなときにリリィ、あなたが現れて一気に事が進んだの」

「私で……？」

リリィはカミラの告白で驚いたのだろう。自分自身を指し、ポカンとしている。

「あなたの『異能』ですよ。それはエスカ国に良くも悪くも関わっている重要人物達を見分けるのに最適な能力でした」

「そのようですね……」

「あなたはエルに『騙された』と思っておいでかしら？　でも、エルがあなたと会話することをとても楽しみにしていたのは間違いないのですよ」

「それは……わかります」

「エルを許してあげられるかしら？」

カミラの問いにリリィはゆっくりと頷いた。

「もう……怒っていません。それに私もうじうじしてて、彼から逃げようとしていましたし」

カミラと視線を合わせ、リリィは笑う。気恥ずかしそうに微笑む彼女を見て、カミラは少し羨ましかった。

「私も溺れるほど、相手を好きになれればよかったのだけど。今まで人の腹を探って冷静になろうと生きてきたから、どうしても彼の勘違いが許せなくて……」

「ヴェアザラル様のことですか？」

ええ、とカミラ。

「エルに愛の告白をしている場面を見たらスゥと感情が引いてしまって。私が彼に渡している情報はただ親切として受け取っていたようで……。『同性愛に耽る陛下の目を覚まさせてほしい。それができるのはあなたしかいない。実は陛下もあなたに助けを求めている』と私が懇願していると思ったみたいなのよ。……私なりの必死のアプローチに気づかないで、明後日の方向に向かってしまったのよね」

「……どんな風にアプローチされたんですか？」

「『私を助けてほしい』とか『お慕いしているあなたなら陛下をも救えるでしょう』……と伝えた上であなたのことも教えたのだけれど……そんなにわかりづらいかしら……？」

「いいえ、しっかりと伝わります！」

――どこで想いの伝わり方が曲がってしまったのかしら？

勿論ユクレスとフレデリカの件でも協力してくれたが、まさかリリィのことでも『救い』を求められていると拡大解釈するとは……。しかも『同性愛』に身を委ねていると勘違いまでされていたなんて……。

リリィもカミラも首を傾げ考え込んだが、結局ヴェアザラルの思考が恋愛向きではないのだと結論づけた。

「これでもずっと見てきたからわかるのだけれど、正義感溢れた方ではあるの。間違っても自ら悪の道に進まない。だから反乱などに加担するわけがないと私はわかっていた。だから私の判断で情報を渡したの。……でも、私のようにずっと彼を見ていたわけではないエルには、理解できないでしょう？　それでも、いずれ彼は反乱とは無関係だとわかってくれると思っていたから、敵ではないことを黙っていたんですよ」

「でも、もし勘違いでヴェアザラル様が捕らわれてしまったら？」

「彼は無実だと訴えるわ、勿論よ。――好きだったんですから。でも、エルへの愛の告白には引いたわ……三十も過ぎたいい大人が、エルの素手を握っても頬を寄せても違和感すら感じないなんて。かなり鈍感だってわかってしまって……これはやっていけないな、って思ってしまったの」

「……そういうものなんですか」

「こういう、ちょっとした感性って大事だったりするものですよ」

そう言ってカミラは肩を竦め、笑ってみせた。

「エルは怒っているかしら？　私のやったことは、エルにとっては裏切りに見えるでしょう？」

「ルース……いえ、エルアルース様がご存じだということを、もうおわかりなんですね」

「そりゃあね。親代わりとして見てきたのですから。マーシュ様と今、険悪なのも」

「さすがですね、カミラ様は」

ふふ、と互いに笑い合う。

アイゼアの観察という名の監視をさせたのは、自分を疑っていたからだと知ったマーシュは、『周囲が落ち着いたら陛下のもとを辞して、薬師《くすし》の勉強のために留学する』と言い出した。アイゼアも同行するという。

それに衝撃を受けたエルアルースは、『やはり後ろめたいことがあるから逃げるんだな』とますます激怒。

『信じていない奴を傍に置くこともないだろう？　僕も、疑うばかりの奴と一緒にいたくはないね』

とマーシュ。

『恋人ができたことを話せない奴が、私と親友だったなんてとんだ勘違いだ』

とエルアルース。

『立場を考えたら言えるか。それに言ったら言ったで疑心暗鬼になって、アイゼアに対して何をするかわかったものじゃない』

『私がお前の彼女に何かするとでも？　マーシュこそ、私を疑っているじゃないか』

『エルのが感染したんだ』

『私を病原菌扱いするな』

というような言い争いを部屋の外に漏れないよう、淡々と静かに行《おこな》っていた。

公務中は私情を挟まずにいるが、それ以外はお互いに口を利かないで過ごしている。

「困ったものよね。まぁ、小さい頃はあれでしょっちゅう喧嘩していた仲ですから、いずれ仲直りするでしょう」

「そうなんですね……このままエルアルース様とマーシュ様がお別れするのではないかと心配していました。エルアルース様もマーシュ様の方が気掛かりなようで、カミラ様がヴェアザラル様に情報を渡していたことは何だかんだで二の次になってる気がします。結局、エルアルース様には大したことではないのだと思います」

「……人の絆が増えていくと、交わし合う感情や気持ちも複雑になっていくと思うの。皆生きてきた環境も性格も違うのですから、人それぞれの思惑が絡まっていく……。『裏切り』にだって、相手を思うあまりの『裏切り』もある。色々形がある。『信頼』もそう。単純ではなくなっていく。あの子は周囲の状況をよく考えて、もっと熟慮しなくてはいけないと気づいてほしいのよ」

「きっと、エルアルース様なら大丈夫です」

「そうね、あなたがいますからね。リリィ」

「そんなこと」と気恥ずかしげに俯くリリィを、カミラは眩しそうに見つめた。

「エルはあなたを好きになって変わったわ。人を信用できない人は自分しか愛せない。信じられるのは己のみですから、とても他人を愛するなんてできないでしょう。あなたに恋した自分の想いを信じてほしいと願ったときに、相手を信じない自分があなたに愛されるはずがないと思ったのよ。

――まぁ、話を戻すけれどエルに伝えて。ヴェアザラル様を思いっきりフッてやりなさいと」

「ヴェアザラル様、立ち直れるでしょうか？」

「いい歳したおじさんが失恋をいつまでも引きずらないでくださいと、誰かが慰めてくれるでしょう。だって彼はまだ、リリィの目から見て『ヒーロー』なのでしょう？」

「そうですよね！『失恋から始まる恋』もいい題材です！」

「ほっんとうにあなたったら……！　観察もいいですけれど、仕事はきちんとこなしなさいね」

リリィに注意を促すカミラは、心から笑って見せた。

＊　＊　＊　＊　＊

「君の父君から聞いたのだが、留学先はアルージュだそうだね」

「はい。あそこは権威のある薬学博士がいますから」

「主人である私に何も言わないで行くとか、おかしくないか？」

「言ったら拗ねて無視したじゃありませんか。だから父を通したんです」

「子供じゃないんだから、自分で言え」

「子供みたいな真似をしたのは、どこのどなただったでしょうか？」

言いたいことが切れたのか静寂が起きた。

「お茶……」

エルアルースが呟くようにマーシュに命じた。

「リリィにお茶をいれさせましょう」

と呼び鈴を鳴らそうとするマーシュの手を、エルアルースは止めた。

「お前がいれたお茶が飲みたい。……しばらく飲めなくなるし」

「承知しました」

一旦下がり、また戻ってきたときには、香り高い紅茶とマフィンを載せたワゴンを押してきた。

「干したベリー入りのマフィンか……。君の母君のお手製だね」

「今回はアイゼアの手作りです」

「なっ？」と、エルアルースは椅子から跳ね上がるように立ち上がった。

「アイゼアが僕の母から習って作ったのです。不格好な形に仕上がるところもそっくりでしょう？」

「い、いや、私は……」

狼狽えているエルアルースに、マーシュは豊かな香りを立てる紅茶を出しながら言う。

「僕がいない間、他の毒味係を選んでおきますが、それでも食わず嫌いだけは無理です。『自分が心を許せる相手が作ったもの以外は食べられない』というのはある意味食わず嫌いなので直してください」

「……お前は戻ってくるんだな？」

「一年後には」

エルアルースはおそるおそる、不格好な焼き上がりのマフィンを一つ手に取った。

それから無表情で自分を見つめるマーシュの機嫌を窺うように口に入れる。

黙って咀嚼《そしゃく》していたが、「ぶっ、くっ、ふ」と噴き出すのを堪《こら》えるように肩を揺らし「飲むもの！」と胸を叩きながら催促する。

マーシュが慌てて紅茶の入ったカップを渡すと、エルアルースは一気に飲み干した。

「あつっ！　水！」

水も渡す。飲み干すと人心地ついたのか、ほぅと息を吐いた。

「口の水分が持ってかれる……！　もっと修業を積むべきだ！」

エルアルースの感想に、マーシュもマフィンを一つ手に取り口に入れた。

しばらく咀嚼していたが黙って水を飲み始める。

「ここまで母に似なくても……」

「ロシアンルーレットだからな、マーシュの母の菓子は。当たりは最高に美味《うま》いのだが……」

口の中にまだ残っているのか、二人は何度も水分を取っては咀嚼する。

そのうち、二人同時に笑い出した。

思い出した。まだ幼かった頃、二人が喧嘩して険悪な状態が続くと、それを察したようにマーシュの母が手作りの菓子を作ってくれた。

不器用な彼女が作った菓子は大抵失敗で、焦げたり生焼けだったりと人前に出せる代物ができる確率は低かったが、それでもたまに美味しい仕上がりのものに当たることがあった。

実はそれはマーシュの母の策略だと、今はわかる。喧嘩後の仲直りの取っかかりを作ってくれていたのだと。

「この伝統はアイゼアにも受け継がれるのか」

「……いや、それだけは受け継がないよう言っておきます」

嫌みに聞こえたのかマーシュは苦々しい顔つきで言うが、エルアルースは首を横に振った。

「これはこれでいいのだ。私はそんなお前の母が好きだよ」

「エル……」

「一年か。頑張ってこい。足りなかったら何年いたって構わない。納得がいくまで勉強してくればいいさ。今までずっと付き添ってくれたのだから、それくらい応援させてくれ」

エルアルースの思いがけない励ましと優しい声音に、マーシュも固かった表情を緩めた。

「ありがとう、エル。いつでも帰ってこられるよう君の傍に僕の席は空けといてくれよ」

「勿論だ」

「リリィと仲良く。……それとあの観察癖、あまり暴走させないように」

マーシュの切実な言い方に、エルアルースは朗らかに笑う。

二人、どちらともなく手を差しだし、握手を交わした。

◇エピローグ　この世界に転生した理由を果たしました

エスカ王宮の反乱未遂事件ののち、女王エルアーネは突然の病《やまい》に倒れた。

事件の真相の追及に奔走した挙句、極度の疲労が心身を襲ったらしい。

よく倒れるようになり、とうとう床《とこ》から起き上がれなくなってしまう。

医師から『体内に悪性の病巣《びょうそう》がある』と発表があり、国民は女王の回復を祈りつつ暮らしていた。


——だが、闘病生活を続けてもよくなることはなく、一年後。

『エルアーネ女王陛下、崩御』との知らせに、国中が哀しみに暮れた。

しかし、即位したユクレス国王の凛々しい姿と王妃フレデリカの初々しさに新しいエスカの幕開けを見た皆は胸を踊らせたのだ。

エルアーネについていた侍女頭であるカミラは王宮を辞して、実家のある領地へと戻る。

エルアーネを看取ったお気に入りの侍女も、同様に実家へ戻っていった。

将軍であるヴェアザラルは引退を表明し、そのあと指南役として年に数回王宮に訪れることになった。

国が着々と変わっていく。

女王にも劣らぬ善政を、と国民達は若き新国王に期待をし、生活していく。

＊　＊　＊　＊　＊
「で、できた！　できました！」

私は風に飛ばされないよう重しを載せていた紙の上に、最後の一枚を置きました。

初夏の避暑地の気持ちよい風の中、私は外にあるテーブルセットで、執筆活動に勤《いそ》しんでいました。

「最後まで書けた？」

「はい！」

座っている椅子の背もたれに手を置いて、私の手元を覗き込んでくる美青年――ルース。

腰まであった見事な金髪を惜しげもなくバッサリ切ってしまい、今は首まで見える長さになっています。

勿体ないなぁ、と思いましたが、本人はずっと切りたくてウズウズしていたからさっぱりしたと言って未練はない様子なので、それでいいのだと思います。

それに――髪で隠していた首筋が案外男らしくて、ドキドキしていますから。

「読ませてもらってもいい？」

そんな楽しそうに懇願されたら、見せないわけにはいきませんよね。

……でも、ちょっと恥ずかしいです。

「その……じっくり読まないでくださいね？　まだ推稿《すいこう》していませんし。……それに」

「それに？」

わかってて聞いてくるルースは意地悪です。

まだ十代のうら若き私に言わせるんですか？

「官能部分が私、未熟なものですから……そこは飛ばしてほしいです……」

「ええ？　そこはしっかり読んで添削しようと思っているのに。ちゃんと私の夜の講義が役に立っているかどうか知りたいだろう？」

講義ってなんですか！　もう！

からかっているのが明白な顔で言われると、ムッときてしまいます。

それでも真剣な表情で読み始めたので、私も文句は言えず、ただ紙をめくる音とたまに聞こえてくる鳥の鳴き声を背景に、お茶を飲みながらゆったりとした時間を過ごします。


ルースが王宮を去って、半年が経ちました。

女王が大病を患《わずら》って倒れ、死亡するというシナリオは以前から考えていたものだそうで、何度も熟考して決めたそうです。

その後ルースはカミラ様の実家に協力を仰いで、『遠い親戚の息子を養子にとった』ことにしてもらいました。

ルースはカミラ様の姉の息子——つまりカミラ様のご両親にとっては孫にあたることになります。ご実家の方はそれはもう、諸手を挙げて受け入れてくださいました。

カミラ様のお父様とお母様はもうお歳で、跡継ぎもいなくて、このお二人が亡くなったらカミラ様が家を受け継ぐことになっていました。

しかし女性一人だと甘く見られておかしな輩《やから》に言い寄られるどころか、危険な目に遭うかもしれないと危惧していたそうで。ルースが来たことにより、いずれはカミラ様とルースの共同経営という形になるそうです。

カミラ様の実家であるこのリオット領は、亡くなられたお姉様がお子を産んだ功績により賜ったもので、かなり大きな領地だったので、親御さんが行く末を心配していたのもよくわかります。

そうして『女王エルアーネ』はこの世を去り、彼はエルアルース・リオットとしてこのリオット領で生きているわけです。

半年前の王宮を去るまでの忙しさを思い出して、今のゆったりと過ごせる毎日につくづく感謝しています。

彼が病人として過ごしていることを周知し、たまに涙ぐみながら『陛下の容態』を伝えたり、また人に会うときには、くらーい顔をしていなくてはならなかったこと。演技するのが大変でした。

この作戦を実行するにあたって、「リリィはすぐ顔に出るから」と全員に心配されました。

——私だってやるときにはやるんですからね！

だって、これが成功しないとルースは男として生活できませんし、私との生活だってできないじゃないですか！

覚悟を決めたヒロインは強いんですからね！

ルースがベッドの上で皆に看取られながら瞼を閉じたとき、これが演技だとわかっていても大泣きして立派に役目を果たしました。

これが本当だったらどうしようと、マジ泣きしましたから。


そうして私は今、リオット領のルースがいる屋敷でご厄介になっています。

名目は『婚約者としてリオット家の家風に慣れるよう一緒に住んでいる』です。

前世風に言い換えれば『同棲』です。

言い換えてしまうと恥ずかしいのですが、正確に言えば二人っきりで住んでいるわけではありません。

ルースと私が住んでいる屋敷から歩いて十五分ほど離れた場所には、カミラ様とご両親が住んでいる本宅があります。それに屋敷には使用人達が常駐して、家のことをやってくれます。

前世風に言えば『セレブな生活』とでも言うのでしょう。

その辺りは現世の私の実家も似たようなものですから、慣れたものです。

「――あ、誤字」

「うっ」

「リィ、このいいシーンで誤字は気をつけて。盛り上がっているのに気持ちが萎《な》えてしまうよ」

「うう……すみません」

だから自分で読み直してから渡したかったのに……としおしおになっているところに、また容赦ないお言葉が。

「ざっと読んだけど……官能シーンが乾いている印象を受けるな……」

「初めて書いたので……まだ恥ずかしさが先立って思い切って書けなくて……」

こなれてくればきっとその世界に浸って書いていけるのでしょうけれど、一作目でTL小説のエロシーンに向き合うのはなかなか難しいです。

――しかし、これからこの世界で『TL小説』を広めるのですから、そんなこと言ってはいられません！

「今まで『観察』で培《つちか》ってきたものはどうしたのさ？」

「そ、それはそうですけれど……その、ヒロインから見たヒーローの描写のあたりから恥ずかしくなって……。だって胸板の表現とか、その下の表現とか……想像するだけで恥ずかしいです！」

「恥ずかしいって……うーん、私のを思い出せばいいのでは？」

ぼん、と頭の中で爆発音が鳴った気がします。身体中、急速に熱くなって手で顔を煽《あお》いでしまう私。だって臆面もなく軽く言うんですもの！

「む、無理です……！」

「どうして？」

にやにやしながら聞いてきます。

リオットに来てからのルースは本当に意地悪でまた——少々、エッチです。

ずっと女装させられてきたし、それまでの鬱憤《うっぷん》もあるのでしょうから私も甘んじてきましたけれど、さすがにきつめに言わなくては！

「私、その道の玄人《くろうと》ではありませんから！　ジッと……ジッと見てるほど勇気ないですし、心構えだって必要なんです！　そんなからかうのならもう見せません！」

そう言ってルースから原稿を取り上げると、自室にしまうために屋敷に向かいます。

「待って、リィ。悪かった。拗ねる顔も可愛いからつい」

「知りません」

「リィの創作活動に協力するから」

「結構です」

「ほら——」

「——きゃっ！」

強引に回れ右をさせられた刹那、唇に小さな温もりがかかりました。キスされた——と感じた瞬間、ぽすん、と彼の胸の中に収まってしまう私。

「『観察』し放題だよ。触ってもいい。これはリィだけが持つ特典だ」

顔を上げると、それはそれはいいお顔で笑うルース。美人はお得ですよね。

細める緑の目には悪戯っぽい光を含んでいるのに、どこか艶っぽくて。

「……わかりました。これから『勘弁してくれ』と泣き言を言ったって、とことん『観察』しますから」

「了解。けど『観察』するのはこれから私一人だけだからね」

「どうしましょう?」

おどけてみせたら、ルースに頬を抓《つね》られました。

けど、痛みなんてありません。ただ彼はスキンシップがしたいだけだとわかっているから。

抓った部分に彼の唇が触れ、私も背伸びをしてお返しに彼の頬にキスを落とします。

「そう言えば……ずっと気になっていたことがあるんです」

「何? 私のこと?」

「ルースは、私の観察中の姿が最初から見えていましたよね? なぜなんでしょう?」

もしかしたらエスカ家にだけに伝わる『心眼』とかあるとか?

ルースは目を細め、笑顔で答えてくれました。

「それはリィが私にとってのヒロインだったからだろう? ヒーローは出会ったその瞬間から自分のヒロインをわかっているものなんだろう」

ああ、まさしくヒーローの台詞です。そうです、ヒーロー視点から見たらヒロインとの最初の出会いは『運命の出会い』なのです。

これからも私達は相手を自分の『ヒーロー』『ヒロイン』と認めて、寄り添っていくと思います。

そうして、互いに瞼を閉じてもわかる明るい日差しと温もりを愛しいと感じながら、口づけを交わしました。

君は薔薇よりかぐわしい
変態調香師の愛弟子になりました
鳴澤うた
Uta Narusawa
illustration
Shabon
一~~目~~かぎで恋に落ちました。
結婚してください！
NOW ON SALE
とある小さな領地で村人達とともに薔薇園で働く男爵令嬢マリエ。そんな彼女に突然求婚者が現れた!?　「貴女の香りは素晴らしい……！」「頼む！　もっと貴女の香りをかがせてくれ！」「きゃあああ！　変態がいる――！」見るも麗しきこの変態は、なんと新しく赴任してきた領主様。加えて天才調香師として名高い彼――アレンは、この地で新たな薔薇香料の開発を始め、マリエも彼に協力することになり……!?
フェアリーキスピュア
fairy kiss
Jパブリッシング　http://www.j-publishing.co.jp/fairykiss/　定価：本体 1200 円＋税

守りの竜は転生花嫁に愛を乞う
mamorino ryuwa tenseihanayomeni aiwokou
Uta Narusawa
鳴澤うた
Illustration
氷堂れん
フェアリーキス
NOW ON SALE
「前世の記憶を呼び戻し、再び俺を愛せ」
生贄として神竜オージェの元に捧げられた王女ティリア。オージェはかつて愛しい妻を初代の王に殺され、人を憎んでいた。怜悧な美貌の逞しい青年の姿で現れたオージェは、ティリアの背中にある痣を見て、彼女を亡き妻フィリアの生まれ変わりだと言って……。
フェアリーキス ピンク
F fairy kiss
定価：本体 1200 円＋税
Jパブリッシング
http://www.j-publishing.co.jp/fairykiss/

ティーンズラブ世界に転生しましたがモブに徹したいと思います
メイドから見た王宮恋愛事情

著者　鳴澤うた

2020年3月5日　初版発行

発行人　神永泰宏

発行所　株式会社 J パブリッシング
〒102-0073　東京都千代田区九段北1-5-9 3F
TEL 03-4332-5141　FAX03-4332-5318

製版　サンシン企画

印刷所　中央精版印刷株式会社

ISBN：978-4-86669-272-2
Printed in JAPAN